毛 姆 文 集
W. Somerset Maugham

卡塔丽娜

Catalina

〔英〕毛姆 著　赖桃 译

上海译文出版社

第一章

罗德里格斯堡小城迎来了盛大的节日。天刚破晓，小城居民就起床了，穿上最漂亮的衣服。那些灰暗老旧的贵族府邸，都在阳台铺开了华贵的帷幔。贵族们的旗号懒洋洋地飘动，轻拍着旗杆。这一天是八月十五日，圣母升天节①。晴空无云，阳光直射大地。空气中弥漫着兴奋的情绪。因为这一天，小城将迎来两位土生土长的名人，他们离开家乡多年，现荣归故里。一位是塞哥维亚省的主教，布拉斯科·德·巴莱罗修士，一个是他二弟堂曼努埃尔，在西班牙国王的军队服役，是位鼎鼎大名的将领。为了表示对他们的尊敬，小城筹备了几项重大活动：天主教大圣堂②将演唱颂歌《感恩赞》③，市政厅将举行欢迎宴会，接着安排斗牛表演，夜幕降临后有烟火表演。时间一点一滴流逝，上午时分，居民们来到小城的大广场，人群越聚越多。广场上排好了一支队伍，要走出城去，在远离城市的某个地方，迎接两位尊贵的客人。排在队首的是小城官员，随后是大圣堂的高级神职人员，队尾则是显贵人物，一字排开。小城居民站立街道两旁，争相观看这支队伍从街上走过，接着平复心情，静心等待，盼着两兄弟驾临小城。到时，居民们就会看到，两兄弟在那些达官显贵的簇拥下，走进小城，听到所有教堂的大钟齐声欢鸣。

加尔默罗会④女修道院有一座教堂，那教堂的圣母堂来了一个瘸腿女孩。女孩在圣母马利亚的圣像前面下跪，满心虔诚地祷告。最后，祷告完毕，女孩站起身，心情轻松了许多，将拐杖架在胳膊下面，一瘸一拐，走出了教堂。教堂里面凉飕飕、黑黝黝的，但一走出门口，热浪扑面，令人窒息，强烈的阳光突然刺来，女孩的眼前黑了一小会儿。她定定站住，缓过劲来，放眼眺望下方空旷的大广场。广场周围有房屋，都关好了百叶窗，驱赶炎热，一切静寂。居民们都去观看节日庆祝活动了，就连杂种狗的乱吠声也听不到了。整座小城死一般沉寂。女孩瞄了一眼自己的家，那是一幢二层小楼，被两边的楼房挤在中间。她不禁叹气，神情沮丧。她妈妈，还有和她们住在一起的舅舅多明戈，都跟着其他居民去观看节庆活动了，要等斗牛表演结束后才会回家。因此，女孩觉得很孤单，很不开心。她没有心情回家，于是坐在最高一级的台阶之上。台阶从教堂门口一直往下，延伸到广场。女孩放下拐杖，哭了起来。忽然间，悲伤袭上心头，她招架不住，猛然躺倒在台阶的平台上，脸庞埋进臂弯，不断抽泣，她的心都要碎了。她这一躺却碰到了拐杖，而台阶又窄又陡，啪嗒啪嗒，拐杖顺着台阶滑了下去，摔落到广场上。这最后一件不幸遭遇让她彻底崩溃。现在她不得不顺着台阶爬下去，或者滑下去，才能捡回拐杖。她的右腿已经瘫痪，没了拐杖，她可走不了路。绝望之下，眼泪夺眶而出。

突然，她听到一个声音。

"你为什么哭啊，孩子？"

女孩抬头一看，吓了一跳，因为她没有听到脚步声，却发现身后站着一位女士，好像是从教堂出来的，不过自己刚刚从教堂出来，没发现有人啊。这位女士身披蓝色袍子，长袍拖曳至脚面，说话间正

---

① 亦称"圣母升天瞻礼""圣母安息节"，是天主教、东正教的节日。为纪念传说中的圣母马利亚在结束在世生命之后灵体一齐被接进天堂，称"圣母荣召升天"，天主教在公历8月15日举行。
② 指的是捐赠给大教堂全体教士但无主教辖区的大圣堂。
③ 开始句为"赞美你，主啊"的基督教赞美颂歌，在晨祷或一些特殊场合，如感恩祈祷时唱。
④ 一称"圣衣会""迦密会"。天主教托钵修会之一。12世纪中叶创建于巴勒斯坦的加尔默罗山，故名。据说是十字军时期在加尔默罗山建立的奉献给圣母的天主教派。

揭开风帽。她确乎刚从教堂出来,因为在宗教场所,女人必须遮盖头部,否则就是罪过了。她身形高挑、青春洋溢、眼珠黑亮、皮肤光滑柔软,不见一丝皱纹;发式简单,从中分成两半,在脖颈后绾成一个发髻,蓬松松的;五官小巧、神色和善。女孩有点吃不准,这位女士究竟是一个农妇,或许就住在附近,还是一位尊贵的夫人呢;因为她神情虽平易近人,却透出高贵典雅,令人敬畏。蓝色长袍遮掩了衣着,但当她揭开风帽时,女孩瞥见一丝白色,由此猜想她应该穿着白色衣服。

"擦干眼泪,孩子,告诉我你的名字吧。"

"卡塔丽娜。"

"其他人都前去迎接主教和他的弟弟了,为什么你会独自坐在这里哭呢?"

"我的腿瘸了,走不了远路,夫人。别人的健康快乐跟我又有什么关系?"

女士站在卡塔丽娜身后,所以女孩回答的时候不得不扭回头,同时看了一眼教堂大门。

"夫人,您打哪里来?刚才在教堂我没看见您啊。"

女士笑了,笑容甜美,女孩心底的苦涩似乎都消减了。

"我可看见你了,孩子,你刚才在祷告。"

"我确实在祷告,自打腿瘸后,我每日每夜都在祷告,祈求圣母马利亚,让我摆脱残疾。"

"那你认为圣母有能力治好你的腿吗?"

"只要圣母一个念头就行。"

女士给人一种温和可亲的感觉,卡塔丽娜忍不住想要倾诉自己的悲惨遭遇。事情的经过原来是这样的:复活节那天,为了举行斗牛表演,找来了一群小公牛,小城居民纷至沓来,伫足围观。在几头母牛的带领下,这群小公牛走得稳稳当当。走在牛群前面的是几匹欢腾的大马,马背上坐着几位贵族青年。突然,一头小公牛脱离牛群,冲下了一条小巷。恐慌袭来,人群四散奔逃。有个男的被撞飞了,这头小公牛继续冲刺。卡塔丽娜拔腿就跑,小公牛紧紧追赶,眼见追到身旁,她却脚下一滑,摔倒在地,惊叫一声,昏了过去。苏醒后,人们告诉她,小公牛发疯似的冲过来,从她身上踩踏过去,又继续往前疯跑,她的身体擦伤了,却并无大碍。人们又说,过不了多久,她就会没事的。但过了一两天,她发觉有一条腿动不了了。前前后后来了几个医生,给她做了检查,发现腿瘫痪了。医生往她腿上扎针,她却没有痛觉;医生又给她放血,喂她吃泻药,开了几剂令人作呕的药水,但都无济于事。那条腿就如死掉了一般。

“但你的双手还是完好的呀,”女士说。

4

“上帝仁慈,否则我就只能饿死了。刚才您问我为什么哭,那是因为我的腿失去了知觉,我也失去了心上人。”

“在你遭遇不幸的时候,你的恋人却抛弃了你,那他对你也爱得不够深啊。”

“他可是全心全意爱着我的,我也深爱着他。不过,夫人,我们都是穷苦人啊。我的心上人叫迭戈·马丁内斯,他父亲是裁缝,他将来也当裁缝,等他学徒期满,我们就结婚。但是,穷人的老婆要是在菜市场争抢不过其他女人,在家里又不能跑上跑下忙家务,那娶回家也养不起啊。男人毕竟是男人嘛,男人哪会娶一个拄着拐杖的女人当老婆呀。正好,佩德罗·阿尔瓦雷斯要把女儿弗朗西斯卡许配给他。那女孩奇丑无比,可她老爹有钱啊,迭戈哪能回绝呢?”

说到这儿,卡塔丽娜又哭了起来。女士面带微笑,同情地看着她。突然,远处传来击鼓声、小号声,紧接着,教堂的钟声当当作响。

“他们进城了,主教和他弟弟进城了,”卡塔丽娜说,“您怎么不去看他们，却在这里呀，夫人？"

"我才不想去呢。"

这话听起来有些古怪，所以卡塔丽娜狐疑地看着女士。

"您不住在城里吧，夫人？"

"不在。"

"怪不得都没见过您。要是城里人，我打眼一看，起码就知道是谁。"

女士没有接话，卡塔丽娜觉得很困惑，眨眨眼睛，细细打量。这位女士不可能是摩尔人①，她的肤色没那么黝黑，那她很可能是一个新基督徒，也就是说，她是犹太人，那些犹太人为了不被赶出西班牙而接受了洗礼，但大家都清楚，他们暗中仍遵循犹太礼教，饭前饭后都要洗手，赎罪日②实行斋戒，每逢周五开荤。宗教法庭很警惕，不论是摩尔人，还是新基督徒，即便他们受过洗礼，跟他们有任何来往仍然不安全；说不定哪天他们就落到宗教法庭手里，酷刑之下，保不准就会牵连无辜。念及此，卡塔丽娜焦急地扪心自问，自己会不会说漏了嘴，将来可能被审判，因为当时整个西班牙都笼罩在宗教法庭的恐怖之下，一个无心之词，一句寒暄之语，足以让人被捕入狱，被关几个星期，几个月，甚至几年，你都无法自证清白。卡塔丽娜心想最好赶紧离开。

"我该回家了，夫人，"女孩说，然后出于自然流露的礼貌，又接着说，"抱歉啦，我该走啦。"

女孩看了一眼躺在台阶下方的拐杖，心想该不该请这位女士帮忙捡一下，但女士并没留意她说的话。

① 指非洲西北部阿拉伯人与柏柏尔人的混血后代，公元 8 世纪成为伊斯兰教徒，进入并统治西班牙。
② 犹太教的重大节日，在每年的九月或十月，人们于此日禁食并忏悔祈祷。

"你想不想治好你的腿啊,孩子,这样你就可以想走就走,想跑就跑,就像从来没有得过病一样?"女士问道。

卡塔丽娜脸色变得惨白,这句话透露了女士的真实身份啊。她才不是新基督徒,而是摩尔人。众所周知,摩尔人名义上是基督徒,实际上却跟魔鬼勾结,施展魔法,尽干些邪恶的勾当。不久前,一场瘟疫肆虐小城,而摩尔人就被指控带来了瘟疫,一番严刑拷打,他们坦白了自己就是罪魁祸首。最后,他们都在火刑柱上灰飞烟灭了。一时之间,卡塔丽娜怕得说不出话来。

"怎么样啊,孩子?"

"为了治好病,我什么都愿意给,真的愿意;不过,就算是为了挽回迭戈对我的爱,我也不会做出有损不灭灵魂①的事情,更不会冒犯我们神圣的教会。"

女孩仍然看着那位女士,边说边画十字。

"那我就告诉你,怎么样治好你的腿。胡安·苏亚雷斯·德·巴莱罗有一个侍奉上帝最为虔诚的儿子,他有能力治好你。他会把双手放到你身上,以圣父圣子圣灵的名义,让你扔掉拐杖,正常行走。你就会扔掉拐杖,然后就可以正常走路了。"

这番话完全出乎卡塔丽娜的意料,太令人惊讶了,但女士说话时又是如此镇定,如此确信,女孩深受感染,需要一点时间整理思绪,若干问题在脑海中渐渐成型,正待发问。这时,卡塔丽娜的眼珠都差点掉落,嘴巴大张:那位女士刚才还站在身后,现在原地却空无一人。女士不可能回到教堂,因为卡塔丽娜可是一直看着她呢,她也不可能走掉,而是凭空消失了。女孩大哭了一场,更多泪水顺着面颊流淌,但不再是伤心的泪水。

---

① 根据《圣经》的说法,人虽然死了,但灵魂是不灭的,除了神,没有什么力量能让灵魂消灭。

"原来是圣母马利亚,"她哭道,"是圣母,我竟然跟圣母聊了起来,好像跟妈妈聊天一样,是圣母马利亚,我竟然错把她当成摩尔人,当成新基督徒啦!"

女孩激动万分,觉得必须马上找人说说。她不假思索,双手并用,屁股着地,顺着台阶一级一级往下滑,滑到了尽头,抓起拐杖,一瘸一拐往家赶。回到家门口,她才想起家里没人,不过还是进了屋,发觉有些饿了,于是吃了一些面包,咬了几口橄榄,喝了一杯果酒。酒水下肚,倦意袭来,但她坐直身子,强睁双目,定要等着妈妈、舅舅回来。她都等不及要跟他们分享这次神奇的经历了。她的眼睑渐渐沉重,不一会儿,她酣然入睡。

第二章

　　卡塔丽娜十六岁了，出落得漂亮迷人，身量高挑，胸部饱满，手脚小巧；腿瘸之前，走路如风摆杨柳，迷煞路人。她眼睛又大又黑，荡漾着青春的光彩，满头乌发自然卷曲，头发很长，都可以垫着头发坐啦。她皮肤柔软而呈棕色，脸蛋红扑扑的，嘴唇红艳欲滴。出事之前她经常笑，或微微一笑，或开口大笑，露出雪白小巧的牙齿。她的全名是玛丽亚·多洛莉丝·卡塔丽娜·奥尔塔·佩雷斯，父亲是佩德罗·奥尔塔；她出生后不久，父亲就乘船前往美洲，去发大财了，自此以后，杳无音信。母亲名叫玛丽亚·佩雷斯，她也不知道自己的丈夫是死是活，但仍怀抱希望，盼着有一天丈夫满载黄金归来，让一家人过上富足美满的生活。她很虔诚，每天早上做弥撒，都会祈求丈夫平安。她生哥哥多明戈的气，因为哥哥说，她丈夫佩德罗不是早死了，就是跟一个土著女人同居了，或许同居的女人有两三个呢，所以没打算抛弃那个妻妾成群、混血儿孙满堂的家庭，也没打算回到芳华已逝、容颜已失的老婆身边。

　　在贤惠的妹妹眼中，多明戈让人伤透了脑筋，但她爱着哥哥，既出于亲情，更由于他讨人喜欢，虽说他这人毛病不少，但她仍然情不自禁地爱着哥哥。她祷告的时候也会为哥哥祈福，愿意相信，哥哥起码改掉了最臭的毛病，而这就是祈福带来的好处，而不仅仅是因为哥哥年岁渐长收了心。多明戈·佩雷斯命中注定是要当牧师的，父亲当年把他送到了位于阿尔卡拉·德·埃纳雷斯的神学院，学习天主教初级神品[①]，接受削发仪式。他有个同学叫布拉斯科·苏亚雷斯·德·巴莱罗，是塞哥维亚省的主教，那天小城居民举行庆祝活动,就是为了迎接这位主教。他们虽为同学,职业生涯却有着天壤之别,玛丽亚·佩雷斯想到此处就会叹气。多明戈刚到神学院就招惹是非,毕竟他这人顽固不化、桀骜难驯、放荡不羁,什么告诫,什么苦修,什么鞭笞,都降不住他。从那时起,他迷上了酒精,一喝多就会哼唱一些下流歌曲,同窗和老师们恨他恨得牙根发痒,而老师的职责,就是往他们这些年轻人的脑袋里灌输些端庄礼仪之类的观念。可他倒好,还不到二十岁,就把一个摩尔奴隶的肚子搞大了。看起来,他的恶行必将被揭发,故此他逃之夭夭,加入了一个流浪艺人戏班。跟随戏班,他在全国晃荡了两年,然后突然就出现在了家门口。

他向父亲忏悔罪过,发誓痛改前非。显然,他不是当神父的料;他向父亲保证,如果给他钱,只要足够填饱肚子,他就去上大学,学法律。父亲也很着急,觉得唯一的儿子已经放荡过了,而且回家时确实瘦得皮包骨头,看来那两年过得很不如意啊,于是父亲就信了他的话。后来,多明戈去了萨拉曼卡大学,一待就是八年,但他没有学习热情,拖沓散漫。父亲给的钱微不足道,他只能和同学住宿舍,虽然一日三餐都包在住宿费里面,但就是吃不饱,也饿不死。往后的岁月里,他常常光顾酒馆,为了逗酒友们开心,尽讲些宿舍发生的闹心事,诉说为了补贴拮据的生活,他们不得不要些小聪明的手段。但贫穷的日子也阻挡不了多明戈享受生活。他有如簧之舌、优雅举止、甜美嗓音,所到之处,无不大受欢迎。个中原因或许在于,跟随戏班流浪的那两年,他虽没能学会表演,却学到了许多其他东西,现在正可以派上用场。戏班的演员教会了他在牌桌上杀敌制胜,后来

---

① 教职人士依照其教职经历分为初级神品与正级神品。初级神品又分为诵经员与襄礼员两个等级;正级神品分为副助祭、助祭、司祭三个等级,有时也在司祭神品之上另设主教神品。

有一个年轻的富家子弟来上大学，他挖空心思很快结识了对方，主动给对方充当导游、传授经验。随着这位初来乍到之人的阅历增长，他的钱包反而急剧缩水。那时，多明戈风度翩翩，偶尔就逗引到猎艳的女子，真是福气不小。这些女子虽说妙龄不再，却也手头宽裕，而多明戈觉得，自己为她们鞍前马后地忙活，作为报答，她们满足自己的需求也算是合情合理的。

跟随戏班流浪的那段经历让多明戈找到了灵感，他想写剧本；寻欢作乐之余，他都会专心创作。在这方面，他天赋了得，创作了好几部喜剧；此外，为了有利可图，他会赋诗一首，或者为某个显贵人物创作几行诗，送给对方，期望得到金钱的回报。最终，就是写诗作赋的本领埋下了祸根。原来，萨拉曼卡大学的校长定下了一条规矩，引起了学生的愤慨，后来有人在酒桌上发现几行诗句，内容是拿校长取乐的，行文粗俗下流，闻者亢奋不已。很快，诗句抄出几份，互相传阅。谣传这是多明戈所作，虽然他矢口否认，但神情却是洋洋自得，就跟承认了没什么两样。好友将这些诗句递送到校长跟前，同时说出作者是谁。诗句的原版早已消失，因此不能从笔迹定多明戈的罪，但校长经过谨慎查访，确信始作俑者就是这位风流放荡的坏学生。校长也是精明透顶，不想拿这件难以证实之事控告他，但又铁了心报复，于是采取了更加狡猾的手段。多明戈在阿尔卡拉神学院所闹下的丑闻很容易就挖了出来，而且大学八年期间，他生活放荡，早已臭名昭著，他还爱赌博。众所周知，赌博很容易让人说出亵渎神明的话来，于是有人就冒了出来，愿意指天发誓，说亲耳听见多明戈讲了些最为恶毒的亵渎神明的话；又有两个人钻出来作证，说听见多明戈谈论，要信仰教义，首先必须要有好教养。单凭这一条，就足以让他接受宗教法庭的调查。接着，校长将获取到的材料送到了审判官手里。宗教法庭行事谨慎，先暗中小心翼翼地搜集证据，然后一击致命，到那时，受害者都很难发觉自己被怀疑上了。

一天深夜，多明戈已经躺床上睡着了。此时，咚咚咚，警察敲门，他起身开门，警察立即逮捕了他。警察只给了他一点时间，刚好够穿衣服、收拾简陋的行李和卷好铺盖卷，接着就押着他走了，不是去监狱，因为他学习的是初级神品，而宗教法庭费尽心思不想让教会蒙羞，于是他被押往一家修道院，被关在训诫室。然后房门上锁，不准外人探视，不准读书，连蜡烛都不给用；结果，多明戈在黑黢黢的房间被关了几个星期。之后，他出庭受审。本来他是要倒大霉的，但幸运之事降临了。原来不久之前，那位自视甚高、脾气暴躁的校长因为论资排辈的问题跟审判官们大吵了一通。审判官们读到了多明戈的诗句，开怀大笑，有大仇得报的快意。说起来，多明戈行为不端，证据确凿，不可轻饶，但审判官们觉得，如果法外施恩，定可以羞辱一下暴跳如雷的校长，让校长恨得咬牙切齿，却也只能忍气吞声。因而多明戈认了罪，表示忏悔；判决的结果是，在观众席听弥撒，然后被驱逐出萨拉曼卡大学，不准在大学附近逗留。多明戈胆战心惊，觉得最好还是出国躲一阵子，因此跑到意大利从军，其间靠赌博打发日子，输了牌就破口大骂，滥交酗酒，虚度光阴。回到家乡的时候，多明戈已届不惑之年，离家时身无分文，返乡后仍一贫如洗。身上有的只是一两处疤痕，那还是酒后斗殴留下的，不过也留下了诸多回忆，聊以慰藉闲暇时光。

父母早已过世，唯一的亲人就是妹妹玛丽亚和侄女卡塔丽娜。那时，妹妹被丈夫抛弃，而侄女才九岁，模样漂亮迷人。妹夫早将妹妹的嫁妆挥霍一空，留给她的只有一幢小楼。平日里，妹妹做些针线活，养家糊口，用金线银线装饰天鹅绒披风，披在各种圣像身上，有耶稣基督的，有圣母马利亚的，还有各种主保圣人的，到了复活节

的前一周，这些圣像就会抬出来，走在游行队伍中。她也缝制些神
父穿戴的法衣、十字褡和圣带①，用于教会的各种礼仪庆典。多明
戈一把年纪了，二十年的冒险生涯应该做个了断，想安安稳稳地生
活，而他妹妹也需要有个男子汉呵护一家人，因此收留了他。本故
事开场的时候，多明戈已经跟妹妹一家生活了七年。多一口人，妹
妹的经济负担并没有加重，因为多明戈也能挣钱，代不识字的写写
书信，替太懒或太蠢的牧师写写布道，给原告写写证词。他很擅长
撰写宗谱，顾客就是那些想证明自己家族血统纯正的人。所谓的血
统纯正，就是说至少百年间，他们祖先的血统都没有被犹太人或者
摩尔人玷污。因此，假使多明戈能戒酒戒赌，这个小家庭也不至于
那么潦倒。多明戈还花大把钱买书，主要买些诗集和剧本——自打
从意大利回国后，他又重拾旧爱，创作剧本，虽然写的东西从未上
演，但他可以上他最爱光顾的酒馆，把作品读给酒友们听，也能从中
得到莫大的满足。现在，他成了有头有脸的人物，于是恢复了削发，
以便在险象环生的西班牙免遭横祸；他也穿起了素净的服饰，装扮
成初级神品的学者模样。

他越来越喜欢侄女卡塔丽娜，她那么活泼开朗，那么漂亮迷人，
看着她渐渐长大，出落得美丽大方，心里十分满足，再无其他欲求了。
他把教育的职责揽在身上，教侄女读书写字，教她了解宗教教义，带
她参加第一次圣餐仪式，眼睛里流露出父亲般的自豪；除此以外，他
也教侄女读诗，等她年龄渐长，开始教她读一些剧作家的作品。在西
班牙，这些剧作家备受热议，他最崇拜的就是洛佩·德·维加②，断

---

① 十字褡指神父行弥撒或圣餐时所穿的宽大无袖长袍；圣带是基督教牧师、神父等在举
行礼拜仪式时披的一件衣饰，大约长二米半到三米、宽七到十厘米，末端通常变宽。
② 洛佩·德·维加（1562—1635），西班牙剧作家、诗人和小说家。被视为西班牙戏剧
的开创者，作剧本1 800部，存世近500部，还作有长诗《安赫利卡的美丽》、长篇小
说《阿卡迪亚》等。

言维加是世界上最具天赋的剧作家。卡塔丽娜的腿没有瘸之前,两人常常表演他们最欣赏的片断。卡塔丽娜记东西很快,慢慢地,她把大段的台词都牢记心中。多明戈仍记得自己的戏班经历,于是教卡塔丽娜说台词,何时应该取得节制,何时应该把一段感情片片撕碎①。此时的多明戈鹤发鸡皮、面黄肌瘦、四肢绵软,但眼神中仍有激情的火花,说话时声若洪钟;当他和卡塔丽娜表演一个引人注目的片断时,玛丽亚是唯一的观众;此时,他不再是一个憔悴枯槁、嗜酒如命、百无一用的老头儿,而是一个英勇的青年、一位高贵的王子、一个恋人、一位英雄。后来卡塔丽娜被公牛踩踏,这一切都结束了。惊吓之余,她卧床不起,躺了几个星期,期间,小城的医生纷至沓来,使出浑身解数,要治好她的腿,但限于医术,最终只得承认无能为力。这应该是上帝的旨意吧。她的心上人迭戈,到了晚上也不再来到窗前,隔着铁栅栏跟她谈情说爱了。不久后,她的妈妈就把听来的闲话带回家,说迭戈要娶佩德罗·阿尔瓦雷斯的女儿。多明戈为了哄她开心,仍然读剧本给她听,但读到爱情片断时,她就大哭,悲痛欲绝,多明戈只得放弃。

---

① 语出莎士比亚的戏剧《哈姆莱特》第三幕第二场,采用朱生豪译文。

第三章

卡塔丽娜睡了几个小时,最后,妈妈在厨房里叮叮当当忙碌的声音把她吵醒了。她抓起拐杖,一瘸一拐走进厨房。

"舅舅在哪儿?"她问道,急切地想把显灵这件事说给舅舅听。

"还能在哪儿?酒馆啊,要是没猜错的话,吃晚饭他就会回来。"

跟其他人一样,这一家人通常在中午才吃一餐热饭,不过从早上到现在,他们只吃了一块玛丽亚带去的蒜泥面包,所以玛丽亚知道多明戈晚饭的时候会饿,于是她生了火,准备炖汤。但卡塔丽娜一刻都等不及了。

"妈妈,圣母马利亚对我显灵了。"

"是吗,亲爱的?"玛丽亚回答,"帮我洗几个萝卜,切成小块儿。"

"可是妈妈,听我说啊,圣母马利亚对我显灵了,她跟我说话了。"

"别犯傻了,孩子。我回来就看见你在睡觉,心想让你睡吧,做个好梦不是更好。现在睡醒了,就帮我做饭吧。"

"可这不是梦啊,这发生在我睡觉前啊。"

接着,卡塔丽娜讲述了发生在自己身上的离奇经历。

玛丽亚·佩雷斯年轻的时候也很迷人,但人到中年,身体发福了——许多西班牙妇女到了一定年纪都会发福。玛丽亚经历了许多苦难,在卡塔丽娜之前,她生过两个孩子,都夭折了,但她听天由命;丈夫的遗弃,她也认了,觉得都是上帝在考验她的诚心,因为她非常虔诚；她很务实，牛奶洒了就洒了吧，哭也没用，于是辛勤劳作，上教堂祷告，抚养女儿，照看任性的哥哥，由此找到了慰藉。听着女儿的讲述，她感到一阵心慌意乱。故事太细致了，每个细节都那么精确，她不由得想，要不是这个故事太不可思议，她都愿意相信了。唯一合理的解释就是，可怜的孩子腿瘸了，又被心上人抛弃，脑子一定出了什么问题。想想看，孩子一直在教堂祷告，然后坐在烈日下一晒，保不准脑袋就会出岔子，整件事都是她虚构出来的，用心之深，连她自己都信以为真了。

"胡安·苏亚雷斯·德·巴莱罗先生有一个侍奉上帝最为虔诚的儿子，那就是主教啊，"卡塔丽娜讲完故事后又接着说。

"那当然啦，"妈妈说，"主教是一位圣人嘛。"

"舅舅跟主教很熟啊，他们可是打小就认识的，舅舅可以带我去见主教吧。"

"消停会儿，孩子，让我想想。"

教会不怎么待见那些自称可以跟耶稣基督或者圣母沟通的人，而且会运用所有权威手段阻止那些虚荣之人。几年前，方济各会①有位修士，施展神术，治愈了病人，引起了不小的轰动，群众蜂拥而至，求助于他，宗教法庭不得不出面干预。结果，那位修士被抓了起来，再无音讯了。玛丽亚时常在加尔默罗会修道院做活计，听到一些闲话，说修道院有位修女，声称该教会的创始人伊莱亚斯出现在她房间，对她十分垂青。听闻此事，修道院院长立即对她施以鞭刑，最后修女坦白，显灵的事儿是编造的，想显示自己与众不同。

---

① 方济各会是天主教托钵修会之一，或译法兰西斯派，因其成员穿着灰色会服，故又称灰衣修士。1209 年意大利阿西西城富家子弟方济各（Francis of Assisi，约 1182—1226）得教皇英诺森三世的批准成立该会，1223 年教皇洪诺留三世批准其会规。方济各会提倡过清贫生活，衣麻跣足，托钵行乞，会士间互称"小兄弟"。他们效忠教皇，反对异端。

要是连修士修女都因自称有神术或碰到显灵而遭遇不测的话,那么女儿卡塔丽娜的事一旦传出去,教会肯定严肃对待。想到这里,玛丽亚惊慌失色。

"不要跟别人说哦,"她告诉卡塔丽娜,"就连你舅舅也不要说。吃完饭,我会找他谈,由他决定怎么处理。好了,看在老天的分上,把萝卜洗了,要不就没汤喝了。"

妈妈的回答让卡塔丽娜很不满意,但妈妈让她别说话,干活去。

不久,多明戈回家了,似醉非醉,兴致很高。他喜欢高谈阔论,吃饭的时候,为了哄卡塔丽娜开心,滔滔不绝地讲了白天发生的事情。趁此良机,我来给读者说说,小城怎么会出现这般锣鼓喧天、热闹非凡的景象。

16

第四章

　　胡安·苏亚雷斯·德·巴莱罗先生是位老基督徒[①]。在斐迪
南与伊莎贝拉结婚，统一卡斯蒂利亚与阿拉贡王国[②]之前，西班牙
许多贵族之子都会迎娶有钱有势的犹太人的女儿。与他们不同的
是，巴莱罗老先生的祖上没有受到异族通婚的玷污。不过，血统纯
正是他唯一的财富。离小城一英里远，有个叫巴莱罗的小村，他在
那里拥有几英亩薄田。祖上将小村的名字作为姓氏，倒并非为了彰
显名望，而是为了跟其他姓苏亚雷斯的有所区别。巴莱罗老先生家
境贫寒，娶了罗德里格斯堡小城一个士绅的女儿，但家境并未好转。
十年间，妻子比奥兰特每年都产下一子，但只有三个儿子存活，现已
成年，分别是布拉斯科、曼努埃尔和马丁。

　　长子布拉斯科从小就显露了极其聪慧的迹象；幸运的是，他也
有虔诚的征兆，注定是要当牧师的。到了一定年龄，他被送往位于
阿尔卡拉·德·埃纳雷斯的神学院，之后又上大学。年纪轻轻就取
得了文学硕士及神学博士学位，显然，他有望成为杰出的在俗神父。
但出人意料的是，他说想离群索居，以便全身心投入学习、祷告和冥
想，宣称打算进入多明我会[③]修行。朋友们想方设法让他放弃这个
打算，劝他说多明我会有着严明的教规，半夜也要祷告，而且永久禁
绝肉食，经常进行苦修，斋戒和缄默的时间漫长；但一切劝说都无济
于事，布拉斯科·德·巴莱罗最终成了多明我会的修士。他极具天
赋，引起了多明我会上层修士的关注，发现他不仅风度翩翩学识渊
博，而且嗓音洪亮悦耳动听，口若悬河富有激情，于是派他前往各处
布道。个中原因是，多明我会的创始人圣多明我听命于教皇英诺森

三世④,在异教徒当中布道,自此以后,多明我会的修士都以传教布道而闻名。有一次,他被派往母校阿尔卡拉神学院。当时,他已声名鹊起,整座城市的居民蜂拥而来,倾听布道,布道极为成功。他使出浑身解数,让民众相信,保持纯真信仰非常重要,而且要完全根除异端。他用雷鸣般的嗓音命令平信徒,只要发现有任何异端邪说,就检举揭发,而平信徒十分看重自己的灵魂,害怕宗教法庭的严明律法。接着,他恶狠狠地说,每个人都有宗教义务告发邻居,儿子可以告发父亲,妻子可以告发丈夫,任何亲情都不能免除教会子民纵容邪恶的罪责,而邪恶不仅危及国家,还冒犯神灵。那次布道的成果令人满意,告发的案例很多。最终,有三名新基督徒由于把肥肉切掉,在安息日换洗衣物⑤而被宣判有罪,被处以火刑;多人被判终身监禁,财产充公;还有好些人被处以鞭刑,或者受到罚款等处罚。

　　布拉斯科的雄辩口才给母校管理层留下了深刻印象;不久后,母校任命他为神学教授。他拒不从命,说自己不配,希望免受这个责任重大的职位,但多明我会的上层修士命令他接受,他只得依从。他出色地履行了职责,因此广受赞誉。他的讲座大受欢迎,虽然学

---

① 15 世纪末 16 世纪初,伊比利亚半岛开始实行的一种具有法律效力的社会阶层分类,以区分血统纯正的葡萄牙人、西班牙人和新基督徒,后者主要包括皈依基督教的犹太人和摩尔人及其后裔。
② 1469 年,斐迪南与卡斯蒂利亚的伊莎贝拉结婚,成为斐迪南五世,和伊莎贝拉共同继承了卡斯蒂利亚的王位,后又作为斐迪南二世继承了阿拉贡的王位,与伊莎贝拉一起成为君主。
③ 或译多米尼克派,天主教托钵修会主要派别之一。1215 年由西班牙人多明我(约1170—1221)创立,1216 年获教皇洪诺留三世正式批准。1232 年受教皇委派主持异端裁判所(或称"宗教法庭"),残酷迫害异端。曾控制欧洲一些大学的神学讲坛。除传教外,主要致力于高等教育。其成员通称多明我会修士或黑修士。
④ 英诺森三世(Innocent III,1161—1216),罗马天主教教皇。在位期间教廷权势达到历史上的顶峰,积极参与欧洲各国的政治斗争,发动过第四次十字军东征,镇压异端阿尔比派,批准天主教方济各会的成立,1215 年主持召开第四次拉特兰大公会议,颁布了变体说的教义。
⑤ 根据《圣经·利未记》的说法,脂油是献祭给耶和华的;又根据《圣经·出埃及记》的观点,安息圣日是向耶和华守为圣的。凡在安息日做工的,必要把他治死。

校提供了最大的教室,但前来听讲的人太多,挤都挤不下。他名声大噪,几年后,在三十七岁时,被任命为巴伦西亚宗教法庭的审判官。

　　布拉斯科仍然由衷地觉得,自己配不上这样的职位,但他二话不说就接受了。巴伦西亚是海港城市,经常有外国船只停靠,有英国的,有荷兰的,也有法国的。这些船员大都是新教①教徒,顺理成章地成了宗教法庭惩治的对象。另外,船员们常常想方设法走私禁书入境,包括译成西班牙语的《圣经》和伊拉斯谟②的异端著作。于是,布拉斯科认为,自己将在巴伦西亚大有作为。不过,另一方面的原因是,巴伦西亚和周边地区有着人口众多的摩里斯科人③;他们虽然被迫皈依基督教,但大家都明白,其中大部分人都不怎么虔诚,而且固守摩尔人的诸多习俗,比如不吃猪肉,在家里穿着禁止穿的服饰,拒绝食用自然死亡的家畜。宗教法庭在王权的支持下,成功地消灭了犹太教,而新基督徒虽仍然受到怀疑,但宗教法庭要找到理由控告他们也越发困难了。摩里斯科人就另当别论了,他们勤劳苦干,不仅掌管着西班牙的农业,而且也掌管着所有的贸易,毕竟西班牙本地人太懒散,太自负,也太浪荡,不愿从事卑微琐碎的工作。结果呢,摩里斯科人越来越富有,而且由于繁衍能力强,人口也越来越庞大。许多深思熟虑的人士预测,终有一天,整个西班牙的财富都将落入他们之手,而且他们的人口数量将超过本地人。大家自然担心,这些人将夺取权力,把不思上进的西班牙本地人变为奴隶。

---

① 亦称基督新教,与天主教、东正教并称为基督教三大流派。包括16世纪欧洲宗教改革运动中脱离罗马普世大公教会而产生的新宗派:路德宗、加尔文宗、安立甘宗等。因对罗马公教(即天主教)抱抗议态度,不承认罗马主教的教皇地位,故西方一般称基督新教为"抗罗宗"或"抗议宗"。
② 伊拉斯谟(约1469—1536),荷兰人文主义者和学者,是北欧最重要的文艺复兴学者,对教会的讽刺作品包括《家常谈》(1518年),为宗教改革铺平了道路。
③ 西班牙的摩尔人,尤指接受过洗礼成为基督徒的摩尔人。

不管怎么样，要不惜一切代价铲除他们，于是，若干谋划出炉了。计谋之一，将摩里斯科人送交宗教法庭，以其声名狼藉的异端邪说起诉他们，然后将大批人处以火刑，残余分子将不足为惧。计谋之二，更易操作的办法是，直接将他们驱逐出境；但将好几十万吃苦耐劳、勤劳苦干的摩里斯科人扫地出门，无形之中会增加直布罗陀海峡对岸的摩尔人的实力，政府可不愿意看到这一点。于是，一个巧妙的建议诞生了：用破烂不堪的船只运送他们出海，表面上说要送他们回非洲，暗中将船只凿穿，结果所有人都将葬身大海。

对摩尔人问题的关注，谁都不及布拉斯科修士。他在阿尔卡拉神学院布道期间，曾提出将大批摩尔人运往纽芬兰，上船之前先将男性阉割，无论老少都不例外，凭此手段，这些人将在不久之后灰飞烟灭。那次布道恐怕是最有名的一次，或许就是那次布道让他得到赏识，在重要城市巴伦西亚身居尊贵的审判官高位。

布拉斯科修士满怀信心地走马上任，虔诚祷告之际信心倍增，觉得前方充满机遇，准备大展拳脚，捍卫宗教法庭的荣誉，维护上帝的荣耀。他清楚，必须同既得利益集团抗争。摩里斯科人是贵族的家臣，向贵族进贡金钱、实物或仆役，因此保护摩里斯科人对贵族有利可图。但布拉斯科修士对权贵一视同仁，认为决不能让任何人妨碍自己履行职责，不管对方的地位有多高。到达巴伦西亚没几周，就有人向他举报，说该市有一位权势很大的贵族，名叫埃尔南多·德·贝尔蒙特，是泰拉诺瓦公爵，他有几个富有的家臣，由于穿着摩尔人服饰以及用浴缸洗澡而触犯了法律，遭到宗教法庭的逮捕，但这个公爵却从中作梗。于是，布拉斯科派出全副武装的执法官，抓捕了公爵，罚款两千金币，将他永久监禁在一家女修道院。对地位如此之高的权贵施以雷霆手段，足见他勇敢果决，震慑了最胆大妄为的人。然而，当这位新官上任的审判官下了铁心，要诛灭摩里斯

科人的时候，巴伦西亚市的官方人士全都赶来劝诫。官员们指出，
整个地区的繁荣皆系于摩里斯科人，若继续严刑峻法，则繁华尽逝。
布拉斯科严厉斥责他们，甚至威胁开除教籍，结果，官员们只得屈服
顺从，并致以诚挚的歉意。刑罚和充公双管齐下，不久之后，他就取
得成功，让摩里斯科人痛苦不堪、穷困潦倒。他的密探无孔不入，西
班牙本地人，不论是世俗人士，还是神职人员，人人自危，因为他们
都有可能被怀疑。布拉斯科在布道时不断地要巴伦西亚的市民谨
记，任何人说了欠考虑的话，无论是开玩笑，还是发怒火，是无知无
畏，还是粗心大意，他们都有义务告发；不久之后，整座城市的居民
惶惶不可终日。

　　不过，布拉斯科审判官正直公道，办事谨慎，有什么罪，就判什
么刑。举个例子，作为一名神学家，他认为未婚私通是大罪；但只有
当有人宣称未婚私通并非大罪时，他作为一名审判官才会闻声而
动，将犯罪之人处以一百鞭刑。另一方面，如果有人声称，婚姻跟独
身没什么区别，这种看法虽同样大逆不道，却仅处以罚款。他也有
慈悲心肠，处死异端并非他所愿，拯救异端的灵魂才是他想要的。
有一次，一名英国船长被抓，坦白自己是新教徒，于是船只被扣，货
物充公，船长惨遭严刑拷打，奄奄一息，然后就同意皈依，成为天主
教徒。这件事让布拉斯科颇为满意，因此决定宽大处理，仅判船长
划桨十年和终身监禁。有关他的慈悲，还可以举出两三个例子。比
如，有悔罪的人因受两百鞭刑而丧生，自此以后，布拉斯科坚决把两
百鞭刑减到一百；有酷刑要加在孕妇身上时，他要求缓期执行，等孕
妇出了月子再动刑。正是由于心慈手软，而非严格遵照法律，他才
细心谨慎，指出酷刑不能让人落下终身残疾，也不能伤筋动骨。如
果偶发意外，有人死于酷刑之下，那么没有人比布拉斯科审判官更
深感后悔的。

布拉斯科的任期大获成功。十年间,共举行了三十七次"信仰审判"①,约六百人忏悔,七十多人被处以火刑,或者活活烧死,或者罪犯的模拟像被烧毁,由此,不仅侍奉了上帝,也教化了民众。最后一场审判,是为荣耀国王的儿子腓力王子②举行的,换了其他人,早就飘飘然,认为这是自己职业生涯的至高荣耀。各项仪式进行顺利,让王子满心欢喜,于是赠予布拉斯科两百金币,附上一封信函,信中对布拉斯科的成就大加赞赏,认为此举极大改善了当地的面貌,敦促他再接再厉,侍奉上帝,捍卫宗教法庭的荣耀,捍卫国家的利益。布拉斯科审判官对工作热忱,对教会虔诚,给王子留下了深刻印象。腓力二世驾崩后不久,王子登基,继承王位,马上就任命布拉斯科修士为塞哥维亚省的主教。

布拉斯科接受了要职,不过在此之前,他花了整整一晚的时间,跪在神像面前,进行了一番思想斗争。接着,他离开巴伦西亚,引起了各阶层民众的悲叹。他的工作热情、苦行僧的生活、审慎和正直,赢得了身居高位人士的赞赏;而他的慈善仁爱,让穷人顶礼膜拜。作为审判官,俸禄可观,在马拉加③的圣职也带来大量收益,但所有的收入他都用于接济穷人,提供其生活所需。被判刑的异教徒的财富被充公,赎罪之人被罚款,这些钱财源源不断地流入宗教法庭的金库,用于支付巨额开支;不过呢,审判官们将大量钱财据为己有,也并不罕见。就连圣人似的托尔克马达④也由此聚敛了巨额财富,用于在阿维拉古城修建圣托马斯·阿奎那修道院,扩建位于塞哥维

---

① 宗教法庭为宣判所举行的仪式。
② 即后来的腓力三世(1578—1621),哈布斯堡王朝的西班牙国王(1598—1621年在位)和葡萄牙国王(称腓力二世,1598—1621年在位)。他统治时期是西班牙国力衰落的开始。
③ 位于西班牙南部安达卢西亚、地中海太阳海岸的一个城市。
④ 托尔克马达(约1420—1498),西班牙教士,宗教总裁判官,多明我会修士;是斐迪南国王和伊莎贝拉女王的告解神父,并劝说他们于1478年设立宗教法庭。

亚的圣克鲁兹修道院。但布拉斯科从不支持这种做法，来巴伦西亚之前，他身无分文，现在要离开巴伦西亚了，他依然不名一文。

布拉斯科只穿多明我会的普通长袍，从不吃肉，从不穿亚麻布，床上也从不使用亚麻制品①，时常惩戒自己，有时下手太狠，鲜血都溅到了墙上。他的圣洁远近闻名，当长袍破烂不堪，无法穿着，不得不更换之时，人们会付钱给他的仆人，购买扔弃的长袍碎片，作为辟邪之物，阻挡天花和梅毒。离开巴伦西亚前，几位有权有势的人向他大胆进言，希望他做出承诺，等他回归天国之日，可以荣幸地将他的遗体下葬于巴伦西亚，毕竟他为这座城市立下了汗马功劳。他们坚信，等他升天后，可以向罗马教廷施压，追封他为圣人，或者至少可以获得宣福②，让他的遗骸进入大教堂，这对巴伦西亚来说也将是荣耀之至。但是布拉斯科修士猜到了这些人的心思，严词拒绝了。

众人护送他出了城门，一直送到三英里外。送行之人地位尊贵，有教会要人，有地方长官，也有许多富绅，离别之时，那些达官显贵个个泪眼汪汪。

---

① 亚麻是基督教圣物，对整个基督教世界影响最大的一块亚麻布是"都灵尸衣"，据说就是耶稣从十字架上被解下来时包裹尸体用的，所以布拉斯科有此忌讳。

② 教皇昭告死者已得宣福的宣言，此为死者获得封圣地位的第一步，并由此开始接受公众朝拜。

第五章

说起胡安·德·巴莱罗先生的其他两个儿子,就用不着长篇大论了。

曼努埃尔排行老二,比哥哥布拉斯科小几岁,虽说不蠢,但也不是太聪慧,也说不上勤奋。比起读书学习,他更喜欢体育运动,渐渐长成了帅气的壮小伙儿,身体强健,自视甚高,有冲劲,有胆识,有抱负。他善于打猎,能驯服别人难以驯服的马匹。从小他就跟小城的伙伴们一起参加斗牛,随着年龄渐增,一有机会,他就跳进斗牛场斗牛。十六岁那年,他就设法获准骑着马斗牛,一个冲刺,长矛前插,斗牛倒地,观众钦佩不已。他早就打算参军,因为在当时的西班牙,如果不进入教会,这就是仅有的一条晋升的道路。胡安·德·巴莱罗先生虽家境贫寒,却备受尊重。碰巧,小城有一个贵族是了不起的阿尔瓦公爵①的远亲;于是,一个晴空万里的日子,年轻的曼努埃尔怀揣一封推荐信,骑着马,前去投奔这位公爵。值此之际,时机正好,因为公爵被逐出宫廷,幽禁在自家的乌泽达城堡。见面之时,曼努埃尔英姿飒爽,让公爵兴趣大增,毕竟那时他正失宠,而这个年轻人却来投奔自己。不久之后,腓力二世②召回公爵,让他带兵打仗,征讨葡萄牙,他就让曼努埃尔充当随从,跟随左右。公爵打败了安东尼奥国王③,将其赶出葡萄牙,占领了里斯本,掠夺了大量财宝,下令准许士兵洗劫城区和郊区。曼努埃尔作战英勇,尔后参与洗劫,收获大量宝物,立刻变现。但阿尔瓦公爵年事已高,将不久于人世,而曼努埃尔急于再立新功,于是公爵修书一封,向曾跟随自己征讨低地国家的老部下推荐他,而这些部下现在跟随亚历山大·法尔内塞将军④作战。

二十年岁月，曼努埃尔不断征战，表现优异，替西班牙国王收复了北方省份。他证明了自己，不仅作战英勇，而且足智多谋，由此受到亚历山大·法尔内塞将军的提拔，将军死后，接替他的将领们也都提携他。曼努埃尔寡廉鲜耻，却又勇猛无畏；残酷无情，却有真才实干；虔诚坚定，却又蛮横无理；假以时日，他得到了重用。他很快就发现，为国服务之时，如果不提要求，就不太可能获得应有的奖赏。而曼努埃尔毫不犹豫地提出了要求。凭借着他积攒下来的巨额财富——有的是从占领的城市掠夺而来，有的是从管辖之下的城镇商人手里勒索而来，有的是略施恩惠换取现金回报而来——最终，他得以用一种难以回绝的方式支持了自己的诉求。于是，他获得了垂涎已久的卡拉特拉瓦骑士团⑤勋章，骄傲地佩戴上绿色绶带；两年后，受封为那不勒斯王国的圣科斯坦佐伯爵，有权随意处置这个头衔。这都源于西班牙国王的勤俭治国方略：有功之臣被授予的头衔可以卖给富有的平民，而平民乐于得到爵位，由此，王室既能奖赏有功之臣，又不用花国库一分钱。不过，卡拉特拉瓦骑士投资有方，没有必要出售爵位。战争中，他多次受伤，最近一次战斗更

① 阿尔瓦公爵（1507—1582），西班牙将领、政治家，因1580年攻占葡萄牙而闻名于世。
② 腓力二世（1527—1598），又译费利佩、菲利普、菲利波。西班牙哈布斯堡王朝第二位国王（1556—1598年在位）和葡萄牙哈布斯堡王朝首位国王（称腓力一世，1580—1598年在位）。
③ 安东尼奥国王（1531—1595），1580年在圣塔伦称王，但在20天内被西班牙军队击败，他占领亚速尔群岛（位于大西洋北部）继续称王，直到1583年流亡法国。
④ 亚历山大·法尔内塞（1545—1592），帕尔马公爵，西班牙全盛时期最伟大的将领之一。腓力二世的尼德兰摄政，收复了叛乱的十七个省中的南方十省，其领地组成了今天的比利时。
⑤ 卡拉特拉瓦骑士团，又译卡拉特拉瓦骑士修道会，创建于1158年，是西班牙集军事和宗教于一体的一家修道会。总部设在卡拉特拉瓦，曾参与基督教的"收复失地运动"，获得卡斯蒂利亚和阿拉贡的大片土地，15世纪时发展成为拥有20万成员的修道会。后参与卡斯蒂利亚王国的国内政治。为了缓解该修道会对王位的威胁，斐迪南和伊莎贝拉于1489年接手了该修道会的管理权，自此以后至19世纪解散期间，该修道会仅为西班牙贵族阶层的名誉组织。

是身负重伤,若不是身强体壮,恐怕很难挺过来。这次受伤让他有合理的理由不再继续军旅生涯,他决心荣归故里,与家乡某个老贵族联姻。凭着爵位和财富,他确信可以得偿所愿,婚后再前往首都马德里,靠着智谋和干劲,实现雄心抱负。只要方法得当,结交对的人,最终有可能攀上高位,谁又说得准呢?此时,曼努埃尔已满四十岁,身材魁梧,黑色的眼睛大胆而有神,胡须浓密而神态傲慢,精气十足而巧舌如簧。

第六章

　　老三马丁的经历更不需长篇大论了。常言道：家家都有败家
子。胡安·德·巴莱罗先生家也不例外。马丁年纪最小，也是比奥
兰特夫人生育的最后一个儿子。他既没有大哥的激情和虔诚，也没
有二哥的抱负和机敏。凭借各自特长，大哥布拉斯科·德·巴莱罗
在教会身居高位，二哥曼努埃尔名利双收。马丁似乎愿意把所有心
思，都倾注于耕种家里的几英亩薄田，赡养父母亲，让双亲身心健
康。当时，由于常年战乱，又加上美洲对年轻冒险家充满了诱惑，西
班牙出现了劳动力短缺。聪明勤劳的摩里斯科人在这个地区本不
多见；那时节，除了少数人，他们几乎全部被迫离开了这里。在胡安
先生眼里，马丁令他伤心失望，虽然妻子时常劝解，说有个儿子在家
也有好处，马丁强壮有力，什么活计都愿意干，但老先生依然感到
烦闷。

　　但更大的打击还在后头。马丁二十三岁那年结的婚，娶的人家
比不上自己家。诚然，新娘出身老基督徒家庭，有确凿证据显示，她
家往上数四辈，都没有同犹太人或摩尔人通婚，但她的父亲是面包
师。新娘名叫孔苏埃洛，是家里唯一的孩子，将来会继承家业，但不
管怎么说，她父亲毕竟是个小商贩。几年时光匆匆流逝，孔苏埃洛
已生养了几个孩子。接着，另一个打击从天而降，击中胡安先生。
面包师过世了，胡安松了口气，觉得可以把面包店卖掉，自此以后，
那个卑贱职业带来的相关污点就可以淡忘了。但是，才体体面面地
安葬完面包师，马丁就立刻告诉父母，打算搬到城里去，经营那家面
包店。父母简直不敢相信自己的耳朵了，父亲胡安暴跳如雷，母亲

比奥兰特潸然泪下。儿子耐心开导说，他们日子过得没以前那么紧巴了，这多亏了孔苏埃洛带来的嫁妆，现在钱花光了，而家里添了四个小孩，他没有理由不考虑喂养多出来的四张嘴，在西班牙很难挣到钱，靠着几亩薄田，或许还能支撑几年，再往后呢，就没什么指望了，只能挨饿。他竟然说出如此荒唐之语——比起耕田、榨橄榄油，烤面包也没什么丢人的嘛。

马丁将家人安置在面包店二楼。天还未亮，他就起床烤面包，然后骑马出城，在地里忙活，天黑才回城。生意逐渐兴旺起来，因为他做的面包香甜可口。一两年之后，手头宽裕了，他雇了一个人，替他干农活，但他仍然每天赶回老家，看望父母。每次看望老人，他基本上都不会空着两手，不久之后，凡是教会允许吃肉的日子，父母都有肉吃。两位老人年岁越来越大，胡安先生也承认，小儿子每次带来的东西，让他的晚年生活过得舒服惬意。当初，胡安·德·巴莱罗先生的小儿子要自降身份当面包师，小城居民可是十分意外，街上的小孩常常跟在身后奚落嘲笑他，喊他"Panadero"，意思是"烤面包的"，但马丁脾气和善，毫不在意，不觉得自己的做法有什么不妥，很快，大家就偃旗息鼓了。马丁乐善好施，每次有穷人去他店门口祈求施舍，走的时候都会拿到一条刚烤好的面包。马丁虔诚敬神，每个礼拜日都去做弥撒，每年定期做四次告解。现在，马丁三十四岁了，体壮如牛，有些发福，喜欢好吃好喝的，成天满面红光，开朗快乐。

人们谈到马丁，都说："是个好小伙儿，虽说头脑不太灵光，也没什么文化，但心地善良，为人诚恳。"

马丁待人和善，爱开玩笑。日子渐渐过去，他终于可以对许多事泰然处之，有社会地位的人也常到他店里聊天。事实上，马丁的面包店摇身一变，成了大家聊天聚会的场所。

马丁肩负起照看父母的责任，实属幸事，因为二十年来，大哥布拉斯科修士出门在外，从未给家里寄过一分钱，毕竟他的所有积蓄都做了慈善；而曼努埃尔也没有给家里寄过钱，因为他觉得自己赚的钱最好还是自己花。因此，年迈的父母完全依靠马丁。但他们依然觉得马丁丢了他们的脸，不无遗憾地感叹，马丁的生活过得很悲惨啊。而马丁似乎乐在其中，让两位老人经常恼火不已。两位老人对平民出身的儿媳倒是有礼有节，觉得出于自尊心，也应当如此，而且他们对几个孙子孙女也越发疼爱了。但他们最心疼的却是另外两个儿子，因为那两个儿子给家族增了光，添了彩，光耀了门楣。

第七章

不难想象，胡安先生和比奥兰特夫人是多么喜出望外，盼望着
早些见到分别多年的两个儿子。当修士的儿子极少写信，而胡安先
生和当面包师的小儿子都不擅长动笔，也不相信自己能写出典雅的
词句，入得了这位学识渊博的修士的法眼，因此他们找多明戈·佩
雷斯代笔。回信写得很好，既令爷儿俩满意，也让多明戈自己满足，
他对个人的典雅文风还是挺自豪的。相对而言，当兵的曼努埃尔从
未跟他们联系过，唯一的一次，还是为了获得朝思暮想的卡拉特拉
瓦骑士勋章，不得不要家人开示证明，证实自己的血统纯正。于是
多明戈又派上用场了，他应邀撰写了家谱，并在小城几位法官面前
郑重承诺所写属实，他们家没有任何犹太血统，其先祖可追溯至卡
斯蒂利亚的国王阿方索八世①，迎娶了英格兰国王亨利二世②的女
儿埃莉诺拉公主。

胡安的两个儿子衣锦还乡，同时老两口迎来金婚庆典，双喜临
门啊。大儿子布拉斯科刚刚荣升主教高位，二儿子曼努埃尔立下赫
赫战功，两人打算在离城二十英里的一个小镇会合，然后一起进城，
方显郑重。胡安心想，穷困落魄的马丁长期以来让家族蒙受了多少
耻辱啊，而为另外两个儿子筹备的欢迎仪式必将盛况空前，或多或
少可以洗雪前耻，念及此，不禁心花怒放。当然，不可能让两个儿子
和随从住在摇摇欲坠的农村房屋，于是有了这样的安排：当主教的
儿子下榻多明我会修道院，而罗德里格斯堡公爵的管家说，公爵出
差在外，在公爵府邸给曼努埃尔安排了房间。

喜庆的日子到了。小城的贵族们骑马，法官和牧师们骑驴，迎

出城去；一位有身份的人借给胡安先生和比奥兰特夫人一辆四轮马车，此刻，他们坐着马车，跟在队伍后面。不一会儿，翘首以盼的远方来客出现了，他们走在弯弯曲曲的道路上，尘土飞扬。主教穿着多明我会的长袍，骑着骡子，弟弟曼努埃尔身披华丽的镶金铠甲，骑着高头大马，两人两骑并排而行；身后是主教的两个秘书、多明我会的几个修士、一众仆役以及身穿华丽制服的将领随从。主教同前来迎接的要人寒暄，聆听热情洋溢的欢迎词，然后说想见见父母双亲。他的父母自觉地躲在迎客队伍后面，现在总算走上前来。比奥兰特夫人正要下跪亲吻主教的戒指，主教连忙伸手相扶，揽入怀中，旁人赞赏不已，接着主教亲吻母亲的面颊，以示尊重，母亲十分感动，老泪纵横，在场之人大都深受感染，泪水滚落脸颊。主教也亲吻了父亲，二老准备与二儿子相见，这时，主教说要见见三弟马丁。

有人叫道："烤面包的。"

接着，马丁带着妻儿从人群中挤了出来。他们一家都盛装打扮，开朗、富态的马丁满面春风。主教亲切接见了马丁，而曼努埃尔见马丁时则有些傲气，马丁的妻子孔苏埃洛带着孩子们下跪，亲吻了主教的戒指。主教见几个小孩儿都长得健康壮实，甚觉宽慰，夸赞了弟弟一番。父母在给主教的信件中提到，小儿子马丁结婚生子了，但从来不敢说马丁成了个商贩。此时，老两口看着兄弟相见，却忧心忡忡。他们也明白，那件事迟早会泄露出去的，但又迫切盼望别出什么岔子，坏了眼前的喜庆气氛。激烈争论之后，这群人商定好，谁排在两位尊贵的客人右边，而谁又排在左边，尽管有人愤愤不平，但队伍总算整装完毕，浩浩荡荡走进小城，煞是壮观。队伍进入

① 阿方索八世（1155—1214），卡斯蒂利亚王国国王（1158—1214 年在位），1158 年父王去世后他才三岁就继承王位。
② 亨利二世（1133—1189），金雀花王朝的首位英格兰国王（1154—1189 年在位），号称"短斗篷亨利"。

城门之时,教堂钟声齐鸣、鞭炮震天,号手吹起小号,鼓手敲鼓。街上已是人山人海,见到队伍经过,叫声连连,掌声阵阵,队伍一路来到天主教大圣堂,而颂歌《感恩赞》即将唱响。

颂歌之后是宴会——主人家留意到,尽管这天是圣母升天节,主教既没有吃肉也没有饮酒。宴会结束后,主教婉转提出,想跟家人单独待一小会儿。于是,马丁起身去叫母亲,而母亲早已跟随他妻儿回面包店了,返回之时,发现大哥布拉斯科跟父亲单独在一起。马丁领着母亲刚进屋,二哥曼努埃尔也大步流星走了过来,他眉头紧锁,眼含怒火。

"大哥,"他对主教说,"你知道吗,我们祖上是古老家族,父亲是士绅,但马丁这个家伙竟然去做糕点。"

胡安先生和比奥兰特夫人吃了一惊,但主教只是笑了笑:

"二弟,马丁做的不是糕点,是面包。"

"你是说,你早就知道了?"

"好多年前我就知道了。我也想照顾父母,但为了神圣的职责,不能如愿,只能在远方关注他们,时常为他们祷告。城里的多明我会会长,常常告诉我他们的情况。"

"那你怎么能由着他让我们家族蒙羞呢?"

"我们的弟弟马丁又贤德又虔诚,受人尊敬,接济穷人,让父母安享晚年。他那样做,也是迫不得已,我不能怪他。"

"我是个当兵的,大哥,荣誉可比生命还重要。这件事毁了我的计划。"

"我不大相信。"

"不大相信?"曼努埃尔气势汹汹地说,"你又不知道我的计划是什么。"

主教露出一丝笑容,暂时缓和了严肃的表情。

"二弟,看来你不太懂人情世故啊,"主教答道,"我们的隐私哪能逃过下人的眼睛。你忘了,我们来的路上,可是有两天都住在同一个屋檐下。有些话传到我耳朵里,说你回家可不单单是为了尽孝,也是为了跟城里的某个贵族联姻。国王陛下满心欢喜赏赐你爵位,给国王效力期间你也赚了不少钱,尽管三弟选择了那样的工作,但有了这两样东西,你何愁实现不了目标。"

这期间,马丁一直在倾听,没有流露出任何羞愧的迹象,一团和气的脸庞反而带着很像是笑容的表情。

"可别忘了,曼努埃尔,"主教继续说,"多明戈·佩雷斯把我们的先祖追溯到了卡斯蒂利亚国王和英格兰国王。对你打算联姻的家庭来说,这一点必定大有分量。多明戈告诉我,英格兰有位国王也做蛋糕;那么,国王的后代子孙有人做面包,恐怕也没那么丢人吧。尤其是大家都认同,他做的面包还是城里最好吃的呢。"

"那个多明戈·佩雷斯是谁啊?"当兵的弟弟板着脸问。

这个问题可不好回答,不过马丁尽力而为:

"他学问好,会写诗。"

"我记得他,"主教说,"我们是神学院的同学。"

曼努埃尔很不耐烦,一甩头,转向父亲:

"您为什么允许他那么做,丢我们的脸啊?"

"我可没有允许啊,我想尽了办法,想劝阻他的。"

现在,曼努埃尔表情严厉,转身面对三弟:

"而你,竟敢违抗父亲的意愿?父亲的话就像命令一样,必须服从。给我一个理由,一个就足够,为什么连体面都不要了,自取其辱,去当个烤面包的。"

"饥饿。"

这两个字砖石一般,掷地有声。曼努埃尔反感得要大发雷霆,但还是强忍住了。一丝淡淡的笑容再一次跳跃在主教的唇齿之间。就连圣人也保留着一点人性；之前，主教跟当兵的弟弟相处了两天，得出结论：自己一点儿也不喜欢这个弟弟。为此，他有些自责，但身为基督徒的满腔慈爱，也掩盖不了对曼努埃尔的厌恶——这个弟弟真是个粗俗野蛮、骄横跋扈的家伙。

幸运的是，这场家人团聚被打断了。有人进来告诉他们，斗牛表演快开始了。两个哥哥坐在上位。市政当局花了不少钱，买来勇猛好斗的公牛，斗牛表演也配得上那种场合。之后，主教和随行的修士一起到多明我会修道院休息，而曼努埃尔前往为他准备的公爵府邸下榻。小城居民缓缓离开，有的回家，有的下酒馆，谈论激动兴奋的一天。多明戈·佩雷斯终于摇摇晃晃地回到了妹妹家里。

第八章

晚饭后,多明戈照例回到楼上的房间。不一会儿,玛丽亚也来
到房间。没上楼前,玛丽亚在楼下听到多明戈朗诵,声音洪亮,感情
饱满;她来到楼上,咚咚敲门,多明戈没有搭理,玛丽亚迈步进去。
房间狭小,空荡荡的,几乎空无一物,只有一张床、一个衣柜、一张桌
子和一把椅子。还有一个书架,挤满了书本;另外,桌上有书,地板
上有书,衣柜顶上也有书。那张床没有铺好,仍放着多明戈的教士
长袍,而他穿着衬衣和马裤。桌面上还散乱放着纸张,一大沓手稿
堆放在屋子一角。见到这个乱糟糟的房间,玛丽亚不禁叹息,觉得
自己也无能为力。多明戈毫不理会玛丽亚,继续高声朗诵一本剧作
中的演讲词。

"多明戈,我想跟你谈谈,"她说。

"别吵我,女人,听我读这个时代最伟大的天才书写的宏伟诗
作吧。"

多明戈大声朗诵,玛丽亚气得一跺脚。

"放下书,多明戈,有件非常重要的事情要跟你说。"

"出去吧。说到这个时代无与伦比的人物,那位出类拔萃的洛
佩·德·维加,他写的剧作简直就是神灵的启示——试问,你要说
的事情能与之相提并论吗?"

"你要是不听我说,我就不走。"

多明戈生气地扔下书本。

"有什么话赶紧说,说完就出去。"

于是,玛丽亚讲了卡塔丽娜的经历:圣母马利亚是如何显灵

的，又是如何告诉卡塔丽娜，胡安先生的主教儿子可以治好她的瘸腿。

"那是做梦吧，可怜的玛丽亚，"多明戈等玛丽亚讲完后说道。

"我也是这样跟她说的呀，但她断定自己当时清醒着呢，我也没办法说服她。"

多明戈心烦意乱。

"我跟你下楼，让她自己说说整个经过。"

卡塔丽娜再一次讲了那件事情。多明戈一直盯着她看，想确定她对自己讲的话是否深信不疑。

"你怎么那么确信自己没睡着呢，孩子？"

"还是上午呢，我怎么会睡觉？刚从教堂出来，大哭了一场，回家后发现手帕还是湿的，要是睡着了，怎么可能用手帕擦眼泪呢？我听到了钟声，那时主教和曼努埃尔将军正好进城，还听到了小号声、鼓声、欢呼声。"

"魔鬼撒旦诡计多端，擅长诱骗麻痹大意的人，就连创办了所有那些修道院的特雷萨修女①也长久地担忧，她经历的神示是魔鬼在捣乱。"

"难道魔鬼可以装作是温和、慈爱、善良的圣母，同我说话吗？"

"魔鬼很会演戏啊，"多明戈笑着说，"洛佩·德·卢埃达②对他的戏班演员不耐烦的时候，就会说，要是只能请魔鬼来工作，他乐意把所有演员的灵魂都献出来，当作魔鬼的酬劳。不过，听着，亲爱

---

① 也叫阿维拉的圣特雷萨(1515—1582)，或称圣女大德兰，自称"耶稣的德兰"，西班牙加尔默罗会修女，神秘主义者，与基督教的圣约翰一起倡导"赤足"改革运动。创立赤足加尔默罗隐修会(又称加尔默罗圣衣会)，于1562年开创第一间圣约瑟隐修院后，陆陆续续开办多间男、女隐修院，1622年被册封为圣女。

② 又译鲁埃达(1505—1565)，西班牙剧作家。塞维利亚人，银匠出身。当过演员，写过剧本，1551年巴利亚多利德市政府修建了一座露天剧场，供他演戏。塞万提斯曾给予他的田园诗剧很高评价。

的，我们知道有些虔诚的人会承蒙天恩，亲眼看见我主耶稣和圣母马利亚，但这份恩典是为了奖赏他们的祷告、斋戒、禁欲以及为侍奉上帝奉献终身。这种待遇仅仅是因为他们多年来的自我牺牲，而你有什么付出，能获得这样的恩典？"

"没有，"卡塔丽娜说，"不过我又可怜又难过，便向圣母马利亚祷告，祈求她搭救我，于是她大发慈悲了。"

多明戈沉默了一会儿。卡塔丽娜心性坚定，执拗任性，他担心她完全不懂这将会招致何种风险。

"我们的宗教法庭不会放纵那些声称能与天国沟通的人。全国上下充斥着这类自称被赐予神奇特权的人。他们中有些人是被蒙骗的可怜虫，而多数人却是骗子，编些瞎话，或者为了出名，或者为了金钱。宗教法庭理所当然地对此十分关注，因为这些人扰乱了无知民众的心智，常常把他们引上歧途，误入异端。对付这类人，宗教法庭要么监禁，要么鞭笞，要么罚做苦役，要么处以火刑。所以，我恳求你，看在爱我们的分上，对我们说的话决不能向外人透露一个字。"

"可是，舅舅，亲爱的舅舅，这事关我的幸福啊。大家都知道，整个国家没有比主教更圣洁的人了。大家也知道，就连他穿过的长袍的一条碎布片也有神力。就是因为腿瘸，我的心上人迭戈不要我了，是圣母马利亚亲口对我说，主教可以治好我，我怎么能不透露一个字呢？"

"这件事可不仅仅关乎你啊。要是宗教法庭主动展开调查，或许跟我相关的案件将重新追查，毕竟宗教法庭可没那么健忘；要是我们被送进宗教法庭的监狱，这幢房子都得卖了，才够我们在监狱的生活费用，而你妈妈将流落街头，乞讨为生。答应我，先给我们时间商量商量，起码在这之前，你不许向外人透露。"

多明戈的表情流露出深深的忧虑和惶恐，卡塔丽娜只得屈从。

"好的，我答应你。"

"你是个好姑娘。现在和妈妈先睡吧，玩闹了一天，我们都累了。"

多明戈亲吻了她，准备上楼，让母女俩单独留在房间；可刚爬上楼梯，他又呼唤妹妹玛丽亚，玛丽亚走出房间。

"喂她吃点泻药，"多明戈小声说，"等肠胃通畅了，或许脑子也会通畅，明天我们再说服她，整件事不过是一场梦，令人深感惋惜的梦啊。"

第九章

　　但是,泻药不起作用,至少没有起到想要的效果。卡塔丽娜继续坚称亲眼见过圣母马利亚,还跟她说过话。她对圣母的穿着描述得非常准确,连妈妈玛丽亚·佩雷斯都惊异不已。碰巧,第二天是星期五,是玛丽亚去告解的日子。多年来,她的告解神父都是维加拉神父,所以她相信神父的仁慈和智慧。告解完成后,她对神父讲了女儿奇怪的经历,也把多明戈说的话大都告诉了神父。

　　"你哥哥表现得很谨慎、很理智,令人钦佩,没想到他还有这些优点。这件事必须慎重,不能草率,不能让人说闲话,你要管好你女儿,不要让她跟别人说起这件事。我会好好想想,如果有需要,我再向上面的人请教。"

　　玛丽亚跟女儿的告解神父是同一个人,所以他对母女俩都了解,知道她们谦卑诚恳、老实虔诚。就连多明戈也不能腐蚀她们的纯真,毁掉她们的真诚。卡塔丽娜通情达理,头脑清醒,面对受伤,虽然没有顺从认命,但也勇敢无畏。她那么天真无邪,绝不会编故事,她没有不良居心啊。而且,神父深信,女孩是世俗中人,哪里能虚构出跟宗教有关的事情呢。维加拉神父是多明我会的修士,所在的修道院正好是主教和随从们下榻的地方。神父没有什么大见识,听玛丽亚讲了女儿的经历,感觉心绪不宁,觉得有义务跟会长汇报。会长略加思索,觉得应该告诉主教,于是派了见习修士去问主教是否方便接见,一起讨论一件或许很重要的事情。很快,见习修士回来报告说,主教很乐意见他们。

　　主教住的房间是这个修道院里最大最宽敞的。房间被拱门分隔成两部分，一边是卧室，一边是祈祷室。会长和维加拉神父走进房间，发现主教在口述信件，一位秘书正在书写。会长解释了此行目的，然后让维加拉神父重复告解对象的话。神父开始讲述，先说了母女俩如何虔诚敬神，她们的生活如何清白无辜，接着说了卡塔丽娜遭遇的不幸，让她不仅失去了健康，也失去了恋人，讲到最后才重复了那个故事：圣母马利亚是如何显灵的，又是如何告诉卡塔丽娜，主教有能力治好她的瘸腿的。想了一会儿，神父接着说，女孩的舅舅多明戈·佩雷斯要女孩做出承诺，保守秘密，因为此事还需深思熟虑。说到最后，主教的脸色变得十分严肃，神父不禁声音发颤，全身大汗淋漓。房间里寂静无声。

"我认识这个多明戈，"主教终于开口说道，"他道德败坏，任何在乎自己救赎的人，都不会跟他来往。但他也不是蠢蛋，他让侄女答应保密，做得细心谨慎。你是女孩的告解神父吧?"神父鞠了一躬。"那么请你让女孩承诺，不会把这件事说给他人听，否则你就不给她赦罪。"

可怜的神父凝视着主教，心中疑惑。难道主教不是公认的圣人吗? 神父心想，主教应该乐见此事，趁机施展神力，由此，不仅能显示上帝的荣光，也能让不少罪人前来悔罪。主教眼神冰冷。你或许可以认为他是因为克制，才没有大发雷霆。

"好了，请让我继续工作吧。"主教说道，接着转身对秘书说，"把我口述的最后一句话读给我听。"

两位神父一言不发地悄悄离开。

"主教为什么不高兴呢?"维加拉神父问。

"我们都不该告诉他的。是我的错，我们冒犯了他的谦卑，他都不知道自己是多么圣洁，而且认为自己配不上施展神迹。"

这个解释倒也合情合理，因为这件事有助于提高主教的声誉，于是维加拉神父赶紧将此事告诉了修道院的所有修士。很快,整座修道院都兴奋起来。有的说主教谦虚了,有的表示遗憾,说主教没有抓住这个机会,本来他可以极大提升自己的声名,提升这家修道院的名气。

　　不过,此事同时也传到了另一家修道院,也就是卡塔丽娜去祷告的那个教堂所在地。如前所述,如果她的话可信,圣母马利亚显灵的教堂就属于这家修道院,名叫加尔默罗化身修道院①。修道院广纳供奉,财力雄厚,女院长常年给玛丽亚·佩雷斯找活干,已成惯例,部分原因是出于善心,部分原因是玛丽亚心灵手巧,无论多么困难多么繁重的活计她都做得来。因此,玛丽亚跟修道院的许多修女相处融洽。由于这个修道院的教规宽松,修女们很自由,所以有些修女常到玛丽亚家里吃个饭,聊个天。玛丽亚告解之后,过了两三天,凑巧来到修道院干活,活计做完后,开始跟一位关系最密切的修女聊天。她先让修女赌咒发誓保守秘密,接着讲述了女儿的奇怪经历。修女们都是爱传闲话的,平时虔诚尽责,生活却枯燥乏味,因此这件事必定能调剂一下,于是,不到二十四小时,修道院上上下下都耳闻了这件事,最终,此事传到了女院长耳朵里。这位女院长在本书起着不可或缺的作用,所以,即便冒着让读者呵欠连天的风险,也有必要讲讲她的故事。

---

①　此类修道院有不同译法,比如,"道成肉身女修会""降生隐修院""降孕隐修院"等。

第十章

罗德里格斯堡公爵唯一的女儿是贝娅特斯·恩里克斯·布拉干萨,教名贝娅特斯·德·圣多明戈。公爵是西班牙大公,金羊毛骑士团①成员,拥有巨额财富和巨大权力,想方设法获得了阴郁孤僻、喜好猜忌的腓力二世的信赖,担任西班牙和意大利的诸多要职,表现卓越。他在两个国家都拥有宽大的府邸,出于职务,不得不奔波两地,但最喜欢待在家乡城市,陪伴妻儿,因为他有三个儿子和一个女儿,而家乡环境宜人、景色秀美。就是在那里,他的家族生根发芽,祖先曾成功击退围困家乡的摩尔人,自此声名鹊起。也是在那里,公爵声势显赫,无人可比,地位接近王室。纵观家族历史,他的祖上与各个有权有势的家族联姻,由此,西班牙所有的名门望族都跟他有亲戚关系。女儿贝娅特斯长到十三岁那年,他开始替女儿物色合适人选,挑来挑去,最后确定了安特克拉公爵的独生子。安特克拉公爵的祖上是阿拉贡王国斐迪南国王的私生子。罗德里格斯堡公爵打算赠予女儿豪华嫁妆,因此,婚姻大事毫不费力地就定下来了。这对年轻人订立了婚约,由于男孩才十五岁,于是双方决定,等他年龄大些再举行婚礼。贝娅特斯获准见未婚夫,前提是双方父母都在场,叔叔婶婶等远亲也需在场。男孩长得矮矮胖胖,跟贝娅特斯一般高,头发乌黑浓密,皮肤却粗糙不堪,鼻孔朝天,嘴角耷拉,一副生气的样子。一见面,贝娅特斯就不喜欢这个男孩,但心里清楚,反对也没用,因此对他做鬼脸,以此为乐,而男孩立刻还以颜色,对她吐舌头。

订婚后,公爵送女儿去阿维拉的加尔默罗化身修道院完成学

业,该修道院的院长是公爵的妹妹。贝娅特斯过得很舒心,修道院
有其他女孩,皆贵族出身,情况与她类似,也有许多夫人,出于不同
原因住在修道院,但不受教规约束。加尔默罗会遵循宽松教规,有
修女热衷于祷告和冥想,也有修女在功课之余走亲访友,有时几个
星期都不在。修道院的会客室挤满了来访的客人,有男有女,因此
社交生活很欢快;有人结识异性,有人讨论战事,有人聊聊闲天。这
个地方平静安宁,无灾无难,有适当的消遣,修女们不必过于艰苦,
也能获得永恒的幸福。

　　贝娅特斯满十六岁那年,被妈妈从修道院接走,在众多仆人的
簇拥下,南下罗德里格斯堡。公爵夫人身体欠佳,谨遵医生叮嘱,居
住在气候条件比首都马德里温和的地方。公爵因国事繁忙,很不情
愿地留在了首都。贝娅特斯的婚礼临近了,父母商量好,决定先让
她学学大家族的举手投足。因此,有好几个月,公爵夫人全身心投
入,亲自教女儿一些社交礼仪,而这些东西是在修道院不大可能学
到的。贝娅特斯出落得亭亭玉立、俊俏迷人、皮肤白净,没有受天花
的影响,身材苗条,柔韧而匀称,有古典美。那时,西班牙人羡慕的
是丰满身姿,有些贵妇人来拜访讨好公爵夫人的时候,发现贝娅特
斯太瘦,为此深表遗憾,但傲气的公爵夫人向她们保证,婚后女儿就
会胖起来,弥补这个缺陷。

　　在那个年纪,贝娅特斯开心快乐,热衷舞蹈,精力充沛,光彩照
人。她淘气任性,傲慢专横,毕竟深受宠溺,可以随心所欲,而且从
小就清楚自己生来高贵,世界上其他人必须屈从于自己的任性善
变。她的告解神父就因为她的控制欲而心绪不宁,曾跟她母亲提到

---

①　金羊毛骑士团,又称金羊毛勋章,是勃艮第公爵菲利普三世于1430年以英格兰嘉德
　　骑士团为典范创立的骑士勋位。该骑士团的领主权后随勃艮第公国并入西班牙哈
　　布斯堡王朝。

她的性格,对此,公爵夫人表现出几分沉着冷静。

"我女儿生来就是统治别人的,神父,"她说道,"你总不能让她像洗衣女工那样低眉顺眼吧。就算我女儿过于傲气了,如果女婿有种,无疑会让她有所收敛;如果女婿没种,我女儿应该具备的傲气反而对女婿有帮助。"

在修道院学习期间,贝娅特斯就爱上了骑士小说,住在修道院的一些夫人也喜欢看。管理学生的修女不准大家看,但贝娅特斯还是想出办法,时不时偷看一两本,书里讲的净是些没完没了的浪漫故事。回到罗德里格斯堡后,她在公爵府上找到了几本骑士小说。妈妈时常身体不适,而嬷嬷盲目迁就,因此她可以如饥似渴地阅读骑士小说。小小年纪,想象力就点燃了,想到将来必须嫁给那个男孩,她就觉得恶心,在她眼里,那个男孩依然是个矮矮胖胖、愁眉苦脸、粗野笨拙的淘气鬼。她对自己的美貌心如明镜,跟随母亲参加大弥撒①时,小城的青年才俊会向她投来爱慕的目光,她对此心知肚明。他们会聚集在教堂门口的台阶上,等着她出来。出来时,公爵夫人陪在身旁,身后跟着两个穿着制服的男仆,捧着她们跪拜用的天鹅绒垫子;她谦逊地低垂双眼,但她知道自己引起的兴奋骚动,耳朵里塞满了那些年轻人的誉美之词。这些赞美都是在她经过时,那些年轻人按照西班牙的习俗所发出的。虽然她从来没有正眼瞧过他们,她还是记住了他们的面容;不久之后,便获知了他们的姓名,来自哪个家族——其实,所有关于他们的情况她都了解。有一两次,有些胆子大的跑到她家窗外唱情歌,但公爵夫人立刻派下人把他们轰走了。有一次,她发现枕头上放着一封信,猜想应该是某个女仆受了恩惠,把信带进来放在那里的。她拆开信,读了两遍,接

①　罗马天主教或英国国教高教会派的大弥撒,有齐全的仪式,有音乐和焚香,一般有执事和副执事协助。

着把信撕个粉碎,借着烛火,烧了个干净。那是她有生以来收到的第一封,也是唯一的一封情书。信没有署名,她就不清楚究竟是谁写的啦。

由于身体欠安,公爵夫人觉得,每个礼拜日和宗教节日去做弥撒就足够了,但贝娅特斯每天早上都跟嬷嬷去做弥撒。一大早的,来的人也不多,但有一位年轻的神学院学生从不缺席。他高高瘦瘦,神情坚定,黑亮的眼睛流露出热烈的目光。有时,她跟嬷嬷去做善事,会在街上与他擦肩而过。

"那是谁啊?"有一天,贝娅特斯问,发现那个神学院的学生一边读书,一边朝她们缓缓走来。

"那个啊?无名之辈吧。胡安·苏亚雷斯·德·巴莱罗的大儿子。*Hidalguía de Gutierra*。"

这个西班牙词组的意思是"贫贱贵族",是讽刺的称呼,指的是那些出身不错却穷困潦倒的士绅家庭。这位嬷嬷是个寡妇,跟公爵沾点儿亲戚关系,虽虔诚忠心,却骄傲自大,吹毛求疵,且一贫如洗。她大半生都住在罗德里格斯堡,等到贝娅特斯离开修道院时,公爵挑选她陪伴自己的女儿。她对小城所有的居民都了如指掌,虽然虔诚敬神,但也会说些邻里的坏话。

"这个时候,他在这里做什么啊?"贝娅特斯问道。

嬷嬷耸了耸瘦削的肩膀,表示不知情。

"在神学院的时候,他由于学习太刻苦而病倒了,奄奄一息,所以被送回家,调养身体——上帝仁慈,他现在恢复了健康。听说很有天分。我想,他父母希望借助你父亲公爵大人的权势,替他谋个圣职吧。"

贝娅特斯不再言语。

后来,贝娅特斯没了食欲,也没了活力,医生也查不出原因。她的脸色不再白净,而是渐渐变得苍白,无精打采的,时常被发现以泪洗面。曾经的她,欣喜雀跃、倔强任性、无牵无挂,却惹人喜爱,让阴森凄凉的公爵府也焕发了生机;现在的她,闷闷不乐、垂头丧气。公爵夫人束手无策,担心女儿会一蹶不振,因此写信告知丈夫,让他回家,一起商量最佳对策。公爵回到家,震惊地发现,女儿发生了很大变化。她比先前瘦多了,有了黑眼圈。两人得出结论,最好的办法就是马上完婚。但是,跟她提起婚事,她突然发疯似的哇哇大叫,他们深感忧虑,暂时不再提。他们给她服药,喂她喝驴奶、牛血,而她也乖巧听话,给什么就吃什么,却毫不见效。她还是那么苍白憔悴、灰心丧气。他们想尽办法,让她散心,请了音乐家弹奏乐曲,带她去大圣堂观看宗教剧,带她去看斗牛表演,但她依旧一天天消瘦下去。嬷嬷对贝娅特斯越来越疼爱,发现她对以前最喜欢看的浪漫小说再也提不起兴趣,自己也想不出其他办法,来逗生病的她开心,于是就把有关城里人的闲话讲给她听。贝娅特斯礼貌地听着,却没有兴致。有一次,嬷嬷碰巧说到胡安·苏亚雷斯·德·巴莱罗的大儿子加入了多明我会,接着又说起其他人的闲话,忽然,贝娅特斯晕倒了,嬷嬷立刻呼救,贝娅特斯被抬到床上。

一两天过后,贝娅特斯好转了,请求去做告解。有好几周,她都拒绝做告解,说自己感觉不太好,而她的告解神父也同意了,说最好不要勉强。其实,母女俩的告解神父是同一个人。现在呢,她说想去,父母反而不同意,劝她别去,不过,她很着急的样子,伤心地哭起来,最后父母只好妥协。接着,只用于重大场合的四轮大马车登场了,在嬷嬷的陪伴下,贝娅特斯坐车前往多明我会教堂。回来之后,她基本摆脱了过去几周的状态,恢复了老样子:苍白的面颊泛起点点红晕,迷人的双眼放出新的光彩。她跪在父亲面前,请求父亲准许自己皈依宗教。公爵大吃一惊,不仅因为不想让唯一的女儿成为教会成员，而且也因为不愿放弃谋划已久的重要联姻。然而，公爵毕竟是一个虔诚心善的人，语气温和地回答，此事非同小可，鉴于她目前的健康状况，无论如何都不会答应的。贝娅特斯告诉父亲，已经跟告解神父说了这件事，而且神父是完全赞同的。

"毫无疑问，加西亚神父十分令人尊敬，十分虔诚，"公爵微微皱着眉头说，"不过，他是神父，或许不太清楚，出身高贵、尊享高位的家族承担着多么重大的责任。明天我就找他谈谈。"

第二天，告解神父被请到公爵府，拜见公爵和公爵夫人。他们当然清楚，女儿在告解中说的话，神父一个字也不会透露，他们也不会问起女儿是不是给出了什么理由，为什么要走这一步，而这一步让他们两人都难以接受。不过，他们告诉神父，平时女儿都遵守教会的清规戒律，但她是个开心快乐的女孩，喜欢各种消遣活动，从来没有想过要加入教会。他们也告诉神父，已经给女儿安排了意义重大的婚姻，要是反悔，那么将可能带来极大不便，引起厌恨。最后，他们在尊重神父信仰的前提下表示，神父赞同他们女儿的想法是不明智的，因为那种想法显然是由那场怪病引起的。她还年轻，心态健康，若是等身体康复了，没有理由认为她不会改变初衷。他们发现这个多明我会的神父出奇地固执。神父认为贝娅特斯的愿望十分强烈，不应该加以反对，而且她有着真正的使命感；他甚至告诉两位贵胄，他们无权阻止他们的女儿加入教会，因为教会将给她今生带来宁静，给她来生带来幸福。之后，他们和神父又商量了好几次。贝娅特斯一如既往地坚持自己的愿望，而她的告解神父也竭尽所能，提出信服的论据支持她。最终，公爵应允以三月为限，若到时女儿还是想加入修道院，那他也会同意的。

自此之后，贝娅特斯逐渐好转。三月期限已至，她以见习修女的身份加入了阿维拉的加尔默罗会修道院。她身穿缎子丝绒

的华服，佩戴珠宝玉石，在家人和最尊贵的小城骑士簇拥下，来
至修道院，站在门口，高兴地同他们告别，然后由修道院院长领
进门去。

　　然而，此种情况之下，公爵自有应对之策。为了顾及个人名誉，
也为了弘扬上帝荣耀，他决定在罗德里格斯堡建造一座修道院，只
等女儿见习期结束，就可以回到这里，时机成熟之际，成为修道院的
院长。公爵在城里有产业，于是挑选了一处恰当之所，建造了一座
带回廊的富丽堂皇的教堂，旁边修建了几幢适合隐修生活的建筑，
设计了一个花园。公爵尽心尽力，雇请了最好的建筑师，最好的雕
刻家，最好的油漆匠。万事俱备之后，贝娅特斯回到公爵府小
住——那时，她已经有了教名，即贝娅特斯·德·圣多明戈，随行有几
位从阿维拉来的修女，皆是凭着自身的品德、聪慧、地位挑选出来
的。公爵之前就已决定，如果修女没有高贵出身，就没有资格陪伴
他女儿。公爵选出一位就任修道院院长，让她提前明白，只要女儿
贝娅特斯·德·圣多明戈到了合适年龄，她就该退休，由女儿接班。
嬷嬷也在公爵有些急切的说服下，在贝娅特斯去阿维拉的修道院的
同时，加入了罗德里格斯堡的一家修道院；现在，嬷嬷已经准备好，
要陪伴贝娅特斯了。加西亚神父主持弥撒，院长即位，修女们在新
的修道院安定下来。

　　本故事发生之时，贝娅特斯·德·圣多明戈成为小城修道院院
长已经好多年了。她赢得了罗德里格斯堡居民的尊敬和修女们的
钦佩，甚或是爱戴。她从未忘记自己的高贵血统，也没忘记修女们
出身名门。就餐的时候，她们论资排位，但有时会发生排位争论，贝
院长就会严厉处置。她厉行法纪，要是有修女违背自己的命令，不
管其出身如何高贵，都逃脱不了一顿鞭笞。不过，只要没有人质疑
她的权威，她就是和蔼可亲，甚至是宽宏大量的。小城修道院遵循

教皇犹金四世①规定的宽松教规,只要修女们履行宗教义务,贝院
长认为没有理由剥夺她们被赋予的权利。她们可以拜访城里的朋
友,如果理由充分,也可以拜访住在其他地方的亲人,在亲人家里住
很长时间。许多访客,既有世俗的也有教会的,前来参观小城修道
院;就像在阿维拉的修道院一样,也有几位夫人出于个人喜好住在
小城修道院。因此,大家相处十分融洽。只有从晚祷到晨祷②之间
需要保持安静。庶务女教友承担粗活琐事,让修女们有更多时间祷
告,做更受尊重的事情。虽然这座修道院十分自由,也有着世俗的
诱惑,但这些修女品行端正,她们的好名声从未受到任何丑闻的玷
污。整座修道院的声誉极高,想加入修道院的申请者实在太多,院
长忙都忙不过来,因此她可以对候选人十分挑剔。

贝院长忙忙碌碌,除了履行宗教义务,还要主管修道院的开支,
关注修女们的行为举止、身心健康。小城修道院获赠大量房屋和土
地,因此贝娅特斯不得不跟收房租的管家们来往,跟租种土地的农
夫们打交道。她经常巡视,确保一切正常运作,庄稼收成良好。按
规定,贝娅特斯可以持有私产,于是公爵将几幢房屋和一座漂亮的
庄园移交给女儿,公爵去世后,贝娅特斯继承了更多财产。她管理
出色,收入大涨,每年将大量款项用于慈善,剩余部分则用于装饰教
堂、食堂和谈话室,以及在花园里建造祈祷室,作为修女们的冥想之
所。装饰之后,教堂变得富丽堂皇,教堂内的器皿纯金打造,圣体
匣③镶嵌珠宝。多处圣坛上面悬挂的油画,都装在精工雕刻的镀金
木质画框里。救世主耶稣基督和圣母马利亚的圣像披着绣有金线

---

① 犹金四世(约 1383—1447),又译尤金四世,意大利籍教皇,在位期间与主张改革教
  会的巴塞尔会议就教皇权威问题进行反复斗争,终使教皇权威得以巩固。
② 晚祷指西派基督教教会每日例行宗教仪式的一个部分,传统上在就寝前以诵读或咏
  唱方式进行;晨祷指传统上于白天中的第一个小时即早晨六点所做的祈祷。
③ 举行宗教仪式时用的一种容器,也称"圣体发光",通常有金或银框,有玻璃小窗,以
  显示圣体或圣餐,用它让圣体受到崇拜者的供奉。

的天鹅绒披风(出自玛丽亚·佩雷斯之手),而圣像的王冠镶嵌各种宝石,光彩夺目。

为庆祝自己加入教会二十周年,贝院长建造了一座圣多明我教堂,因为她对圣多明我极其崇拜。她听一位来自托莱多①的修女说,当地有位希腊人,擅长画画,他的画作能极大提升敬神者的虔诚。于是,贝娅特斯写信给承袭了公爵爵位的哥哥,让哥哥帮忙预订一幅油画,用于装点圣坛。为了提高效率,贝娅特斯在信中写明了所需油画的尺寸大小。但哥哥回信说,国王也从那位希腊人手里预订了一幅名为《圣莫里斯与底比斯军团》的油画,用于装点埃斯科里亚尔建筑群②的新教堂,但油画送到后,国王很不满意,就不让悬挂了。鉴于此,公爵哥哥认为现在委托那位画家作画不太慎重,因此寄了一幅意大利著名画家洛多维科·卡达奇的油画,作为礼物送给贝娅特斯,巧的是,那幅画的尺寸正好合适。

贝娅特斯的父亲,也就是过世的公爵,在当初兴建修道院时,设计了一套寓所,等她成为院长后供她居住。这套房子精致典雅,既适合办公,也符合她的身份。寓所的某一层有个小房间,只有庶务女教友才准进入,以履行其打扫卫生、收拾房间的职责。里面有一道小巧的楼梯,通往上一层的祈祷室。在这里,贝娅特斯进行个人祷告、处理事务、接待访客,室内装饰简朴而不失典雅。祷告的小圣坛上方,有一尊硕大的耶稣受难像,木头雕刻,几近真人大小,十分逼真;工作台上方,挂一幅加泰罗尼亚画家的《圣母的荣光》画作。贝院长此时大概四五十岁,细瘦高挑,面容憔悴,眼神忧郁,几乎没有皱纹。岁月雕刻之下,她容貌优雅,嘴唇薄薄的,有着哥特式棺椁上雕刻的骑士夫人的美丽——从容淡定,不苟言笑。她身姿挺

---

① 西班牙中部城市,位于塔霍河畔,自公元前1世纪以托莱多钢铁和剑闻名。
② 包括寺院和宫殿,位于西班牙中部马德里附近,由腓力二世在16世纪晚期兴建。

拔,神态流露出些许傲慢,表明在她眼里,没有人能在她之上,也鲜
有人能与她平起平坐。她有着一种阴冷的,甚至带有嘲弄意味的幽
默感,虽时常微笑,但笑容之中带着严肃的迁就;她很少笑出声,笑
声之中有着痛苦的感觉。

　　原来,耳闻卡塔丽娜·佩雷斯故事的就是这样一位女士,她听
说在加尔默罗会教堂的台阶上,圣母马利亚显灵了。

第十一章

　　贝院长不仅善于规划,很有商业头脑,而且十分聪慧,冷静明智。她总是不让修女们生出目睹神示、提送升天和承蒙天恩的念头。她也不允许修女们从事过度的禁欲或苦修,因为这些都是教规不准许的行为;一切都逃不开她的双眼,如果有修女露出过度的宗教狂热迹象,那么立刻就会被灌下泻药,不准斋戒,如果没有效果,就会被送到亲朋好友家里,过上几周快快乐乐的日子。贝娅特斯在这个问题上如此严厉,原因是她记得发生在阿维拉化身修道院的事情,一起引发了麻烦和丑闻的事件:一位修女声称见到耶稣基督、圣母马利亚以及若干圣人显灵,而且承蒙了他们的恩典。贝院长不排除有这种可能,因为确实有些圣人承蒙过类似的恩典。在阿维拉化身修道院见习期间,她和那位修女经常交谈,但她怎么看怎么觉得,那位名叫特雷萨·德·塞佩达的阿维拉修女①只不过是精神错乱,疯狂失控,深受蒙骗罢了。

　　卡塔丽娜的奇怪经历很有可能是虚构的,不过既然修女们那么兴奋,开口闭口谈的都是那件事,那么贝娅特斯认为,明智的做法还是找来这位年轻的姑娘,听她亲口讲述。于是,她叫来一位修女,派她去请卡塔丽娜。不一会儿,修女回来汇报说,卡塔丽娜愿意谨遵院长口谕,但她的告解神父不准她把经历讲给任何人听。贝娅特斯不习惯被人拒绝,皱起了眉头。当她皱眉之时,修道院所有人都会瑟瑟发抖。

　　"她母亲在这里呢,尊敬的院长。"修女说完,屏住了呼吸。

　　"提她母亲有什么用?"

"圣母马利亚在她女儿面前显灵之后,她就从女儿口中获知了此事。神父并没有禁止她讲述那件事啊。"

一丝冷笑浮现在贝院长苍白的唇边。

"那位神父虽说令人尊敬,但是眼光短浅啊。做得很好,我的孩子,我想见见她。"

玛丽亚·佩雷斯被领进祈祷室。玛丽亚时常见到贝院长,却从未说过话,所以感到局促不安。贝院长端坐在一把高椅上,椅子有皮革垫子和皮革靠背,椅子顶端有烫金的莨苕叶形装饰。玛丽亚·佩雷斯觉得大概只有女王才会这般孤傲冷漠、庄重威严吧。玛丽亚跪拜,亲吻了贝院长伸过来的纤细而白皙的手;接着,听到要她有话便讲的吩咐后,她一字不落地重述了卡塔丽娜讲给自己听的经历。讲完之后,贝院长尊贵的头颅微微点了点。

"你可以走了。"

贝娅特斯思考了一会儿,然后在书桌旁坐下,开始写信,信中恳求塞哥维亚主教赏光来见见她,因为她有件看似很重要的事情要跟主教商谈。写完之后,她派人去送信,不到一小时就收到了回信。主教在信中以同样正式的口吻写道,欣然听从尊敬的贝院长的召唤,会在第二天拜访修道院。

听说这位声名显赫、圣人般的主教即将来访,修女们都骚动兴奋起来,她们马上得出正确的结论:主教此行,一定跟圣母马利亚在她们漂亮的教堂门口显灵有关。主教在第二天下午到访,炎炎夏日,修女们已经睡过午觉了。随行的有两位修士,也是他的秘书,走到门廊时,副院长前来迎接。让修女们懊恼的是,她们被告知只能待在自己的房间。副院长亲吻了主教的戒指,然后告诉主教,由她

---

① 也就是第八章多明戈提到的特雷萨修女。

领着主教前去会见院长大人。两位修士准备跟随其后。

"院长大人想跟主教大人单独谈谈。"副院长谦逊地说。

主教犹豫了片刻,接着微微点头,表示赞同。两位修士只好退下,主教跟随副院长前行,穿过凉风习习的白色走廊,登上几级台阶,最后来到祈祷室门前。副院长打开门,后退几步,示意主教进去。主教迈步进门,贝院长起身相迎,跪拜在地,亲吻了主教的戒指,接着她伸手示意,让主教入座,自己也落座。

"我希望主教大人不要觉得邀您前来是唐突了,"贝娅特斯说道,"不过,您既然没有主动来访,我只好斗胆相邀啦。"

"萨拉曼卡大学的神学老师告诉我,尽量不要跟女人来往,要相敬如宾,但要敬而远之。"

贝娅特斯马上想反唇相讥,但话到嘴边,却没有出声,只是目不转睛地凝视着主教。主教垂下目光,等待着。贝娅特斯也不着急说话。两人有近三十年未曾谋面,而刚刚那番对白是他们平生头一次交谈。主教的旧长袍打着补丁,头颅剃得光溜溜的,只剩一圈黑发,恰恰有些泛白,像是受难耶稣的荆棘王冠。他的太阳穴和面颊凹陷,脸上布满皱纹,沟壑纵横,带着受苦受难的印记,只有眼睛闪烁着奇异的光彩,阴郁而狂热,只有这双眼睛让贝娅特斯想起了很久以前,主教还是神学院学生那会儿——贝娅特斯对他了解颇多,也爱得发狂。

故事要从一场嬉闹游戏说起。贝娅特斯在嬷嬷的陪伴下去教堂做弥撒,有时主持弥撒的就是他——他第一次主持弥撒的时候,贝娅特斯就留意到了。就算在那时,他也很瘦,头发乌黑浓密,毕竟他的等级是初级神品,只有头顶需要削发。他棱角分明,举止极为优雅,跟那些从小就受到神灵召唤的圣人有些相似,那些圣人深受万人敬仰,青春貌美之时就魂归天国。不主持弥撒的时候,他就跪在小教堂里面，旁边还跪着几位很早就过来祷告的信徒。他祈祷时十分专注，眼睛一刻不离圣坛。那些日子，贝娅特斯无忧无虑，满心欢乐，她知道自己迷人的双眼有着巨大的杀伤力，觉得让这位青春年少、一脸严肃的神学院学生留意自己一定很好玩，于是有心捉弄他，两眼紧盯着他，铆足了劲儿，想让他回视自己。有好些天，她的目光都没有发挥作用。后来有一天，贝娅特斯有种直觉，觉得他有些局促不安，自己也不太清楚为什么会有这种感觉，但很确定；于是，她就等着，屏住呼吸。突然，好似听到意外的声响，他抬头看了一眼，捕捉到贝娅特斯的目光，立刻扭头。自此以后，贝娅特斯不再看他，哪怕是一瞥也没有。但过了一两天，正当她低头祈祷时，她留意到他在盯着自己看。贝娅特斯保持着原来的姿态，一动不动，但仍能感受到他的目光，其中带着茫然无措，而他以前从未以这种目光看过别人。贝娅特斯感觉到一阵胜利的狂喜，接着她抬起头，故意迎着他的目光对视。他也像之前那样立刻扭头，贝娅特斯看见他羞得满脸通红。

有两三次，贝娅特斯和嬷嬷在街上走着，看见他迎面而来，擦肩而过时，他将头扭到一边，但贝娅特斯发现他在颤抖。其实，还有一次，他发现她们走过来，立刻扭转身，原路返回了。贝娅特斯不禁咯咯地笑，嬷嬷还问，有什么好玩的事吗，她撒了平生第一个谎。后来，有一天早上，她们走进教堂，那位神学院学生正把手指浸入圣水，要画十字。贝娅特斯伸手触碰他的手指，把圣水接到自己手上来，这是正常而自然的动作，他不好拒绝，但面色发白，两人的目光再次相遇。目光接触的时间很短暂，但就在那一瞬间，贝娅特斯知道他爱着自己，凡人之间的爱，一个热恋中的男孩对一位漂亮女孩的爱；同时，贝娅特斯感到一阵钻心的痛，好似利剑穿心一般的痛，而她也发现，自己同样爱上了他，一个热恋中的女孩对一位俊美青年的爱。她满心欢喜,从未感觉到如此强烈的幸福感。

那天,是他主持弥撒。贝娅特斯的目光从未离开他,她心跳加速,几乎难以承受,但那种痛,如果算是痛的话,却比她以前所体验到的任何乐趣都要强烈。她之前就发现,每天某个时刻,他总会路过公爵府,或是去跑腿,或是去办事。于是,贝娅特斯想办法爬上窗台,坐在上面,向下眺望,可以俯瞰街道。她看见他走过来了,路过公爵府时,他脚步放慢,似是不情不愿的,接着脚步加快,似是逃避诱惑。她希望他能抬头看,但他从不抬头。有一次,看见他过来了,她故意让一朵康乃馨跌落下去,想逗逗他。出于本能,他抬头看了看,但她缩回身,这样自己可以看到他,但他却看不到自己。他停下脚步,捡起花朵,双手捧着,好似珍宝一般,就这么看着花,魔怔一样。接着,他猛地一甩,把花扔在地上,用力跺脚,花儿陷入尘土之中,他拔腿就跑,逃也似的跑了。贝娅特斯大笑起来,笑着笑着,突然就大哭起来。

连续几天,他都没有来主持早上的弥撒,贝娅特斯觉得焦虑不安,难以忍受。

"经常主持弥撒的那位神学院学生怎么啦?"她问嬷嬷,"这几天怎么不见他了。"

"我怎么知道呢?也许回神学院了吧。"

贝娅特斯再也没有见过他。那时,她就明白,起初只是一个玩笑,后来竟演变成了一场悲剧,皆因自己的愚蠢之举,此时已是追悔莫及了。她可是动用了青春的身心、似火的激情,深深地爱着他。以往在任何事情上,她都能得偿所愿,而现在一想到自己的愿望难以实现,就不禁怒火中烧。家里安排的婚姻是出于政治因素,考虑到自己的高贵地位,也就接受了。作为本分,她也准备给未来的丈夫生儿育女,但觉得也就到此为止,不再受其烦扰,只当家里又多了个男仆;但现在一想到要跟那个侏儒般的蠢蛋结合,她就满心厌恶。

她知道自己对年轻的布拉斯科·德·巴莱罗的爱不会有什么结果。的确，他仅是个初级神品的修士，可以还俗，但是就算不用脑子，她也知道父亲绝不会答应这门亲事的，因为两家门不当户不对；她自己也是傲气十足，不愿意下嫁那样的贫贱贵族家庭。布拉斯科呢？他是爱她的，贝娅特斯很相信，但他更爱上帝。当她把花儿抛落在他脚边时，他愤怒地踩踏花儿，其实也是在用力踩灭让他恐慌的爱恋，觉得这爱情与他的身份不相符。贝娅特斯做了一些极其可怕的梦，梦中她依偎在他的怀里，两人嘴唇相触，互相拥抱，醒来后感觉羞愧难当，痛苦不堪，陷入了深深的绝望。也就是从那时起，她病倒了。面对疾病，父母手足无措，但她知道原因：心已碎，人将逝。也就是在那时，她听说他加入了一家修会，而她突然来了灵感；她知道，好像是他亲口告诉她的，他逃避尘世，就是为了逃避她，这让她有一种奇怪的快感，有一种战胜对方的力量。她将如法炮制，加入一家修道院，让自己摆脱讨厌的婚姻，而敬奉上帝也会让她的心灵得到安宁。内心深处，几乎不用语言，她也感觉到，进入教会生活，两人更是天各一方，各自虔诚地侍奉上帝；尽管如此，他们也靠着某种神秘的方式结合在了一起。

所有这些经历，说来话长，但在表情严厉的贝院长内心却是一闪而过。在她看来，这些经历仿佛一幅硕大的湿壁画，绘制在教堂回廊长长的墙壁上，却能让人尽收眼底。所有那些激情，那些在她犯傻的青葱岁月，自认为会长久保持的激情，现在早已湮灭。漫长的时间，单调乏味的修道院生活，祷告和斋戒，以及要处理的各种工作，都把激情慢慢消磨殆尽，而现在，一切已成苦涩的回忆。看看面前这个男人，这个憔悴不堪、面带痛苦的男人，她就想啊，他是否还记得，当初他违心地，不错，但却是全身心地，爱过一位连话都没说过，却让他寝食难安的漂亮女孩。长久的沉默如重担压在主教身上，他心神不宁地动了动身子。

"院长大人说过有重要的事情想跟我咨询。"他开口了。

"是啊，不过，首先允许我向主教大人表示祝贺，祝贺您荣登高位，国王陛下定是满心喜悦，将您提拔擢升。"

"我只希望不辜负圣爱，能承担起如此重大的职责。"

"您在巴伦西亚工作的十年，可谓热忱而审慎，任何人只要了解这一点，内心就不会有任何疑虑：您定能担起这份重任。我们虽然住在偏远的山区小城，但也设法了解到外面大千世界发生的事情，主教声名远播，您投身苦修，品德高尚，孜孜不倦地捍卫信仰的纯洁，这些事迹都让我们铭记于心。"

主教的眉毛不住地跳动，瞥眼看了她一会儿。

"夫人，感谢您的谬赞，不过，恳请您免了这些客套，我从不习惯别人当面谈论我，若能尽快告知为何邀我前来，我将不胜感激。"

这番责难之词并没有让贝院长感到难堪。虽说他是主教，但正如魂归天国的嬷嬷曾经说过的那样，他不过是个"贫贱贵族"；而她自己呢，是公爵的女儿，父亲是罗德里格斯堡公爵、西班牙大公、金羊毛骑士团成员。她哥哥跟国王腓力三世的宠臣是知己，只要她一句话，或许就能让眼前这位主教遭到贬谪，下放到加那利群岛①上某个鲜为人知的教区。

"抱歉，冒犯您啦，主教大人，"她冷冷地说道，"不过，恕我直言，正是因为您的贤德、苦修和圣洁，才让我想起邀您一叙。您是否获悉一个名叫卡塔丽娜·佩雷斯的女孩讲述的奇遇？"

"我听说了。女孩的告解神父无疑是受人尊敬的，但他既没见识也不聪明，是他告诉我女孩的故事。他说的事情，我没有理会，我

---

① 大西洋群岛，位于非洲西北海岸，西班牙自治区，首府是拉斯帕尔马斯。

不准修士们跟我提这件事,也不准他们私下议论。说不定,那个女孩就是个骗子,想出名罢了,或者是个受到蒙骗的傻瓜。"

"我不认识她,大人,但据说,她是个明智、虔诚的好女孩。那些认识女孩,且有着良好判断力的人们,都确信她编不出那样的故事,听说,她诚实坦率,从不会异想天开。"

"据她所述,如果她看到了幻象,那只能是撒旦的诡计。大家都知道,魔鬼善于伪装成天人模样,就是为了诱惑那些没有防备的人,让他们永堕地狱。"

"那个女孩遭遇了无妄之灾。我们不应该过分夸大魔鬼的聪明才智。不过,让一位圣洁的人以圣父圣子圣灵的名义,把手放在她身上,怎么可能危及她的灵魂呢,魔鬼不至于那么愚蠢吧?"

两人交谈之时,主教一直盯着地板,但现在,他抬头看了一眼贝院长,眼含痛苦之情。

"夫人,清晨之子路西法①,就是因为傲慢而从天上坠落的。我这样一个有罪而邪恶的人,怎么能施展神迹呢? 除非是被傲慢冲昏了头脑。"

"大人啊,您认为自己有罪且邪恶,这恰好符合您的谦逊品格,但世界上其他人都十分清楚,您德行高尚。听我说吧,大人,此事已经传到外面了,全城的人都在谈论啊。大家兴奋激动,满怀期待。要想个办法,满足人们的期待啊。"

主教叹了口气:

"我知道,大家都焦虑不安,人群聚集在修道院门外,似乎在等待什么;我不得不出门的时候,他们会在我经过的路边跪拜,祈求我的祝福。必须采取行动,让他们明白事理。"

①　典出《圣经·以赛亚书》第14章第12节:"明亮之星、清晨之子啊! 你怎么从天上坠落?"后世以"路西法"象征七宗罪之傲慢之罪。

59

"主教大人是否愿意听取我的建议呢?"贝院长满怀敬意地询问,但目光中却流露出讥笑和嘲讽,让敬意打了折扣。

"非常乐意。"

"我没有见过那个女孩,因为她的告解神父命令她不准讲述那个故事,但您有权力让神父的命令失效。您见见她,难道不好吗?凭借您的洞察力,您对人性的了解,您在宗教法庭讯问疑犯期间所获得的技能,您应该有能力快速做出判断,那个女孩究竟是个骗子,是受到了魔鬼蒙骗,还是说,毫无疑问,圣母马利亚确实纡尊降贵,在她面前显灵了。"

主教抬起头,看着神龛中被钉在十字架上的耶稣基督神像。这个神龛是贝院长常常祈祷的地方。主教的脸上露出哀伤之情,内心煎熬,犹疑不定。

"我要提醒您,大人,这座修道院受到加尔默罗圣母的特别护佑。我们这些可怜的修女无疑配不上这样的荣耀,但我当公爵的父亲以圣母的名义,在城里修建了这座修道院,或许看在这个分上,圣母给予了敝院特别的垂青。若能借由主教大人之手,让天国的圣母显灵,治好那个可怜孩子的腿疾,那将给我们修道院带来莫大的恩典和莫大的荣耀啊。"

有很长一段时间,主教陷入了思考。最后,他又叹了口气:

"我在哪里会见那个女孩呢?"

"当然是在我们修道院的圣母马利亚小教堂了,难道还有比那儿更合适的地方吗?"

"反正要见,那就赶快见吧。让她明天来,夫人,我会在那儿等她。"说完,他站了起来,点了点头,向院长作别。这时,主教露出淡淡的惨笑:"忧伤的夜晚将伴我同行,院长大人。"

贝娅特斯又一次跪拜,亲吻了主教的戒指。

第十二章

第二天，按照约定的时间，主教在两位修士的陪同下，走进富丽堂皇的教堂。卡塔丽娜和一位修女在圣母堂等待，卡塔丽娜拄着拐杖，站着等，但主教走进来的时候，修女碰了碰她的手臂，卡塔丽娜准备下跪，主教拦住了她。

"你可以离开了，"他对修女说，修女离开后，他又转头对两位修士说，"你们也退下吧，不过，不要走远了。我想跟这个女孩单独谈谈。"

两位修士悄悄退下。主教看着他们离开，他知道他们很好奇，却不想让他们听见谈话内容。随后，他看着瘸腿女孩，看了好长时间。主教心地善良，悲痛、贫穷或疾病总会让他动容。卡塔丽娜微微颤抖，脸色惨白。

"别害怕，孩子，"主教温柔地说，"如果你说的是实话，就没有什么好担忧的。"

卡塔丽娜看上去很淳朴，很天真。主教发现，她长着一张非常漂亮的脸蛋，但主教发现这一点，就跟发现一匹马长着杂色毛或是灰色毛一样，内心毫无波澜。主教先问了问她的情况，女孩刚开始回答还很羞涩，但主教继续追问，渐渐地，女孩越来越自信了。女孩的声音轻柔、甜美，表达准确无误。女孩告诉主教自己平凡而短暂的一生。这是任何一个贫穷女孩都会有的经历：辛勤劳作，无伤大雅的嬉戏玩乐，经常做礼拜，坠入爱河等等；但女孩的讲述是那么风轻云淡，神态是那么天真无邪，主教深受触动。他觉得这个女孩绝不会编造故事，来彰显自己多么重要。女孩的每一句话都透着谦逊和谦卑。接着,女孩说到自己的意外事故,她的腿是怎么没有知觉的,而她要嫁且深爱着的裁缝儿子迭戈,又是如何抛弃她的。

"我不怪他,"女孩说,"主教大人或许不太清楚,穷人的生活很艰难,妻子如果没法干活,那么丈夫就不会要她了。"

一丝微笑在主教憔悴不堪的脸上一闪而过。

"你讲得如此得体而动听,孩子,你是怎么学会的?"他问。

"我舅舅多明戈教我读书写字。他很用心的,就像父亲一样待我。"

"我曾与他相识。"

卡塔丽娜十分清楚舅舅的坏名声,担心提到舅舅,会给这位圣洁的主教留下不好的印象。两人静默无声,有那么一会儿,她都以为主教要结束谈话了。

"现在,你亲口告诉我你讲给妈妈听的那个故事。"主教说道,探寻的目光注视着她。

女孩犹豫了。主教想起来了,原来女孩的告解神父命令她不准提那件事。于是,他严肃地告诉女孩,他有权力推翻神父的禁令。

接下来,女孩怎么跟妈妈说的,就一字不差地重新说了一遍。她说自己为什么会坐在台阶上哭泣,因为所有的小城居民都兴高采烈,而只有她悲伤难过,接着有位夫人从教堂里走出来,跟她交谈,告诉她主教大人有能力治好她的瘸腿,然后那位夫人就在她眼前凭空消失了,于是她明白了,那位夫人其实就是圣母马利亚。

女孩讲完了,之后是长久的沉默。主教很受震动,但同时又犹豫不决,心烦意乱。他确信,女孩不是骗子。她纯真而诚恳,这是毫无疑问的。她说的也不可能是梦境,因为当他和弟弟进城的时候,女孩听到了钟声、鼓声和小号声,那时她正与那位夫人交谈,而且她也没有对夫人的身份有过多的猜想。当女孩正向圣母马利亚掏心掏肺,大倒苦水,祈求圣母拯救自己于水火之时,魔鬼撒旦怎么可能装扮成圣母的样子?女孩很虔诚,没有丝毫傲慢之处。有人的祈祷应验,有人的灵魂感受天恩,有人的疾病被治好。如果由于自己退缩,而拒绝听从似乎是来自圣母的命令,那么自己是不是犯了严重的失职之罪呢。

"神迹,"他自言自语道,"神迹。"

他向前走了一两步,来到圣坛前面,上方站立的圣像身披巨大的蓝色长袍,袍子用的是绣满金线的丝绒布料,头戴黄金王冠,那正是圣母马利亚的圣像。他跪倒在地,祈求指引。他狂热地祷告,但内心却是一片干涸之地,感觉夜晚的黑暗笼罩了心灵。最后,他哀叹一声,站起身来,双臂展开,做出祈求的姿势,渐渐绝望的目光注视着圣母马利亚温和的双眼。突然,卡塔丽娜惊叫一声。两位修士早已退到视线之外,虽然听不到谈话内容,却能听到这里的动静。这声惊叫让他们以兔子逃回洞穴的速度冲了过来;但当他们瞧见眼前的情形时,却愣在了当地。他们站在那里,嘴巴大张,却发不出声音,就像是罗德①之妻,被化作了盐柱。原来,塞哥维亚的主教布拉斯科·德·巴莱罗缓缓地飘起来了,跟微微倾斜的盘子往外倒油一般缓慢;主教平稳地向上飘浮,几乎觉察不到变化,跟涨潮时河面的上升一般平稳。主教一直飘浮向上,到了与圣坛上方的圣像齐平的位置才停下来,并在半空中悬停,像展翅高飞的猎鹰一样,悬停空中。有一位修士担心主教会掉下来,似乎想上前去,但身边的修士,也就是安东尼奥神父,一把拉住了他。接着,缓缓地,缓缓地,几乎让人察觉不到动作变化,主教往下回落,双脚再一次接触圣坛前方的大理石地板。两位修士跑上前,跪倒在地,亲吻主教长袍的一角。

---

① 亚伯拉罕的侄子,他被允许在上帝毁灭罪恶之城所多玛前逃离(《圣经·创世记》第19章);他的妻子因违背告诫回头看而被化作盐柱。

主教似乎没有意识到他们的存在,沿着通往圣坛的三级台阶走了下来,茫茫然,摸索着出了圣母堂。两位修士怕他摔倒,紧紧跟随。没人理会卡塔丽娜。三人出了教堂,主教停住脚步,站在台阶之上,这里正是圣母马利亚显灵之时卡塔丽娜坐的位置。主教俯瞰着下方的小广场,八月的炎炎烈日,照得广场白花花一片。教堂里面香火缭绕、光线晦暗,走出来却是碧空如洗、光线充足,让人眼花缭乱。广场四周的白色房屋,都拉好了百叶窗,驱赶暑热;阳光照耀下,白房子闪烁不定,发出宝石般的光芒。气温很高,似火炉一般,但主教却直打寒战。慢慢地,他清醒过来。

"派人转告女孩,等候消息。"

主教走下台阶,两位修士跟随其后,却保持一定距离,以示尊敬。主教穿过广场,低着头,两位修士不敢跟他说话。一行人回到多明我会修道院,主教停下脚步,转身面对他们。

"你们今天所见所闻,决不能向外透露一个字,违者逐出教会。"

"大人,那可是神迹啊,"安东尼奥神父说,"那可是神的垂青啊,如此重要的神迹,不让我们的修士知晓,这公平吗?"

"你加入教会之时,孩子,已经发过誓言,要顺从。"

主教在阿尔卡拉神学院教神学时,安东尼奥神父就是他的学生。在主教言传身教之下,安东尼奥神父加入了多明我会。他机敏聪慧,后来布拉斯科修士当上了巴伦西亚的审判官,就将他带在身边,充当私人秘书。年轻的安东尼奥十分忠诚,对此主教很感激。安东尼奥对主教十分崇拜,超乎寻常,为此主教时常加以规劝,但说得越多,安东尼奥对主教反而越加尊崇。正如主教所期望的,安东尼奥神父十分虔诚,履行宗教义务时也是谨慎有加,生活当中无可指摘,参加教会的活动仪式也勤勤恳恳,但他却患有一种疾病,被尤维纳利斯①称之为"写作癖"。起因是这样的：主教担任审判官期间，安东尼奥作为秘书，要抄写大量信件，书写数量繁多、五花八门的报告、文件、决议等，而这些都是管理宗教法庭所必需的事务，但他并不满足于此，工作之余仍写写画画；主教善于发现跟自己或跟工作相关的一切事情，因此他也发现，安东尼奥神父详细记录着有关他的情况——做过的每一件事，说过的每一句话，参加过的各种活动等等。他谦逊地意识到，这个秘书太尊崇他了，自省之时，常扪心自问，该不该让秘书停止记录，因为他非常清楚，秘书记录这些东西的用意何在。秘书聪明而犯傻的脑袋里，一定有这样的想法：布拉斯科·德·巴莱罗修士是当圣人的料，等他仙逝之后，罗马教廷会为他举行宣福仪式，现在记录的这些东西就能派上用场。他非常清楚，自己配不上这样的荣誉，但他毕竟是活生生的人，想到将来有一天，有可能跻身教会圣人之列，不论机会多么渺茫，虔诚的心仍然感觉到一丝狂喜。因这妄自尊大的想法，他鞭笞自己，直至鲜血淋漓，但这个心地善良、虔诚敬神的秘书所做之事确实无伤大雅，他又怎么好狠下心来，剥夺他的这一爱好呢。或许，出于秘书的单纯和虔诚，他写下的东西，虽然内容无甚重要，对虔诚的信徒却起着启迪教化作用——谁又说得准呢？

现在，布拉斯科主教的目光似乎直抵秘书的内心；他确信，发生在加尔默罗会教堂的事情，秘书半个字都不会吐露，但会原原本本地记录下来。那种神迹，现在也叫飘浮，发生在了他身上。他对此种神迹十分熟悉，在阅读诸多圣人的生平传记时就有所了解，而且整个西班牙都知道，近年来也出现了得到神灵垂青的例子，蒙受天

---

① 古罗马讽刺作家，或译玉外纳（约公元60—约140），传世讽刺诗16首，抨击皇帝的暴政，讽刺贵族的荒淫和道德败坏。

恩的有阿尔坎塔拉的彼得①,有特雷萨修女,也有几位来自赤足加尔默罗会②的修女。主教料想,安东尼奥神父在记录中不会遗漏如此惊人的神迹,他也不知道自己该不该这样想,因此一言不发,走进了修道院,朝自己的房间走去。

① 又称圣阿尔坎塔拉的彼得(1499—1562),或译圣伯多禄亚刚大勒,出生于西班牙的阿尔坎塔拉,1699年册封为圣人。
② 即特雷萨修女创立的修会,遵守加尔默罗会的古老教规,详见第八章和第二十三章。

第十三章

不过，主教没有想到要让卡塔丽娜保守秘密。因此，等三位修士一离开教堂，卡塔丽娜就急匆匆地往家赶，一瘸一拐，能走多快就走多快。舅舅去偏远的村庄跑腿办事了，只有妈妈在家。于是，卡塔丽娜怀着敬畏之心，跟妈妈说了自己亲眼所见的神迹，说完一遍，马上又说一遍。玛丽亚·佩雷斯对戏剧性事件有着某种感觉，显然，写剧本的哥哥反而缺乏这种感觉。于是，她努力克制自己，焦急等待修道院的消遣时间到来——她知道，到时大部分修女将汇聚一堂，趁着女住客以及小城访客交谈之时，把这件事讲给大家听，可以达到最大可能的效果。聚到一起聊天的人很多，玛丽亚开始讲述那件事，把她们惊得目瞪口呆，玛丽亚心满意足。副院长深受震动，觉得刻不容缓，要马上告知贝院长。不一会儿，玛丽亚·佩雷斯受到召见，把那件事又讲了一遍。院长专心听着，毫不掩饰满意之情。

"发生了这件事，他应该不会犹豫退缩了吧，"贝娅特斯说，"这对我们修道院，对我们加尔默罗会都将是无尚的荣耀。"

贝娅特斯让副院长和玛丽亚离开，然后拿起翎笔，写信给主教；她在信中说，自己已经知晓那天早上主教蒙受了天恩。不再需要证据了，女孩卡塔丽娜·佩雷斯说的都是真的，那不是魔鬼在图谋不轨，而是圣母马利亚大发慈悲。她恳请主教抛弃狐疑和犹豫，因为出于基督徒的职责，他应该遵从神的嘱咐，这是一目了然的事情。信件写得合乎情理，短小精悍而有理有据，充满敬意而语气坚定。同时，她非常谦逊地请求主教屈尊到自己的修道院施展神迹，因为主教蒙受天恩是在这家修道院，很显然，圣母马利亚特别垂青的也是这家修道院。写完后,她派人将信送了出去。

玛丽亚·佩雷斯在会客厅跟大家讲神迹的时候,有两位绅士也在场,他们听后深受触动,立刻前往多明我会修道院,想探听真相。当然,多明我会修道院的修士对此一无所知,但被告知是怎么一回事之后,他们却丝毫不觉得意外。他们很清楚,主教十分圣洁,上帝完全有可能赐予他显耀的殊荣,让他飘浮起来。同时,有位女住客去看望城里的朋友们,告诉了他们那个神迹。几个小时后,全城人都知道了。越来越多的绅士来到多明我会修道院,想亲自获取可靠消息。修士们激动得发抖,陷入了宗教狂热。最后,安东尼奥神父不得不找到主教,告诉他,虽然他和另一位修士从未透露分毫,但那件事已经人尽皆知了。贝院长的来信拆开了,放在桌面上,主教指了指信。

“这些可恶的女人,她们就是管不住自己的舌头,”主教说,“搞得人尽皆知,令我十分难堪。”

“本修道院的修士们都希望主教大人现在答应治好那个伤心女孩的腿疾。”

咚咚咚,敲门声响起。安东尼奥神父打开门,一位修士通报说会长求见主教,不知可否。

“让他进来。”

两人会见之时,安东尼奥神父也在场,事无巨细地记录下了谈话内容。会谈行将结束,主教愿意相信,这都是上帝的旨意,要自己遵从圣母马利亚的要求。不过,主教也提了条件,而会长虽极不情愿,也只得答应。会长原本想着举行一场庆典,该修会的所有修士都到场,而小城的达官显贵们,不论是在俗的还是教会成员,都可以参加,但主教严词拒绝了。主教坚称要秘密进行,准备第二天就前往加尔默罗会教堂主持弥撒,教堂的所有门窗都要关好,不让无关人等进入，自己只由秘书陪同。会长认为这样做怠慢了自己，心里十分恼火，抽身离去。然后，主教派安东尼奥神父前去送信，告诉贝院长自己的决定：允许她带着自己的修女们参加，但不准女住客到场；吩咐她转告卡塔丽娜，要女孩做好准备，参加弥撒之后的圣餐仪式；请求她和修女们在那天晚上为自己祷告。

不到一个小时，一位心情激动的修女来到玛丽亚·佩雷斯家，说想见一下卡塔丽娜，有件十分隐秘而重要的事情要跟卡塔丽娜说。卡塔丽娜被叫了过来，这时，那位修女把手指放在嘴边，强调必须保持安静。

"这件事十分隐秘，"修女说，"你不准告诉别人。主教大人准备医治你，明天你就可以像其他信徒一样，两腿完好，四处飞奔了。"

卡塔丽娜惊得深吸一口气，心跳加速。

"明天？"

"你要领圣餐，所以半夜过后不能吃任何东西，知道吧。"

"哦，我知道，不过，深更半夜的，我从来没有吃过东西啊。"

"还有呢，你要准备接受天恩。领受圣餐之后，主教就会治好你，就像慈爱的主耶稣治好麻风病人那样。"

"我妈妈和舅舅可以一起来吗？"

"没有说他们可不可以来。那么，他们当然可以来啦。这很有可能让你舅舅改邪归正呢。"

傍晚时分，多明戈才从村庄赶回来，不过，他刚踏进房间，卡塔丽娜就激动起来，颤抖着把那个兴奋的消息告诉了他。多明戈惊愕地盯着卡塔丽娜。

"您不高兴吗，舅舅？"她叫道。

多明戈一言不发，在房间来回踱步。他的怪异举动，让卡塔丽娜摸不着头脑。

"您怎么了，舅舅？您不开心吗？我还以为您会跟我一样开心呢，难道您不想我的瘸腿好起来吗？"

多明戈气呼呼地耸耸肩，继续来回踱步。他一直不太确定，显灵这件事是不是侄女心烦意乱之际杜撰出来的。要是主教出面也不能治好腿疾，他非常担忧侄女将承担怎样的后果。到时，宗教法庭很有可能着手调查此事，那就什么都毁了。突然，多明戈停下脚步，面对卡塔丽娜，凝视着她，眼神极其严厉，这种目光卡塔丽娜从未见过。

"圣母马利亚对你说了什么，一字不差地告诉我。"

她又讲了一遍那个故事。

"然后，夫人说：'胡安先生侍奉上帝最为虔诚的儿子，有能力治好你。'"

多明戈粗暴地打断了她。

"但是，你跟你妈妈不是这样说的。你跟你妈妈说，布拉斯科有能力治好。"

"是一回事啊。主教是圣人，全世界都知道啊。胡安先生还有哪个儿子侍奉上帝那么虔诚的呀？"

"你这个傻瓜！"他大吼，"你这个小傻瓜！"

"你才是傻瓜，"卡塔丽娜气得反唇相讥，"你从来就没有相信过，圣母马利亚竟然会出现在我面前，和我说话，然后在我眼前消失。你以为这是一场梦。好吧，听听这件事。"

接着，卡塔丽娜告诉舅舅，她亲眼看见主教从地板上飘起来，在半空中悬浮，最后又降落到地板上。

"那可不是一场梦啊。主教身边的两位修士也亲眼看见了。"

"事情越来越怪异。"他喃喃自语。

"不过你就是不愿意相信，仁慈的圣母马利亚会在我面前显灵。"

多明戈看着侄女，眼睛里闪烁着欣喜的光芒。

"对，我以前不相信，但我现在信了，倒不是因为你今天早上看到了什么，而是因为圣母马利亚对你说的话。话中含有的深意让我信了。"

卡塔丽娜一脸茫然；自己讲的故事虽然前后略有差别，但她搞不懂这有何深意。舅舅轻轻拍了拍她的脸蛋。

"我罪孽深重啊，可怜的孩子，我还没有悔过自新呢，这让我绝望无助。我这一生，危机四伏，一无是处，不过，倒是读过不少书，古书也好，现代书也罢；也学到了不少东西，要是没学过这些，或许倒是好事。亲爱的，快乐些吧，或许一切都会好起来。"

舅舅拿起帽子。

"您要去哪儿，舅舅？"

"我忙了一整天，想要放松一下，打算去酒馆。"

其实，他没有说真话，因为他没有去酒馆，而是走到多明我会修道院去了。虽然天还未黑，但时间已晚，门房不放他进去。多明戈坚称，他必须见主教，有件非常重要的事情要谈，但门房连门都不开，只是透过窥视孔向外张望。多明戈告诉门房，自己是卡塔丽娜的舅舅，恳求他起码通知一下主教的某位秘书。门房就连这个请求也不答应，但多明戈急得很，最后门房只得同意。几分钟后，安东尼奥神父来到门边。多明戈央求神父让他见见主教，说有重要口信，需要主教听一听。很显然，已经有人告诉了神父多明戈何许人也，因为神父冷冷地答道，要打搅主教大人是不可能的，主教晚上要祷告，已经吩咐过绝对不能打扰他。

"要是你不让我见见他，出了问题，你要负责。"

"醉鬼。"安东尼奥神父鄙夷道。

"醉鬼,我是醉鬼,可我现在并没有喝醉啊,你不让我进去,你会后悔的。"

"你想让我捎什么口信?"

"告诉主教,看在我对他的仰慕之情的分上,请他记住多明戈的话:'匠人所弃的石头,已成了房角的头块石头。'"①

"婊子养的。"安东尼奥神父气得大叫,这个放荡的家伙竟敢引经据典。

啪的一声,神父关上了窥视孔的活页窗。多明戈转身离开,心情糟透了,平日习性将他的脚步引向酒馆,他走了进去。多明戈好交际,虽然没交多少朋友,但至少结识了不少酒友。他喝醉了,一醉之后,舌头就管不住。他喜欢侃侃而谈,跟其他夜晚一样,今晚他也毫不费力地找到了倾诉对象。

---

① 语出《马太福音》第 21 章第 42—44 节和《诗篇》第 118 章第 22 节,选自《新中译版圣经》的译文。

第十四章

次日清晨,正如多明戈吟诵的诗歌一般,曙光女神奥罗拉抬起玫瑰色的手指,将睡意从眼角抹去;太阳神阿波罗将太阳变化的几匹良驹快马,套到了金色战车之上。说得平实些,就是破晓时分,三位多明我会的修士用风帽遮住剃度过的脑袋,既为了隐藏身份,也为了遮挡夜晚残留的依依不舍的雾气,然后溜出了修道院。天色尚早,小城居民风闻有情况,已经聚到一起,站在修道院门口。只见一个戴着风帽、个子很高的修士夹在两个修士中间走了出来,人们立刻认出,那是圣洁的主教。好奇而敬而远之的人群一路跟随,三位修士脚步匆匆,赶往加尔默罗会教堂,到了目的地,才发现等在那儿的民众更多。有位修士上前敲门,门开了一条缝,仅够一人通过,三人鱼贯而入,大门旋即关上。旁观之人上前推门,发现门上了锁,咚咚敲门,却无人应答。

卡塔丽娜正在圣母堂等待。玛丽亚和多明戈陪着她来的,但他俩被拒之门外。贝院长领着众多修女在教堂门口迎接主教,共有二十位修女,这是罗德里格斯堡公爵当年修建教堂时定下的人数。主教带着两位随从,走进教堂的圣器室,换上了法衣。接着,他们缓步走向圣母堂。修女们都跪在两旁,卡塔丽娜拄着拐,跪在圣坛的台阶下方。主教主持弥撒,修女们敬畏地低低吟诵。主教给卡塔丽娜主持了圣餐仪式,接着进行赐福祈祷,诵读福音书,跪在圣坛前面,静静祷告;最后,他站起身,大大的眼睛含着哀伤之情,注视着卡塔丽娜,走下了圣坛,将干瘦黝黑的手放在卡塔丽娜头上。

"我,至高无上的主卑微的仆人,谨以圣父圣子圣灵的名义,命令你扔掉拐杖,行走起来。"

主教刚说话时,声音发颤而低沉,修女们几乎听不清,但说到最后,声音洪亮、吐字清晰,竟是命令口吻了。卡塔丽娜神情激动,脸色发白,两眼放光,站起身形,扔掉拐杖,向前迈了一步,痛叫一声,跌倒在地。神迹没有出现。

立刻,嘈杂声嗡嗡响起,传遍那群修女,有些修女大喊大叫,两个修女晕厥倒地。贝院长走上前,瞥了卡塔丽娜一眼,接着便与主教四目相对。有那么一会儿,两人都紧盯着对方。身后,修女们哭作一团。然后,主教走出了圣母堂,两位修士紧随其后,一路回到圣器室。主教一语不发。他们脱掉法衣,穿上自己的长袍,回到教堂。贝院长正候在门边,替他们开了门。主教又用风帽遮住脑袋,走了出去,走进了夏日清晨的阳光里。

主教还在施展神迹那会儿,消息早就传开了。广场周围的窗户全都挤满了围观人群,教堂的台阶之上,广场上面,全都是人。看着人山人海,主教惊愕了一会儿,但也只是一会儿;接着,他拢了拢长袍,挺直躯干。看到主教现身,一阵慌乱传遍人群。令人惊奇的是,人们似乎马上就知道发生了什么,虽然他们说不清原因,但就是知道神迹没有出现。路让了出来,主教和两位修士走下台阶。广场上的人们一个挤一个地往后退,留出一条通道;主教的脸庞隐藏着,高高的个头缩成一团,裹在教会的黑白长袍里面。可怕的沉默笼罩人群——可以说,他们吓得魂飞魄散,好像令人毛骨悚然、让人无路可逃的大祸即将临头。

第十五章

多明我会的修士们十分气愤，主教竟然拒绝让他们一同前往，参加活动。现在，两位随从陪着主教回到这家修道院，修士们竟不愿散去，而是徘徊原地，要看看主教。消息早已传到他们耳中。但主教径直走了过去，视而不见一般。

早先，听闻如此尊贵的客人前来住宿，修士们腾出一个房间，把它装饰得华美异常，足以匹配客人的显赫身份。但主教到来之后，马上让人把所有装饰物品清空，因为那些东西冒犯了他苦修的生活。主教硬要他们把床上的软垫子换成跟毯子一样薄的稻草垫，把祈祷室里摆放的两把靠背椅换成三脚凳。他们为主教准备了精致的柚木书桌，但他却要换成一张未上漆的松木桌。任何让人感官愉悦的东西，他都不要，连他们挂在墙上的图画都让收走。现在，房间的四壁空无一物，只剩下一个朴实的黑色十字架，上面的耶稣基督像没有上漆，没有雕饰。这样，主教才能更加准确地想象自己被钉在十字架上的样子，感受身体的疼痛，一如耶稣基督为人类遭受的苦痛一般。

主教回到房间，一下子瘫软地坐在那张坚硬的木凳上，直直盯着石板地面，痛苦的泪水顺着深陷的面颊缓缓流淌。安东尼奥神父看着主教陷入了很像是绝望的情绪之中，内心充满怜悯之情，低声对同伴说了几句。同伴立即离开房间，几分钟后，端来一碗汤。安东尼奥神父把汤递给主教。

"先生，您吃点东西吧。"

主教转过头去。

"我吃不下啊。"

"哦,先生,从昨天早上到现在,您什么也没吃啊。恳请您,至少吃几口吧。"

神父跪下来,拿勺子舀了一勺热气腾腾的汤水,送到主教嘴边。

"你对我太好了,孩子,"主教说,"我不值得你这么照顾啊。"

主教不想表现得不近人情,吞下了勺子里的汤水;接着,神父继续喂汤,把面前这位绝望的主教当成生病的小孩。主教十分清楚,忠心的神父深深依恋自己,因此不止一次告诫过他,这很危险,教会中人应该时时警惕,不能依恋凡人,这样做只会阻碍自己对上帝全心全意的虔诚,而上帝才是唯一真正需要爱戴的;说到凡人,无论是教会中人,还是世俗之人,都应善待他们,因为他们都是上帝的子民,但也要泰然处之,不管他们在或者不在,都无甚重要,因为他们生命短暂。但是,爱戴之情难以控制,无论怎么努力,安东尼奥神父就是毁不掉填满他脆弱心灵的爱意和狂热。

主教吃完了,神父把碗放在一旁,依旧跪在地上,大着胆子去拉主教的手。

"别太难过了,先生。那个女孩被魔鬼蒙骗了。"

"不,是我的错。我祈求神迹,也被赐予了神迹。虚荣心作祟,我竟自以为是施展神迹的合适人选,可上帝已经挑选了要施以恩赐的圣人。我有罪,因为傲慢自大,受到了公正的惩罚。"

主教深感绝望,神父鼓起勇气说出平时不敢说的话:

"我们都是罪人,先生,但我很荣幸跟随您许多年,没有人比我更了解您了,您对世人有着永不止息的仁慈,您有源源不断的仁爱以及满怀爱意的仁善。"

"这恰恰说明你很善良啊,孩子。就是因为你仰慕我,你才这么想。平日里,我常告诫你,不要这样待我,而且我也配不上啊。"

神父怜悯地看着主教极度痛苦的脸庞,仍然握着主教骨瘦如柴的冰手。

"我读点东西给您听吧,大人,或许可以帮您散散心?"神父等了一会儿说道,"最近我写了些东西,很想听听您的看法。"

主教清楚,可怜的神父一定悲痛欲绝——他那么笃定地等待着神迹的出现,结果却没有;而且这位可爱而淳朴的神父还要克制极度的失望,来服侍自己,安慰自己,主教为此深受感动。之前,主教从来没有答应过倾听神父勤勤恳恳记录的东西,但现在,见神父如此热切地期盼,他不忍心回绝,不想让他不开心。

"读吧,孩子,我很乐意听。"

神父高兴起来,脸都涨红了,慌忙爬起来,从一大堆要处理的文件当中,挑出几张手稿。他坐在另一张凳子上,而另一个修士由于没有凳子坐,只能坐在地板上。神父开始朗读。

神父是一个学识渊博、文风典雅的作家,各种修辞技巧没有不知道的。他的文风富含比喻、隐喻、转喻、提喻和夸张引申。只要有名词,必定带上两个忠诚的形容词。丰富的意象在他脑海中涌现,如雨后蘑菇一般,遍地丛生,肥厚如盖。他熟读《圣经》以及诸位教父与拉丁道德家的篇章,因此不管多么晦涩的典故,都能运用自如。管它是简单句、并列句,还是复合句、并列复合句,各种句子结构他都精通。他不仅能够写出字斟句酌、刻章琢句、从句套从句的句子,还能给句子加个尾巴,敲响胜利的锣鼓,发出咚咚之声,效果跟大门在你面前砰的一声关上一模一样。这种文风被某位机灵的评论家命名为"官话",深受喜爱者的赞赏。不过其瑕疵在于,短短几句话说得清楚的东西要长篇大论才行。总之,这种文风跟本故事朴实、直率的风格格格不入,因此,与其徒劳地尝试再现神父的华丽辞藻,不如遵照本书作者的朴实文风,讲述一下大概意思。

安东尼奥神父十分乖巧,挑选了有关伟大的"信仰审判"的内容,这可是布拉斯科修士在宗教法庭任职期间的巅峰时刻。如前所述,那次活动同时也让当时的王子殿下(现在是腓力三世国王)极为满意。至少,正是缘于此,布拉斯科审判官才在适当的时候被提拔到重要职位,担任了塞哥维亚省的主教。

那场令人难忘的"信仰审判",既是为了让民众对宗教法庭的权威产生敬畏,也是为了教化民众。举行时间是周日,这样大家就找不到借口不参加了,因为参与这场活动是虔诚的义务。为了让更多人到场,凡是参加者都被赠予有效期四十天的赎罪券①。城市的大广场上面搭建了三个平台,一个给悔罪者和他们的牧师,一个给宗教法庭的官员和神职人员,一个给市政当局和城里的名门望族。然而,头天晚上,举着绿色十字架的游行队伍就拉开了庆典活动的序幕。排头的是宗教法庭的执法官和绅士们,举着一面上绣皇室图纹的猩红锦缎旗,其后是举着白色十字架的教会成员,以及举着教区教堂十字架的在俗神父,殿后的是举着绿色十字架的多明我会会长,该会修士们举着火把紧随其后。队伍一边行进,一边哼唱《祷告曲》②。之后,绿色十字架安放在工作平台的圣坛上方,这个平台是为审判官们预留的,整晚都由多明我会的修士守护。白色十字架安放在处以极刑的地方,由扎尔扎士兵守护,其职责就是守卫焚烧场,添柴加火。审判官的职责之一就是在当晚看望死囚,告知判决结果,给每个死囚指派两名修士,好让他悔过,准备赴死。不过,恰在此时,初级审判官巴尔塔萨神父患了腹绞痛,要卧床休养,以便恢复体力,参加第二天的游行活动,于是他恳请布拉斯科修士准许他不

---

① 又称免罪券,赦罪符,由罗马教皇颁赐,可免去解罪之后仍须在炼狱中承受的暂罚;出售赎罪券者无限制卖出此券,成为中世纪晚期的一种普遍的腐败现象。
② 或音译为"米泽里厄里",祈求慈爱怜悯的圣诗,尤指诗篇第51篇或其配乐。

再陪同前往,应付如此讨人厌的差事。

　　天亮了,宗教法庭的接见室和安放绿色十字架的圣坛都举行了弥撒。早餐分给了囚犯和修士们。一大早有早餐吃,修士们无疑是欣喜的,而且他们完成了陪伴死囚的任务。饭后,按照冒犯宗教信仰的罪责轻重,囚犯们一个个排好队,穿上黄色背心。这是给处以火刑的囚犯穿的,一面涂有火焰图案,一面写上姓名、籍贯和所犯之罪。绿色十字架由他们背着,手里则捧着黄色蜡烛。

　　另一支游行队伍整装待发。打头的是扎尔扎士兵,身后跟着一位举十字架的黑袍修士和他的助手,助手不时摇响铃铛。接着是悔罪者,一个接一个,两旁各有一个执法官。随后是逃亡之人的模拟像和装有死者骸骨的箱子——这些或逃或死之人使得宗教法庭痛失了他们理应到手的猎物。再之后是死囚和整晚陪伴左右的修士们。其后是骑着马的官员们、成双结对的执法官、城市的法官和基督教会的高级教士,他们按官阶高低鱼贯而行。一个地位尊崇的贵族捧着一个盒子,外面盖着金线镶边的红色丝绒,内盛定罪之人的判决书。随后是多明我会会长,举着宗教法庭的旗帜,该会修士们跟在身后;队尾则是两个审判官。

　　天气晴朗,阳光明媚,老老少少心花怒放,感觉活着真好。

　　游行队伍沿着弯弯曲曲的街道缓缓而行,一路来到广场。那里早已人头攒动。人们从各地蜂拥而至,有的来自城外肥沃的大庄园、稻田和橄榄园,有的从大老远赶来——有从种植葡萄的阿利坎特市①来的,也有从种植枣树的埃尔切市②来的。广场四周的房子里都挤满了贵族和士绅们,个个争着从窗户眺望,而王子殿下在随从的陪伴下,坐在市政厅的阳台观瞧。

---

① 西班牙东南部一个港口城市,阿利坎特省省会。
② 西班牙东南部阿利坎特省城镇。

罪犯们按游行时的顺序，依次坐在给他们搭建的平台上，罪责最轻的坐在最下方的长凳上，罪责最重的坐在最上方的长凳上。该平台上摆着两个讲坛，充当法官席，布道在其中一个讲坛上开始了。之后，一个秘书宣读誓言，声音洪亮，全场的人都可以听到。誓言内容是：大小官员，所有到场之人都宣誓，服从宗教法庭，发誓铲除异端分子和异端邪说，大家以"阿门"结束誓言。之后，两名审判官走到王子所在的阳台，以十字架和福音书为证，主持宣誓仪式，迫使王子服从天主教和宗教法庭，铲除异端和叛教者，帮助并协助宗教法庭抓捕和惩罚拒绝真正信仰的不信教分子，不论他们是何种地位、何种身份。

王子庄严地回答："我以我的信仰和王室诺言发誓。"

两个讲坛中间有一张长凳，悔罪者被一个一个带过来坐下，两个讲坛轮流宣读他们的判决。除了那些处以火刑的囚犯外，其他罪犯都是第一次听到对他们命运的宣判。曾有人听到判决后晕倒，宗教法庭出于仁慈，在长凳边缘加装了围栏，以防有人跌倒受伤。而这次，有一个悔罪者因为严刑拷打而奄奄一息，死在了长凳上，而宣读的判决本也可以吓死他。最后一个判决宣读完毕，罪犯们被移交给世俗的权威机构。宗教法庭不会作出跟流血相关的判决，而且确实会督促世俗权威饶恕罪犯。然而，根据教会法的规定，世俗权威必须立即惩罚由宗教法庭移交过来的异端分子。而提供柴火来烧死异端分子的虔诚信徒，将被赐予赎罪券。

审判官的职责至此履行完毕，于是他们都离开了。扎尔扎士兵正步走进广场，向天鸣枪，接着包围囚犯，护送他们前往行刑之地，以免愤怒的民众出于对异端邪说的憎恨而虐待囚犯，有时甚至打死囚犯。修士们一路陪着囚犯，努力在最后时刻争取囚犯的悔罪和皈依。死囚当中，有四个摩里斯科女人，她们的美貌让所有人都为之倾倒;有个不知悔改的荷兰商人,他因向西班牙走私了一部翻译成西班牙语的《圣经·新约》而被捕①;有个摩尔人,因为杀鸡时把鸡头砍掉而被定罪;有个犯重婚罪的人;有个窝藏宗教法庭逃犯的商人;以及一个所持观点受到教会谴责的希腊人。一名警察和一个秘书陪同世俗当局前往,确保刑罚妥善执行。那个秘书就是安东尼奥神父,因此他把握机会,完整记录了当天发生的事情。

焚烧场设在城外。火刑柱上添置了绞刑架,如果有人之前提出想以基督教信仰的方式赴死,甚至有人在最后时刻提出此种要求,那么就可免于火刑,而接受更仁慈的绞刑。人群跟在士兵和囚犯后面,不断涌来。有不少人为了抢占有利位置,急匆匆地提前赶到执行火刑的空旷地。真是人山人海啊。这是自然而然的,因为那种场景很值得一看嘛,很适合款待皇室客人。此外,观众知道自己其实是在履行虔诚的义务,是在侍奉上帝,由此获得了满足感。该绞刑的就绞刑,接着,柴堆点燃了,活人死人都将烧成灰烬,对他们的回忆也将永远灰飞烟灭。火焰腾地一下蹿起来,围观民众莫不大吼大叫,掌声震天,被烧之人的惨叫几乎被淹没。随处可听到女人在尖声号叫,吟唱圣歌,要么歌颂圣母马利亚,要么歌颂耶稣基督。夜幕降临,人群鱼贯回城。站了好久,也疯了好久,大家都累了,但依然觉得这一天过得好开心。他们流向酒馆,流向妓馆,那里生意兴隆。那晚,许多人将布拉斯科修士穿过的长袍布条围在脖子上,亲身验证了其功效。

安东尼奥神父也累了,但他的首要职责就是把事情经过报告给两位审判官。尽管身心疲惫,他依然抵挡住了睡眠的诱惑。他做事认真负责,趁着所有细节还没有从脑海消退之际,坐下来详尽记录

①　西班牙宗教法庭严禁人们私自将《圣经》译成本国语言或持有此类译本。

当天发生的所有事情。神父写作速度极快,表达流畅,似是获得了神启,写完之后,通读一遍,发现无一字可改。最后,发觉完成了工作,同时也为敬奉上帝的事业添砖加瓦了,他心里挺高兴,于是爬上床铺,睡得像个天真无邪的孩子。

所有这一切,神父都用洪亮浑厚的嗓音读给了神情沮丧的主教听,还特意强调了最重要的章节,以达到戏剧效果。他一边读,眼睛一边盯着手稿,感到异常兴奋。如此,上帝得到了侍奉;如此,天主教的纯洁得到了维护。他读完了,觉得自己已经将那场宏大的信仰审判活动讲述得恰如其分。描述如此栩栩如生,叙述如此精妙绝伦,逐渐推至高潮,令人叹为观止,虽不清楚是如何做到的,但连他自己都深受触动。神父抬眼观瞧。许多作者把作品与读者分享,都希望得到赞赏,神父也一样,一句赞扬足以让他称心如意。但这只不过是一时兴起的念头罢了,他主要还是想驱散萦绕在可敬可爱的主教心头的忧郁,让主教回想起职业生涯中最为荣耀的时刻。当主教的脑海中浮现起那天的情形时,发现自己将那么多可恨的异端分子送往万劫不复的地狱,由此侍奉了上帝,慰藉了良知,教化了民众,他心头一定会涌起一阵骄傲的悸动,尽管他是那么圣洁。因此,安东尼奥神父很是吃惊,甚或是惊恐地发现,眼泪顺着主教憔悴的面颊流淌,同时他双手紧握,强忍住欲从胸腔喷薄而出的声声啜泣。

神父忙扔掉手稿,从凳子上跳起来,一下子扑倒在主教身边。

"大人,怎么了?"神父大喊,"我到底做了什么?我只想读读书,帮您散散心啊。"

主教不理他,站起身,伸开双臂,面向挂在墙上的黑色十字架,做出祈求的姿势。

"那个希腊人,"主教叹息道,"那个希腊人。"

接着,再也抑制不住情感,主教痛哭流涕。两个修士恐慌地看着他,他们以前从未见过这个苦修士会流露情感。主教急急地用手将眼泪抹去。

"是我的错,"他哀叹道,"大错特错。我犯了重罪,唯一的希望就是大慈大悲的上帝能够宽恕我。"

"大人,看在上帝的分上,请明示啊,您把我全搞糊涂了。我就像遭遇暴风雨的水手,桅杆断折,船舵丢失。"安东尼奥神父的耳边依然回响着朗读之声,禁不住文绉绉地说话,"那个希腊人?大人为什么要提及那个希腊人啊?他是异端,他罪有应得啊。"

"你不知道自己在说些什么,你不知道我的罪责比他还要重。我祈求神迹,也被赐予了神迹。我以为这是上帝的恩宠,现在,我知道这是上帝的怒火,我确实应该被人看低,因为我是个可怜兮兮的罪人。"

主教没有转身面对两个修士,也没有对他们说话,而是跟墙上的十字架交流,平素常想象自己的双手被钉子刺入,双脚被钉子穿透。

"他是个老好人,虽然贫穷,依然接济穷人,我认识他那么多年,从未听到他口出污言秽语。他对所有人都那么慈爱亲切,他的灵魂真正高贵。"

"许多人无论是公开场合还是私底下,都品行端正,但仍然受到宗教法庭应有的惩罚——毕竟,与异端邪说这种弥天大罪比起来,品行端正又算得了什么呢。"

主教转身,看着安东尼奥神父,满眼都是悲伤。

"罪恶的报应就是死亡。"主教喃喃自语。

他们提到的那个希腊人,名叫季米特里奥斯·赫里斯托普洛斯,是塞浦路斯①人,有些财产,可以专心学业。塞利姆二世②统治

① 地中海东部一岛,北距土耳其海岸约80公里,官方语言是希腊语和土耳其语,首都尼科西亚。
② 塞利姆二世(1524—1574),奥斯曼帝国的苏丹,自1566年起在位直至逝世。

土耳其期间,对塞浦路斯发动侵略,占领首都尼科西亚,屠杀了二十
万居民。他居住的法玛古斯塔①被围困,历经一年的艰苦抵抗,最
终投降,那一年是一五七一年。他逃出那座死亡之城,躲在山里,后
来设法乘坐一艘渔船逃走,历经多少艰难险阻,终于抵达意大利。
那时,他身无分文,但后来找到了一些工作,既教希腊语,也讲解古
代哲学,以此勉强糊口。再后来,不幸的是,他引起了一位西班牙贵
族的关注,那位贵族与罗马使馆有联系,旅居意大利期间,便倾心于
时髦的柏拉图崇拜。那个贵族把他带到府邸,两人一起阅读柏拉图
的不朽著作。然而,几年之后,贵族被召回西班牙,说服了他跟着一
起走。贵族被任命为巴伦西亚王国的总督,最终也死在巴伦西亚。
那时,希腊人几近暮年,孤立无援,只得离开总督府,赁住在一个孀
居的妇女家里,住处十分简陋。凭着学识,他获得了些许声誉。通
过教书,他勉强维持生计,教的是那些渴望学习希腊语这门贵族语
言的学生。

　　布拉斯科修士还在阿尔卡拉神学院教神学的时候,就对这位希
腊人的事情有所耳闻。不久之后,布拉斯科修士就任巴伦西亚的审
判官,打听了希腊人的近况,听闻他名声很好、品行端正,于是派人
把他请来。希腊人待人温和、举止谦逊,布拉斯科很满意,问他可不
可以教自己学习《新约》使用的语言,这样就可以更加全身心地投
入阅读。九年来,布拉斯科在履行各种职责之余,总会跟希腊人一
起学习。布拉斯科勤恳而聪慧,几个月后,希腊人说服他学习古典
作家的作品,因为希腊人热衷于祖国伟大的古典文学作品。希腊人
也特别喜欢柏拉图学说,不久之后,他们开始阅读柏拉图的《对话
录》,接着又读起了亚里士多德。布拉斯科拒绝读《伊利亚特》,觉

---

① 塞浦路斯东部的港口城市,位于法玛古斯塔湾。

得那本书血腥残酷,也不读《奥德赛》,觉得它轻浮无聊,不过却很欣赏戏剧作品。然而,他们最终总会回到《对话录》。

布拉斯科有鉴赏力,被柏拉图的优雅、虔诚和深邃所吸引。柏拉图的著作中有许多观点都会得到基督徒的赞同,正是这些著作让两人谈论了许多严肃的话题。由此,布拉斯科进入了一个崭新的世界,阅读这些伟大作品时,会感觉到奇妙和欢愉;一天的工作之后,能得到欣喜和安宁。两人长久交流,结出累累果实。布拉斯科对这位淡泊名利的希腊人产生了某种钟爱之情。所有耳闻之事——简朴而体面的生活、体贴而宽厚的为人——都加深了他对希腊人品格的钦佩之情。

后来,一个信仰路德宗①的荷兰人被宗教法庭的执法官抓捕,因他将翻译成西班牙语的《新约》走私进入西班牙,严刑拷打之下,供出曾把一本《新约》送给了希腊人。闻听此事,布拉斯科大为震惊。继续审讯,尤其是加重刑讯之后,荷兰人说,他和希腊人时常在一块儿讨论宗教,且在许多方面意见都完全统一,这足以让宗教法庭展开调查。按照惯例,调查秘密进行,细致而彻底。希腊人并不知道自己有了嫌疑。布拉斯科读了完整的调查报告,惊恐不已。他从没想到,希腊人如此善良、如此谦逊,在意大利和西班牙的漫长岁月里,竟然没有公开放弃主张分裂教会的看法,也没有投身罗马天主教信仰。证人被带上来,发誓说听见希腊人说过该遭天谴的异端邪说:他否定圣灵来自圣子,否认教皇的至高权力,尽管他崇敬圣母,却拒绝承认圣母的受孕是纯洁无瑕的。希腊人的女房东也称,听见他说赎罪券一文不值;还有人作证,说他不接受罗马天主教教

---

① 路德宗是以马丁·路德的宗教思想为依据的各教会团体之统称,因其教义核心为"因信称义",故又称信义宗,它是德意志宗教改革运动的产物,由马丁·路德于1529年创立于德国。

义的炼狱观点。

布拉斯科修士的同僚——巴尔塔萨·德·卡莫纳审判官是法学博士,也是古板的卫道士。他个头不高,干干瘦瘦,老态尽显,鼻子尖长,嘴唇紧抿,眼睛细小而透出焦躁不安的神情。他身患某种肠胃病,所以脾气尖酸刻薄。身居审判官一职,他权力极大,运用权力时获得了强烈的愉悦感。当这些确凿的证据呈递到他面前时,他坚决要求逮捕希腊人。布拉斯科竭尽所能去搭救,声称希腊人虽主张分裂教会,却并不是异端,因此不受宗教法庭的管辖。不过,不仅有信仰路德宗的荷兰人提供的证据,受其牵连的一个法国加尔文宗①教徒也称,听见希腊人说了些带有新教主义的看法。对此,布拉斯科修士只得牺牲个人情感,履行不可推卸的职责。于是,执法官们前去希腊老人的寄宿处,将他押往宗教法庭的监狱。审问之下,老人痛快地承认了那些指控。法庭给他机会公开放弃错误的信仰,皈依天主教。但是,让布拉斯科失望的是,老人拒不从命。罪行很严重,但有关新教主义的指控却证据不足。于是,为了给希腊老人一个机会,让他洗清罪责,布拉斯科力劝巴尔塔萨审判官实施刑讯,让老人皈依,拯救其灵魂,而巴尔塔萨却完全赞成立即判刑。

刑讯之时,法律要求两个审判官都到场,同时还要有主教代理人和一名书记员,记录刑讯过程。刑讯总会让布拉斯科修士惊恐不安,之后的好几个夜晚都会噩梦缠身。

希腊人被带了进来,扒掉了衣服,绑在支架上。老人虚弱无力、骨瘦如柴。有人郑重地请求他,为了上帝的仁爱,说出实情,因为两个审判官不愿看到他受刑。老人一直不张口。接着,他的脚踝被绑

---

① 亦称"长老会""归正宗""加尔文派"。是基督教新教的三个原始宗派之一,泛指完全遵守约翰·加尔文《归正神学》及其长老制的改革派宗教团体。16世纪欧洲宗教改革运动时期产生于瑞士,并传布于苏格兰、荷兰等地。

在肢刑架①的两边，绳索绕过手臂、大腿、小腿，一头绑在转轮上，转动时，绳索就绷紧。行刑者猛地转动转轮，希腊老人痛苦大叫，再转一圈，绳索勒破皮肤和肌肉，勒到骨头。考虑到希腊人年龄太大，布拉斯科坚决要求，转轮不能超过四圈，虽然最多可以转六至七圈，但就算是身强体壮的人也很难挨过五圈。希腊老人哀求马上给自己一个痛快，了结难挨的痛楚。布拉斯科被迫出现在刑讯现场，不过他可以不看，因此紧盯着石板地面，但惨叫声回荡在耳边，将他的神经撕成碎片。他的朋友——希腊老人吟诵戏剧家索福克勒斯②庄严宏伟的篇章时就是这种声音；老人朗读苏格拉底临死前的演讲，抑制不住情感，所发出的也是这种声音。肢刑架的转轮每转动一圈，就有人命令希腊老人说出实情，但他咬紧牙关，就是不说。最后从架子上放下来时，他站都站不住，只得被抬回了宗教法庭的地牢。

老人什么都没有承认，但凭着之前的供词，他被判处死刑。布拉斯科修士争取解救老人，但法学博士巴尔塔萨声称，老人跟那个信仰路德宗的荷兰人一样，罪责重大，而荷兰人都被判处火刑了。经咨询，主教代理人和其他官员都赞同巴尔塔萨的观点。"信仰审判"还有几周才举行，于是布拉斯科修士有时间致信总审判官，向其陈述案情。总审判官回信说，没有理由干涉宗教法庭的裁决。布拉斯科修士无能为力了，但老人的惨叫声依然回荡耳际，一刻不停地折磨着他。他派了精神导师去看望老人，试图让老人皈依，虽然救不了老人的命，但如果老人忏悔，那么就可以死于绞刑，或许可以免遭烈火灼烧的苦痛。但是，老人固执任性，拒不服从。尽管遭受酷

---

① 一种以转轮牵拉四肢使关节脱离的刑具。
② 或译索福克勒思（约公元前 496—前 406），希腊戏剧家，存世七部作品都以情节曲折、人物性格刻画深刻，以及书中审视凡人和神命的关系问题而著称；代表剧作是《安提戈涅和俄狄浦斯王》，亦称《暴君俄狄浦斯王》。

刑,又被长期监禁,他依然头脑清醒,思维活跃。修士们好言相劝,老人反唇相讥,用语巧妙,让他们大为光火。

终于,到了"信仰审判"的前一晚。以往的庆典活动对布拉斯科修士没有丝毫影响,因为在上帝和凡人面前,那些改信犹太教的信徒、那些不改邪恶行径的摩里斯科人、那些新教徒,都是罪犯,为了教会和国家的安全考虑,有充足理由让他们遭受痛苦折磨。但是,没有人比他更清楚,希腊老人对穷苦人是多么好心、多么善心、多么热心。尽管他那冷血、冷酷、冷漠的同僚审判官手握威权,布拉斯科还是提出质疑,如此严厉的刑罚是否合法。双方激烈争吵,巴尔塔萨指责他偏袒罪犯,因为他和希腊老人像朋友一样。内心深处,布拉斯科修士知道这个指责至少说出了一丝实情;要是他从未认识希腊老人,对于裁决他不会有任何异议。虽然救不了老人的性命,但他可以拯救老人的灵魂。他派去的几个修士设法让老人认错,但他们不够聪明,对付不了这位学识渊博的老人。于是,他做出了破天荒的决定。还有一个小时就天亮了,他来到宗教法庭的监狱,让人带路,来到老人的牢房。老人躺在地上,度过了最后一个夜晚,两个修士陪在一旁。布拉斯科让他们退出去。

"他不听我们的劝告。"有个修士说道。

两个修士离开后,笑容浮现在希腊老人的嘴边。

"毋庸置疑,您的修士很可敬,先生,"老人说,"但他们的才智并不出众。"

老人泰然自若,虽憔悴虚弱,仍保持着自尊自重。

"尊敬的阁下,请谅解,我无法起床相迎。酷刑让我绵软无力,我还想保存体力,参加今天的庆典活动呢。"

"我们之间,就别浪费时间说些无聊的话了。再过几小时,你会遭遇可怕的命运。上帝作证,我情愿折寿十年,也要换你活下来。

但证据确凿，如果我不履行职责，就辜负了我的誓言。"

"我最不愿意您折寿了。"

"你要付出生命的代价，我没法救你。但是，如果你愿意公开放弃信仰，皈依教会，我起码可以让你免遭火刑的痛苦。我敬爱的季米特里奥斯，欠你的人情债，我永远都还不清，只能拯救你不灭的灵魂。那些修士愚昧无知、目光短浅。我来，就是在绝望之际，最后尝试让你认识到自己的错误。"

"这只会浪费您的时间，先生。我们该好好利用这个机会，谈谈苏格拉底临死前的讲话，就像你我从前时常谈论的那样。这个地牢不准看书，但我的记忆还行，于是一遍遍地回味苏格拉底的讲话，他认为灵魂是何等高贵啊，回味之间，我倍感慰藉。"

"这次我不想命令你，季米特里奥斯，我恳求你，听我说说。"

"我答应您这个最后的请求。"

布拉斯科审判官语气诚恳、学识渊博、谨慎有加，逐点逐条地阐述论点，论证教会的主张是正确的，驳斥异端分子和分裂教会学说的观点。他对这种论述极为拿手，表达熟练，观点明确，令人赞叹。

"要是因为害怕死亡，而假装接受我认为错误的信仰，那我就不值得尊敬了。"等布拉斯科讲完，希腊老人说道。

"我没让你这么做。我让你全身心地相信真理。"

"'什么是真理？'庞修斯·彼拉多①问。人们无法强迫自己接受某种信仰，就如暴风侵袭下，无法强迫大海风平浪静一样。感谢尊敬的阁下，谢谢您的好意，我自己虽遭遇不幸，却不会因此对您怀有恶意。您的所作所为，都是凭着良心，没有人能比您做得更好了。我一把年纪，是今天死，还是等一两年再死，有什么要紧的呢。我对

---

① 罗马朱迪亚地区的检察官（约公元 26—约 36 年在位），主持审判基督耶稣并判其钉死于十字架。

您只有一个要求。不要因为我走了，就放弃学习古希腊光辉灿烂的文学。学习它，一定能增强您的精神力量，提升您的精神境界。"

"难道你不害怕上帝因你的执拗固执而降下公正的惩罚？"

"上帝有若干名姓，数不清的品质。人类称之为耶和华、宙斯和梵天。无论其名为何，意义又有何区别呢？苏格拉底虽是异教徒，但他看得那么精准，在上帝的众多品质当中，首要的一个就是公正。上帝一定知道，人类不相信愿意相信的，而相信能够相信的。本非芸芸众生之错，却要施加惩罚，如果我认为上帝会如此，那就对他不公平了。尊敬的阁下，如果我请求您现在离开，让我独自思考，希望不会冒犯到您。"

"我不会就这样离开你。我一定要坚持到底，拯救你的不灭灵魂，不受地狱烈火的灼烧。再说一句话吧，让我感到有希望，可以拯救你。一句话，表示你不会不知悔改，这样我至少可以减轻你遭受的世俗惩罚。"

希腊老人笑了笑，或许笑容中带着点讥讽之意。

"你尽你的责，我做我的事，"希腊老人说，"你的职责就是杀戮，我要做的就是慷慨赴死。"

布拉斯科审判官泪如雨下，两眼模糊，摸索着走出去，几乎找不到牢房出口。

主教断断续续地跟两个修士说了这么多。此刻，他捂住脸，好像再往下说，就是莫大的耻辱，承受不住。两个修士听着讲述，内心虽痛苦，但却听得十分认真。安东尼奥神父将一切都牢记在心，不放过任何一句话、任何一个字，以便事后写下来。

"后来，我做了一件可怕的事情。巴尔塔萨卧病在床，我知道他会躺到庆典前的最后一刻，因为他非常害怕身体太虚弱，参加不了'信仰审判'活动。他野心勃勃，希望引起王子殿下的关注。因此，我可以不受约束,自主行动。一想到可怜的老人要被邪恶的火焰灼烧,我就受不了。他遭受酷刑时的惨叫声依然回荡在我耳边,我想这声音将伴我一生。我对那些人说,我已经同老人沟通过了,老人目前已放弃了异端思想,接受了圣灵来自圣子的观点。我下了命令,在老人被执行火刑之前,先处以绞刑。我派仆人送钱给刽子手,让他行刑时干脆利落些。"

应该说明一下,刽子手可以收紧然后松开套在罪犯脖子上的铁环,这样就可以延长受罪时间,长达数小时,因此必须贿赂他,给罪犯一个痛快,早点解脱。

"我知道这样做是罪过。那时,我悲痛欲绝、心慌意乱,几乎不知道自己在干些什么。因这个罪过,我会永远感到自责。我向告解神父忏悔,接受了他的建议,为自己的罪过进行苦修。我获得了赦罪,但却无法宽恕自己,今天发生的事情就是对我的惩罚啊。"

"但是,大人啊,您对希腊人做的事,是出于仁慈啊,"安东尼奥神父说,"凡是像我一样跟随您多年的人都知道,您是多么心善啊。仅此一次,您让善心战胜了公正心,谁会因为这个而责怪您呢?"

"那不是仁慈。谁知道希腊人有没有被我的论述动摇信念?当火焰舔舐他的肉体时,谁知道上帝会不会赐予恩典,感动他冥顽不化的心灵,让他放弃错误的观念?许多人在即将见上帝的最后可怕时刻,都因此被拯救了灵魂。我却剥夺了希腊人的这个机会,让他遭受永世折磨。"

嘶哑的哭声从主教的喉咙挣脱而出,就跟晚上从黑黝黝、静悄悄的森林里传出来的哽咽、诡异的鸟叫声一般。

"永世折磨!谁能想象到此种苦痛?永世受地狱之苦的灵魂,在火海中痛苦翻滚。火海中冒着有毒的蒸汽,呼吸之后痛苦万分。他们的身体爬满蛆虫,他们口舌生烟、饥肠辘辘、受尽折磨。烈火灼烧，引发慌张骚乱、惊声尖叫。与之相比，天空轰隆隆的霹雳之声、海上暴风雨肆虐的怒号之声，都显得死一般寂静。恐怖的魔鬼们，对他们冷嘲热讽，鞭笞他们，发泄着无休无止的怒火。但是，悔恨之心撕扯着他们，造成的痛楚比那些可恶的魔鬼所施加的折磨还要剧烈。悔恨如虫子一般，啮咬着他们的内脏。烈火折磨着他们的灵魂。与之相比，世间的火焰就像是画出来的一般没有威力——因为，那烈火是上帝的怒火，上帝将其点燃，让其持续，作为公正惩罚的可怕手段，直至永世。"

"永世，是多么可怕啊！对于永世受地狱之苦的灵魂而言，几百万年的光景，相当于自创世之初至今，滴落大地的雨水数量；相当于世间所有河海里的水滴数量；相当于所有树木的树叶数量；相当于所有海滩的细沙数量；相当于自上帝造人至今所有人类的眼泪数量。历经如此数不胜数的光景之后，这些受苦灵魂的苦痛仍将继续，就跟刚开始一样，就跟受苦的第一天一样。而永世不会有任何减少，就好像不曾流逝一分一秒。而我让哀伤的希腊老人陷入的就是这种永世的苦痛。我犯下如此严重的罪行，有什么惩罚能赎我的罪呢？哦，恐怕没有，没有啊。"

主教心烦意乱了，撕心裂肺地大声抽泣。他盯着两个修士，眼神晦暗，内含恐惧。两个修士看着主教的双眼，看见了深处的猩红，就像从遥远的地方，眺望到了地狱的赤焰。

"召集修士们，我会告诉他们我的罪孽，为了拯救我的灵魂，命令他们对我施行轮流惩罚。"

这就是说，所有在场的人都要鞭笞有罪之人，这是一种侮辱性的惩罚。因此，安东尼奥神父胆战心惊，一下子跪倒，双手合十，似是祈祷，哀求主教不要执意要求如此可怕的折磨。

"那些教友们一点都不敬爱您啊，大人，他们生着气呢，因为您今早不让他们一同去教堂。他们不会手下留情,他们会用尽全力挥舞鞭子。死在他们鞭子下的修士还少吗。"

"我不想让他们对我手下留情。如果我死了,正义得以伸张。我命令你,遵循自己的誓言,服从命令,照我说的去做。"

神父站起身。

"大人,您无权让自己遭受如此奇耻大辱。您是塞哥维亚的主教,这样做,会让整个西班牙的主教受到诋毁。所有得到上帝指派而身居高位的权威人士都将受到损害。您让自己遭受羞辱,难道这里面没有一点张扬卖弄的想法吗?"

神父从来不敢以如此强硬的口吻跟主教说话,因此主教大吃一惊。难道说自己渴望公开受辱,真的是有一丝虚荣心在作祟?他久久地注视着神父。

"我不知道,"主教终于痛苦地说道,"我像一个走夜路的人,跌跌撞撞地行走在荒郊野外。或许你是对的,我只顾及自己,没有想过对他人的影响。"

安东尼奥神父松了口气。

"你们两个对我施加惩罚吧,就在这里,私底下进行。"

"不行,不行,不行,我不会听的。我哪里忍心粗暴对待您神圣的身体呢。"

"既然如此,需要我提醒你发过的誓言吗?"主教摆出往日的威严说道,"为了拯救我的灵魂,连这么微不足道的解罪,你都犹豫不决,难道你一点不敬重我吗?床底下有几条鞭子。"

神父默默地、难过地取出鞭子,上面都沾满了血迹。主教将长袍脱掉一半,露出上半身,长袍耷拉到腰间。接着,他脱掉衬衣——衬衣是锡制的,就跟锉刀一样,会划破皮肤。神父知道,主教有穿刚毛衬衣的习惯,不是一直穿,要不就会适应了,而是时不时穿着,保持新鲜的痛感。神父看到这件恐怖的锡制衬衣,倒吸了一口凉气,但同时又感觉受到教诲。主教的背上布满了鞭痕,表明他每周都会至少鞭挞自己一次,有些疮口已经开裂化脓。

　　主教的房间有一根细圆柱,支撑着上面两个拱门,拱门将房间一分为二。此刻,主教抱住那根圆柱,后背袒露,对着两个修士。两个修士默默地各拿一根鞭子,轮流往下挥舞,打到流血的肌肤上。每一次鞭挞,主教就颤抖一次,但没有发出一声呻吟。打了十几鞭,主教昏倒了。两个修士扶起他,送到硬木床上。他们泼了点水,但主教没有反应,这可吓坏了他们。安东尼奥神父派同伴去告诉庶务修士,赶快去请医生,因为主教病倒了;同时,他让同伴转告教友们,无论如何绝不能来打扰主教。接着,神父清洗主教千疮百孔的脊背,急切地把了把脉,发现脉搏时断时续。一时间,神父觉得主教都濒临死亡了。但是,主教终于睁开眼睛。缓了一会儿,他才恢复神志,然后强打起精神,挤出笑容。

　　"可怜虫,我⋯⋯"他说,"竟然晕倒了。"

　　"别说话,大人,安静地躺着。"

　　但主教用手肘撑起身体。

　　"把衬衣给我。"

　　安东尼奥神父看着那件像是刑具的衬衣,不禁颤抖起来。

　　"噢,大人,现在您哪受得了啊。"

　　"给我吧。"

　　"医生快来了。您不会想让医生看到您穿着代表苦修的衬衣吧。"

　　主教瘫软在硬板床上。

　　"把十字架给我。"他说。

　　最后,医生到了,嘱咐病人卧床休养,说之后会派人送药过来。药送到了,原来是镇痛的药水,不一会儿,主教睡着了。

第十六章

第二天,主教坚持起床,做了弥撒。虽然身体依然虚弱发抖,但他内心平静安宁,因此继续处理事务,好像什么事都没有发生过一样。

傍晚时分,一个庶务修士过来告诉他,他弟弟曼努埃尔到了会客室,想见见他。主教心想,弟弟应该是听闻自己病了,因此让人回话说:感谢探望,但有紧急事务缠身,不便会见。庶务修士回来报告,曼努埃尔赖着不走,非要见见主教,说有要事相商。主教叹了口气,让庶务修士带他进来。自从兄弟俩到了罗德里格斯堡之后,两人很少碰面,仅有的几次也只是出于礼节。主教虽然觉得对弟弟不够宽容而有些自责,但就是无法克制对那个爱慕虚荣、野蛮残暴、冷酷无情之人的厌恶之情。

曼努埃尔走了进来。他盛装打扮,矫饰做作,身强体壮,给人粗俗无礼之感;精力充沛,有些气势汹汹的样子,浑身一股趾高气扬的姿态。他脸上带着自鸣得意的神情,如果主教没有看错的话,他明亮而大胆的目光中分明透出怨恨和狡黠。他一边冷笑,一边环顾房间。房间空无一物,阴冷晦暗。主教指了指凳子。

"你就没有舒服点的凳子让我坐吗,哥啊?"他说道。

"没有。"

"听说你病了。"

"偶染小恙,不甚打紧,现已恢复如初。"

"很好。"

接着就是沉默。曼努埃尔继续注视着哥哥,面带笑容,笑中略带戏谑。

"你说有要事相商。"最后还是主教开口说道。

"是啊,哥哥。看起来昨天早上的庆典活动,没有实现你的愿望啊。"

"请说说你的事情吧,曼努埃尔。"

"你凭什么认为上帝选中了你来治好那个女孩的残疾?"

主教欲言又止。他本来不想回答,但在粗俗无礼的弟弟面前,虽觉得羞愧难当,但依然答复道:

"我有足够的自信,认为女孩说的是真话,虽然我也知道自己身份卑微,但觉得必须采取行动。"

"你错了,哥哥。你应该仔细问问她才对。圣母马利亚告诉女孩,堂胡安·德·巴莱罗侍奉上帝最出色的儿子,才有能力治好她。你凭什么就贸然断定说的是你呢?难道你这个基督徒一点儿谦虚的态度都没有吗?"

主教的脸色刷地变白了。

"你什么意思?"他叫道,"女孩跟我说,圣母告诉她能治好她残疾的就是我。"

"她没什么文化,人又傻,以为你就是圣母指派的,因为你是主教嘛。我怎么会不知道呢,城里人听说了许多关于你的事,说你像圣人,过的是苦修生活。"

主教在内心祷告了一小会儿,才能抑制住弟弟的话所激起的愤怒和羞耻。

"你是怎么知道的?谁跟你说的,那就是圣母马利亚说的话?"

曼努埃尔哈哈大笑起来,好似听到了绝妙的笑话。

"看来那个女孩有个舅舅,叫多明戈·佩雷斯。我们打小就认识他吧。我没记错的话,你跟他是神学院的同学。"

主教点头，表示认可。

"多明戈·佩雷斯是个酒鬼。我的用人经常出入一家酒馆，多明戈也去这家酒馆。他挖空心思结识了我的用人，还不是为了让他们请客吃酒。昨晚，他又喝多了。很自然，他们都七嘴八舌，议论早上那件事。你怎么尴尬收场的，哥哥，已经成了大家的谈资了。多明戈对他们说，他早就料到了，而且想法儿提醒你，但修道院让他吃了闭门羹。于是，他就重复了圣母马利亚所说的话，一字不差，就跟他侄女跟他说的一模一样。"

主教不知所措，不知道要说什么。曼努埃尔继续说下去，眼神流露出露骨的嘲讽。主教心里难受，不禁发问：弟弟是个什么人啊，竟然当面羞辱自己的哥哥，以此为乐，太冷酷无情了。

"难道你没想过，哥哥，圣母说的人是我吗？"

"你？"

主教简直不敢相信。要是他可以笑，早就大笑起来了。

"你觉得意外吗，哥哥？二十四年来，我辅佐国王陛下，冒着生命危险，征战上百次，参加了多少辉煌的战斗，身负多少代表荣誉的伤疤。我忍饥挨饿，遭受了该死的低地国家的严寒，也经受了夏天的酷热。你就烧死了几十个异端分子，而我呢，为了上帝的荣耀，杀了好几千该死的异端。为了上帝的荣耀，我踏平了他们的田地，一把火烧了他们的庄稼。我包围了繁华的城镇，等他们投降后，把所有居民，无论男女老幼，都杀了个干净。"

主教不禁颤抖。

"宗教法庭按照法律程序，宣判被告是否有罪。给他们机会悔罪，洗清罪责。小心谨慎，公平公正，有罪的就实施惩罚，无辜的就宣判无罪。"

"我太了解那些荷兰人，他们才不会悔罪呢。异端流淌在他们血液里,他们背叛自己的信仰,背叛自己的国王,他们就该死。凡是认识我的人,都知道我才是侍奉上帝最为出色的那个人。"

主教细细琢磨。弟弟残暴成性、自吹自擂,他深感厌恶。似乎上帝不大可能挑选这样一个人来完成神迹。然而,也有可能是正因为弟弟本性如此,上帝才选择了他,以此来羞辱自己,因为自己犯下了不可宽恕的罪行。如果真是这样,他心甘情愿领受惩罚。

"上帝明鉴,我知道自己身份卑微,"主教终于说,"可你要是冒然尝试,然后失败了,那将引发丑闻啊,让那些邪恶之人可以趁机嘲讽。我恳请你切勿鲁莽草率,此事还需好好斟酌啊。"

"早就考虑好了,哥哥,"曼努埃尔冷冷地答道,"我跟朋友们都商量过了,他们可是小城最有头有脸的人物。我问过大司祭,问过这座修道院的会长。每个人都表示赞同。"

主教又思索片刻。他清楚,他和弟弟取得如今的地位和成就,让小城很多人心生嫉妒,因为他俩虽是士绅出身,但毕竟是小户人家。他们赞同弟弟荒谬的请求,很有可能就是为了让他俩名誉扫地。

"你不要忘了,那个叫卡塔丽娜·佩雷斯的女孩,仍有可能受到了蒙骗啊。"

"布丁好不好,吃了才知道呢。我要是不成功,那就证明女孩是巫婆,应该移交宗教法庭,进行审判处罚。"

"如果你征得了市政当局的同意,也下定决心要尝试一下,我也不能阻拦你了。但我求你一件事:一切事务,尽量秘密进行。我已经引发丑闻了,希望你能避免更大的丑闻。"

"感谢你的建议,哥哥。我会好好考虑的。"

说完,曼努埃尔离开了。主教深深叹息。看来,他的那杯苦酒已经满满当当了。他面对墙上的黑色十字架,跪了下来,默默祷告。

之后,他叫来一个庶务修士,嘱咐他去找一个叫多明戈·佩雷斯的人。

"如果在家找不到,去酒馆一定能找到,就在我弟弟曼努埃尔的住所附近。你跟他说,看在我的情面上,马上来见见我。"

第十七章

不一会儿,庶务修士将多明戈领了进来,来到主教的祈祷室。有那么一会儿,两人就这么静静地凝视着对方。在阿尔卡拉神学院读书时,他们还是青春少年,刚刚褪去男孩的稚气,自那之后,再未谋面。现在,他们已人到中年,几近暮年了,皆是骨瘦如柴,满脸沧桑;但一个是因为苦修斋戒、长期的守夜祈祷和持续不断的劳作而被摧残,另一个却是酒色所误。两人虽然外形有些相似,但表情却是迥然相异:主教一脸疲惫焦虑,而代笔人多明戈则是一脸淡然和蔼。多明戈是初级神品修士,穿着黑色长袍。长袍由于穿久了而破旧不堪,泛着绿色的光泽,前襟被酒水饭菜弄得脏兮兮的。但两人都流露出苦修生活和才智出众的神态。

“尊敬的大人想见我。”多明戈说道。

主教苍白的嘴唇浮现温和的浅笑。

“昔日一别,多年未见啊,多明戈。”

“我们的人生路迥然不同啊。原以为大人早就忘了,有这么一个又穷又卑微的人,名叫多明戈·佩雷斯。”

“我们相识一辈子了。你说话这么客套,我都觉得难堪。好多年都没有听见朋友叫我布拉斯科了。”

多明戈冲他一笑,笑容迷人友好,叫人疑虑顿消。

“伟人是没有朋友的,亲爱的布拉斯科。为了自身的伟大,这是他们必须付出的代价。”

“在这一个小时里,让我们暂时忘掉我可怜的伟大,就像从前那样,像两个亲密的老友那样谈谈心如何。你认为我会忘了你,你错了。我们之间太熟悉不过了,我一直都知晓你的人生境况。"

"我的人生可没什么教育意义啊。"

主教坐在凳子上,示意多明戈也坐下。

"不仅如此,通过你的信件,我一直都跟你有联系呢。"

"你怎么办到的?我可从来没有给你写过信啊。"

"不是直接通信,从小我就读过你写的诗歌,看得太多了,早就熟悉了你的笔迹。难道你以为我认不出来,我父亲和弟弟马丁寄给我的信是你代笔的吗?我心里有数,他们绝对写不出那么典雅得体的信。其中的遣词造句、情感抒发,让我认出了你捉摸不定的气质。"

多明戈轻笑了一声,说:

"令尊和令弟的文采不大出众。他们说话都是直来直往,从不拐弯抹角,大体内容无非就是他们身体好,也祝你身体好,以及收成不好之类的。为了我自己的颜面,也为了给他们的面子添光彩,我觉得有必要加些家乡的街谈巷议,加些脑海中出现的奇思妙想和插科打诨,让他们直白的话有趣些。"

"多明戈,你的大好天赋就这么白白浪费了,岂不可悲?我必须勤奋努力才能学到的东西,你却凭直觉就能手到擒来。过去,你时常冒出大胆的思想、惊人的想法,这些东西像是从你大脑中流淌出来的一样,毫不费力,跟泉水喷涌而出一般,常常让我惊慌失措。不过,我从未怀疑过你的出众才华。你生来就是要出人头地的,若不是你本性不安分,现在你可能已经成为我们教会出类拔萃的耀眼人物啦。"

"事与愿违嘛,"多明戈回道,"现在的我,只不过是个穷文人,是个剧作家,写的剧本都找不到演员来演出;是个雇佣文人,替那些蠢得写不出东西的神父写布道词;也算是个酒鬼,一个游手好闲的人。我可没有你那种使命感啊，我亲爱的布拉斯科。生活对我很有诱惑。适合我的既不是教堂，也不是厅堂，而是有冒险和危险相伴的阳关大道，是路上的邂逅和多姿多彩。我体验过生活，曾经忍饥挨饿，曾经长途跋涉、腰酸腿疼，曾经一败涂地，曾经遭受一个人所能碰到的所有厄运。我体验过生活，就算是现在，岁月不知不觉催我老，我对那些浪费掉的时光也没有任何遗憾。因为，我也在帕纳塞斯山①睡过觉。有时，我走路去偏远的村庄，替某个不识字的蠢货写信；有时我坐在小房间，身边都是图书围绕，为了剧本的某些演说词寻找韵脚，而这个剧本永远不可能上演。但在这些时候我都满心欢喜，就算是拿红衣主教，或者拿教皇的位置跟我换，我都不情愿。"

"难道你不担心报应的怒火？罪恶的报应是死亡。"

"你是以塞哥维亚主教的身份，还是以我的老朋友布拉斯科的身份，问这个问题呢？"

"我从来没有背叛过朋友，也没有出卖过敌人。只要你说的话没有冒犯宗教信仰，想说什么都行。"

"那么这就是我的答复：众所周知，上帝有着无穷无尽的品质，但人们从未赞美过上帝的常识判断，这总让我觉得奇怪。如果上帝不想让人们享乐，我们很难相信他竟会创造出如此美丽的世界。如果他不想让我们获得快乐，他为什么要让群星如此璀璨，让鸟声如此悦耳，让花儿如此芳香？我曾犯下恶行，也受到了惩罚。上帝造出我，赋予我丰富的情感。难道说他这么做，就是为了让我压抑情感？他赋予了我冒险精神，让我热爱生活。我有一个谦卑的愿望：当我见到造物主时，他会宽恕我的过错，而我则会在他的目光中找

① 位于希腊中部，古时被认为是太阳神和文艺女神们的灵地。这句话大概指多明戈得到过文艺女神的垂青。

到宽容。"

主教愁容满面。他本可以告诉这个可怜的诗人，我们生而为人，就是为了摒弃乐趣，抵抗诱惑，战胜自我，忍受苦难。这样，当生命走到尽头时，虽然我们是可悲的罪人，但我们或许有资格同有福者水乳交融。但是，这番话有用吗？他只能祈祷，死亡降临前，上帝将降下恩典，让这个可怜人忏悔自己的恶行。沉默笼罩两人。

"我今天请你来，不是要敦促你改过自新的，"主教最后说道，"你的这些违背道德的观点，我可以轻易反驳。但我早就知道，你是多么机敏，即便是错误的观点，也会变成充分的理由。我也知道，你是多么喜欢说些诡辩之辞，取笑他人。我愿意相信，你刚才说的大部分话都只是为了捉弄我，达到自娱自乐的目的。你有一个侄女吧。"

"有啊。"

"她所说的经历可是引起了满城骚动，你是怎么看的呢？"

"她是个品行端正、坦率真诚的女孩。是个虔诚的教徒，只不过这种虔诚比较适中，不多不少。"

"据我所知，她的教育由你承担，所以对于这一点我深信不疑。"

"此外，她不会胡思乱想。穷人家都是这样，她的确有点过于务实了。没有人会指责她，说她具备那种倒霉的想象力。"

"那么，你是否相信，圣母马利亚真的在她面前显灵了？"

"之前，我还犹豫不定。不过，昨天她把圣母的话一字不差地告诉了我，我就完全相信了。这也是为什么我要想方设法见到你。她一说完，我马上就明白了话里的意思，我很想让你躲开那次无用的尝试，但他们就是不让我进来。"

主教叹了口气。

"这正是我们必须背负的又一重深重的苦难啊：我们一起劳作的伙伴，由于挂念我们的健康，竟阻止我们接触那些兴许对我们有益的人。"

"我年轻的时候，对你尊崇有加，时间没有磨损这种情谊。你也看到了，我这个罪人，可以听任内心盲目冲动的摆布。我当时想，不能让你丢了面子，否则你会伤心痛苦。我侄女把圣母马利亚的话原封不动地告诉我之后，我马上就知道圣母指派的是谁来治好她的疾病。"

"可她对我说，圣母指派了我。"

"她犯这样的错误也是自然的，毕竟她听说了你的苦修、美德和禁欲。圣母马利亚对她说，令尊的几个儿子当中，侍奉上帝最为虔诚的那位，有能力治好她。"

"我也是刚刚听说这回事。"

"难道你不知道指的是谁吗？情况一目了然嘛。"

主教的脸色刷地变白，他焦急地看了多明戈一眼。

"我弟弟马丁？"

"对，那个烤面包的。"

主教的额头渗出细细的汗珠。他不禁发抖，就像有人从他坟墓上方走过一般。

"这不可能啊。马丁确实值得尊敬，但他是尘世、世俗中人啊。"

"为什么不可能呢？就因为他没有学问？上帝赋予人类理智，由此让人类高于禽兽。就我们目前所知，上帝从来没有重视才学，这是我们信仰中的一个未解之谜。令弟虔诚而朴实。在妻子面前，他是个忠诚的丈夫；在孩子跟前，他是个慈爱的父亲。他尊重父母，父母肚子饿了，他会提供食物；父母病了，他会悉心照料。父亲的鄙视、母亲的忧虑，他都顺从地承受。他出身士绅家庭，从事的职业，在傻子看来，是自降身份。无论是士绅阶层的鄙视，还是平民百姓的嘲讽，他都不改愉快的心情。跟我们的先祖亚当一样，他也是辛勤劳作，养家糊口，不卑不亢地认为，面包很不错。他心存感激地接受生活乐趣，内心顺从地对待生活伤痛。他接济穷人，谈笑风生，神采飞扬。他跟所有人都是朋友。上帝识人之法神秘莫测，或许在上帝眼里，马丁勤奋、诚恳、慈爱、纯真、快乐，侍奉上帝更为出色，而你通过祷告和忏悔寻求救赎，你弟弟曼努埃尔通过杀戮妇女儿童、毁掉繁华的城镇获得快乐，你们都比不上马丁。"

主教用手重重地抹了一下额头，脸色痛苦不堪。

"你太了解我了，多明戈，"他声音发颤，"你应该知道，我答应行事前，总会忧心忡忡地审视内心。我知道自己身份卑微，内心焦虑不安，却将赐予我的神迹当成是命令，执行自以为是的上帝旨意。我错了。而现在，我弟弟曼努埃尔打定主意要尝试我失败了的事情。"

"还是小孩的时候，他就是体力过人，而脑子不灵。"

"他既固执己见又执迷不悟。小城有头有脸的人都鼓动他，事后他们就可以趁机揶揄他。他获得了大司祭和这家修道院会长的赞同。"

"你要不惜一切阻止他。"

"我无权干涉啊。"

"如果你弟弟蠢得不肯放弃，那么他就会遭遇难堪，到时，他一定会报复我家可怜的孩子。人们会站在他那边，他们不会心慈手软。看在我们朋友一场的分上，我恳求你保护好我的侄女，不要让她因你弟弟的仇恨而受伤害，不要让她被失控的暴民所伤害。"

"我谨以耶稣基督的十字架起誓，如果有必要，我会献出生命，保护孩子不受伤害。"

多明戈站起身。

"我衷心感谢你。再见,我的朋友。我们的人生道路各不相同,以后不要再见了。永别了。"

"再会。哦,多明戈,我很不快乐。为我祷告吧,在你所有的祈祷中,都为我祷告吧,祈求上帝降下恩赐,让我摆脱今生痛苦的负担。"

主教那么心碎,那么可怜,老酒鬼顿生怜悯,冲动之下,一把抱住主教,亲吻他的面颊。一个是罪人,一个是圣人。多明戈紧紧拥抱主教,接着又迅速离开了。

第十八章

那天晚上，发生了一件非常怪异的事情。一轮满月，沿着既定的轨迹爬升，发出耀眼的银辉，将无云的夜空衬托得无比幽蓝，就跟圣母马利亚白衣外面披着的蓝色丝绒斗篷一般。罗德里格斯堡的居民都睡了。突然，城里钟声大作，就连死人都能惊醒。熟睡的人们被吵醒了，有的冲到窗边，有的裸着上身，边走边抄起衣服，跑下楼梯，跑上大街。在这个异常的钟点，教堂钟声大作，意味着小城某个区域着火了。胆怯的家庭主妇动手收拾贵重物品。火灾一起，谁也说不准会蔓延到何处，所以趁大火没有烧过来的工夫，最好尽力抢救些物事。有人太过恐慌，连床单被褥都从窗口扔了下去；有人搬出几件家具，堆放在大门外。

人们涌出家门，涌上街道，把路面挤得满满当当。他们不约而同地涌进小城的骄傲之所——大广场。大伙儿都在互相打探，哪里着火了呢。男人们骂天骂地，女人们攥紧双手。他们四处奔跑，想找找哪里的房子烧着了；他们抬头看天，看看哪里有红光，说明哪里就有火情。但夜空一无所有。不同城区的人们都涌入广场，带来消息说，他们那儿没有火灾。哪里都没有起火啊。接着，仿佛一阵大风忽然刮过，所有人都冒出一个想法：是不是有些愚蠢的年轻人在搞恶作剧，恶意地把大钟敲响，好让大家从床上爬起来，吓得大伙儿魂不附体。男人们生气了，决心要把这些小年轻打个半死才好，于是就冲到了教堂的塔楼。结果，他们看到了惊人的一幕——大钟的绳子猛地动来动去，却连鬼影都不见一个。他们来到悬挂大钟的平台，当当之声震耳欲聋。大钟左右疯狂摆动，钟舌撞击黄铜制的钟

壁,发出隆隆声响。那里没有人。而且也没有人能够让那些笨重的
大钟发出如此嘈杂的当当之声。你或许会以为这些大钟突然就疯
掉了,自个儿在那里鸣叫。

男人们发出短促的喘息,感觉毛骨悚然,急急跑下台阶,仿佛被
魔鬼追赶一般。他们跑回街上,手脚乱舞,发狂一样讲述刚刚看到
的景象。

·那是神迹啊。是上帝让钟声响起。没人知道这对小城来说,预
示着好运还是厄运。许多人跪在地上,大声祷告。罪人们回想起自
己的罪责,想到即将降临的怒火。教区神父们让人打开教堂的大
门,群众鱼贯而入,跟随神父们祈祷,恳求上帝对他的子民发发慈
悲。过了好久,人群才平静下来,接着一个个不声不响、不慌不忙地
偷偷溜回了家。

第十九章

不知是有人异想天开，突然冒出这个看法，还是许多人各自构想出来，却不谋而合，反正没人知道这看法是怎么来的。这就跟霍乱一样：人们不清楚是某个外邦的陌生人带过来的，还是某阵歪风将病菌吹散开来；这里病倒一个男人，那里死掉一个女人，还没等你意识到危险，瘟疫就横扫大街小巷，死者不计其数，刨坑挖坟的人忙也忙不过来了。第二天，天还挺早，罗德里格斯堡的居民就坚定了一个看法：昨晚的神秘事件，跟圣母马利亚对卡塔丽娜·佩雷斯显灵的事件有某种密切联系。他们谈论的全是这件事。地方法官在议事厅谈论它，神父在圣器室谈论它，贵族们在府邸谈论它。大街上的平民百姓、集市中的家庭主妇、商店里的店员都在谈论它，都很好奇。隐修院的修士们和修道院的修女们也在想这件事，连祷告都走了神。

此时，大家都认为，圣母马利亚神秘的话语究竟指的是谁，答案已经确定无疑了。有人发问，上帝对主教过度的苦修是否感到满意？主教谦逊中带些傲气是否确实应受到神的谴责？有这种疑问的人不在少数，而在俗神父尤其多。不过，提到曼努埃尔·德·巴莱罗，人们发现他没有半点瑕疵。他把最美好的年华都奉献出来，侍奉上帝，服务国王。而作为上帝代理人的国王陛下，赐予了曼努埃尔非凡的荣誉，由此正式认可了他的英勇和美德。无论是神职人员，还是庶务修士，无论是富人，还是穷人，无论是贵族，还是平民，都有目共睹：遵照神的旨意，被挑选出来施展神迹的人就是曼努埃尔。由尊贵的神职人员、贵族成员和市议会官员组成的代表团拜访了曼努埃尔,宣布了他们达成的一致意见。曼努埃尔则以直率豪爽、军人般的风度表示,随时听候吩咐。大家做出决定,庆典于第二天在天主教大圣堂举行。当天下午,曼努埃尔请求大祭司主持他的告解。由于他打算参加第二天早上的圣餐礼,必须实行斋戒,因此他取消了原计划,当晚不再请朋友参加晚餐会。曼努埃尔做事一丝不苟。为了在如此庄重的场合,让自己施展的神迹能够灵验,他决意不放过任何细节。他向神父忏悔,获得赦罪。各项准备都十分充分,现在他把所有信心都放在上帝身上了。

多明我会修道院的会长亲自告知主教大家做出的决定,同时邀请主教带领修士队伍前去参加庆典活动。布拉斯科察觉到会长的提议透着恶意,可他还是感谢会长给予自己的荣幸,庄重地接受了邀请。他孤立无援。多明戈说的那些有关弟弟马丁的话,他毫不在意;他太了解多明戈了,知道多明戈喜欢捉弄人,发表些似是而非的怪论,并以此为乐。不过,话虽如此,他还是非常坚信一点:曼努埃尔绝不是能够施展神迹的人选。他很乐意逃避责任,不用去看弟弟的狼狈相,但也明白,如果拒绝前往,会让人以为自己在赌气呢。既然身居高位,就不能让邪恶之人有机可乘,把他往坏处想。不过,即使撇开这点不谈,他也答应了多明戈要保护卡塔丽娜。他十分熟悉乌合之众的荒唐和残暴,无论是出身高贵还是低贱,他们都有可能变成暴民。如果他们期望的神迹没有降临,他们会失望,很有可能就会报复那个不幸的女孩。如果他在场,他有可能保护她,不让她受到那些野蛮残暴之人的伤害。

因此,第二天,主教怀着沉重的心情,带着两个忠心耿耿的秘书,领着修道院的修士们前往大圣堂。教堂的几扇门前都挤满了人,然而大家依然往里挤,急切地想亲眼看看神迹。人群被拨开,主教在修士们的跟随下,缓步向中殿走去。他在一张大椅子上坐了下来,就在主圣坛旁边稍微靠前一点的地方。教士座位上坐满了小城有头有脸的人物。此时,曼努埃尔走上前来,身后跟着一群富绅。他在圣坛另一边为他摆放的一把椅子坐下。他身穿阅兵用的盔甲,护胸甲上镶嵌黄金,外披大斗篷,上绣卡拉特拉瓦骑士团的绿色十字架。教士座位上的贵族都盛装打扮。他们边说边笑,互相点头致意,笑脸相迎。中殿上的民众也在大声说话,相互呼喊,好像参加的是一场斗牛表演。主教愤怒地打量着他们。他们的所作所为就是对宗教的嘲弄;主教打算站起来,斥责他们的轻浮不敬。

中殿的台阶下面,拄着拐杖跪在地上的就是卡塔丽娜。

从风琴台开始飘落管风琴的第一串音符,华美的乐音欢快地扫过人群的头顶上方。这座教堂在建造时占地极大,朴素无华。不过,恩里克斯家族的几任族长都对教堂进行了装饰,用上漆的木头将天花板装饰得异常华丽,给几个圣坛上方的图画都装裱上镀金的硕大画框,为圣像披上华美的礼袍。唱诗班和教士的座位都精雕细刻。几个分堂里摆放着墓碑,早期的墓碑是石头的,庄严而简朴;后期的墓碑是花岗岩的,雕刻精美。墓穴里躺着逝去的君主及配偶的遗体。从教堂的彩色玻璃透进来微弱的光线,里面的空气有股浓浓的香火味。

神父们进来了,穿着盛大场合用的贵重法衣。这些法衣是虔诚的贵妇人赠送给大圣堂的。副助祭捧着圣杯和圣餐盘,穿着丝质披肩。弥撒曲唱响了。一阵敬畏的战栗传遍偌大的人群,他们都跪了下来,耳边响起铃铛微弱清脆的叮当声,提醒大家礼敬高高举起的圣体①和圣杯。圣餐礼的主持人大司祭领受圣餐,分别给曼努埃尔和卡塔丽娜主持圣餐仪式。最后,人们焦急等待的时刻终于到了。

---

① 天主教在弥撒中或新教在圣餐中经过"祝圣"的面饼。

他们发出奇怪的声音,不是说话声,也不是坐立不安的嘈杂声,而是仿佛叹息的松涛声,好像盼望的心声发出了声响。

曼努埃尔站了起来,大步走向跪在地上的女孩。他身穿盔甲,肩披修道会的大斗篷,显出气宇轩昂,甚或雄姿英发的样子。此时此地似乎给他平添了异常的尊贵。他对自己的权力很自信,将手放在女孩的头顶。就像命令士兵冲锋一般,他声音洪亮地重复着别人教给他的话,声音如此之大,连偌大教堂最偏僻的角落都清晰可闻。

"以圣父圣子圣灵的名义,我命令你,卡塔丽娜·佩雷斯,站起身来,扔掉没用的拐杖,开始走路。"

女孩被此刻的威严慑住魂魄,惊慌失措,摇摇晃晃地站起身,扔掉了拐杖。她向前迈了一步,惊叫一声,一头栽倒。神迹又一次失败了。

接着,巨大的喧闹声轰然响起,就像人群突然疯掉了一般。男人咆哮,女人尖叫,都发出愤怒的呼号。

"女巫,女巫,"他们叫道,"火刑,火刑,火刑。烧死她。"

突然,他们一齐涌向圣器室,想把女孩撕个粉碎。人们群情激奋,互相推搡。有人摔倒了,被人群狠狠踩踏,摔倒之人的惨叫给喧闹声火上浇油。

主教一下子站起来,动作幅度很大地几步就走下圣坛,直接来到发狂的民众面前。他高举双手,黑色的大眼睛闪烁着光芒。

"退后,退后,"他发出雷鸣般的吼叫,"谁敢亵渎圣地?退后,我命令你们,退后。"

主教的身形那么可怕,上千人的喉咙发出惊恐的喘息。仿佛面前突然出现了万丈深渊,人们一下子就停在原地。他们往后退缩。主教盯着他们,眼含愤怒的火焰。

"可耻,可耻,"主教大吼;接着,双拳紧握,手臂挥舞,他似要将雷电般的怒火砸向人群,"跪下,跪下,祈祷吧,祈求上帝宽恕你们,你们竟敢在教堂里面撒野。"

听到主教的命令,臣服于他的威权,许多人抽泣着跪倒在地。其他人似乎太过震惊,动都不敢动,呆呆站着,眼神空洞地注视着面前这位可怕的人物。主教缓缓转着头,从人群的一边看到另一边,将庞大的人群尽收眼底,让每个人都觉得愤怒的目光只盯着自己。教堂里鸦雀无声,只偶尔传来女人抑制不住的呜咽声。

"听好了,"主教终于说道,"听我说话。"此时,他的声音不再咄咄逼人,但依然严肃、严厉,不怒自威。"听好了。你们都知道圣母透露给女孩卡塔丽娜·佩雷斯的话语,你们也知道发生在城里的那些奇事,那些让你们困惑迷茫、心绪不宁的奇事。圣母马利亚告诉这个女孩,堂胡安·德·巴莱罗侍奉上帝最为出色的儿子承蒙了天恩,有能力治好女孩的腿疾。我和弟弟曼努埃尔都出于可耻的傲慢和虚荣,冒冒失失地以为,自己就是上帝指派的人选。我们为自己的傲慢无礼受到了严惩。但是,堂胡安还有一个儿子呀。"

人群发出吼声和笑声,打断了主教的讲话。

"烤面包的,"他们叫道,"烤面包的。"

接着,他们嘲讽地哼唱起来,粗鲁而有节奏。

"烤面包的。烤面包的。"

"闭嘴,"主教大喊。

人们互相提醒不要出声了。

"笑吧。愚昧人的笑声,就像锅底下荆棘的爆声一样①。主对你们的要求是什么?就是要你们行公义、好怜悯、存谦卑的心,与你的神同行②。而你们却虚伪、亵渎、淫乱。可耻,可耻,可耻啊。"

---

① 语出《圣经·传道书》第7章第6节。
② 语出《圣经·弥迦书》第6章第8节。

主教每说一次"可耻",鄙夷之情愈加尖刻,闻者无不恐惧退缩,好似当面被泼了一杯冰水。主教的震怒太可怕了,咄咄逼人的目光轻蔑地扫视着人群。

"宗教法庭的执法官何在?"

一个奇怪的声音,像是受到惊吓时发出的声音,传遍了人群,每个人都屏住呼吸,因为宗教法庭的利器让人们感到惊惶不安。他们搞不懂这几个阴险的词语预示着什么,大家都两股战战。主教身后的几个人动了起来。

"让他们站上前来,"主教说道。

宗教法庭的执法官们享有权力和权势,尤其免受宗教法庭恐怖诉讼程序的影响。因此,最上层的人士都争相要承担这一重任。罗德里格斯堡有八位宗教法庭执法官,他们离开座位时有短暂的停顿,接着都站到了主教身后。主教等了等,听到他们塞塞窣窣的脚步声,知道他们都站在了身后。

"听好了,"主教又说道,同时伸展手臂,食指往前指,似乎在指责每一个瑟瑟发抖的人,"宗教法庭做事从不仓促,从不发火。有罪的必将受到审判,而悔罪者也会得到宽大处理。"

他顿了顿,此时教堂寂静得可怕。

"你们这些用心险恶之人,胆敢伤害可怜的女孩。如果她受到蒙骗或者被魔鬼缠身,就要由宗教法庭来处理。如果她没有通过考验,执法官自会将她移交裁判所,但考验还没有完成。马丁·德·巴莱罗何在?"

"这儿,这儿。"几个声音叫道。

"让他上前来。"

"不,不,不行。"

出声的正是烤面包的马丁。

"如果他自己不情愿过来,就推他过来。"主教严厉地说道。

马丁与推搡他的人扭打在一块儿。不过,人群很快分开,马丁被催促着往前,走向主圣坛的台阶。推搡他的人往后退去,留他一人站在那里。马丁从面包店赶过来,想看看大家都在谈论的神迹。他穿着工作服,脸上泛着红晕,既有火炉烘烤的缘故,也因方才想挣脱粗鲁推搡他的手臂却徒劳无功。天气很热,他的额头渗出粒粒汗珠,肥胖亲切的脸庞上爬满了惊慌之色。

"过来。"主教说道。

烤面包的像是被无法抗拒的力量吸引着,一步一步走上主圣坛的台阶。

"哥啊,哥,你要对我做什么呀?"马丁叫道,"你都做不到的事情,我怎么可能呢? 我不就是个干体力活的嘛。跟我的邻居一样,只是个普通的基督徒啊。"

"住嘴。"

主教一点也不清楚作为面包师的弟弟是否能够施展神迹,他只是灵机一动,想起了弟弟马丁,这是他能救下卡塔丽娜,让她免遭暴民怒火的唯一方法。他想要片刻的缓和,以便让激动的民众平复心情。他知道,女孩现在安全了。执法官在那儿保护着她。由于小城没有宗教法庭的监狱,他们会遵从他的命令把她带到某个修道院;到了修道院,他们会有时间思量下一步应该怎么走。主教再一次对怀着敬畏心情的民众说话了。

"陶匠难道没有权用同一团的泥,又做贵重的、又做卑贱的器皿吗? 神不偏待人。凡自高的,必降为卑,自卑的,必升为高①。把女孩带上来。"

---

① 这三句话分别出自《圣经·罗马书》第9章第21节、第2章第11节和《圣经·路加福音》第14章第11节。

卡塔丽娜躺在刚才摔倒的地方,脸庞埋进臂弯,不断抽泣,瘦小的身躯跟着抖动。没有人在乎她,只当她是路边的死狗。两个执法官扶她站起来,把她带到主教跟前。女孩用尽全力,拄着拐杖,双手合十,开始祈求,眼泪顺着脸颊流淌。

"哦,大人,大人,可怜可怜我吧,"她叫道,"不要再来啦,我恳求您,没有用的。让我回家找我妈妈吧。"

"跪下,"主教命令道,"跪下。"

女孩流下绝望的泪水,一下子跪了下来。

"把手放在她头上。"主教命令弟弟。

"我不要,我不想,我不敢。"

"我命令你照我说的做,否则逐出教会。"主教严厉地说。

一阵战栗晃动着这个不幸的人,因为他知道,哥哥会毫不迟疑地让这个可怕的威胁生效。他顺从地将颤抖的手放在女孩头顶,这只手甚至都没有洗干净。

"现在重复你二哥曼努埃尔说过的话。"

"我不记得了。"

"那我说一句,你学一句。我,马丁·德·巴莱罗,胡安·德·巴莱罗之子。"

马丁跟着说了一遍:

"我,马丁·德·巴莱罗,胡安·德·巴莱罗之子。"

主教声音洪亮、中气十足地说完最后一句重要的话,但马丁说的时候却几乎让人听不见。卡塔丽娜按照命令,吃力地站起来,绝望之下,手一挥,扔掉了拐杖。她立刻摇晃了一下。她没有摔倒。她站稳了。接着,她大叫一声,抽泣起来,忘记了自己身处何种地方何种场合,转身跑下主圣坛的台阶。

"妈妈,妈妈。"

马利亚·佩雷斯站在多明戈身边,喜不自禁,挤过人群,跑上前去迎接女儿。卡塔丽娜一下子扑进母亲怀里,放声大哭。

有那么一会儿,拥挤的人群目瞪口呆,愣在原地。他们惊得倒吸气,接着,从来没有过的喧闹声噌地响起。

"神迹。神迹。"

他们大声吼叫,使劲鼓掌。妇女们挥舞着手帕,男人们叫着"欧嘞,欧嘞"。斗牛场上,徒步的斗牛士做出一个危险的闪避动作时,男人们就会发出这样的叫喊声。他们将帽子扔向半空。当斗牛士领着助手们绕着斗牛场行走,接受观众掌声之时,他们就会把帽子扔到斗牛士脚边。彼时情形与此时类似。喧闹声中,时不时冒出女人刺耳的尖叫,她们哼唱一种奇怪的、近似摩尔人赞颂圣母马利亚的曲调。这场喧哗骚动似乎将永无止境。陌生人拥抱在一起,男人女人都流下了激动的泪水。他们亲眼见证了神迹。

突然,"嘘!安静"之声传遍兴奋疯狂的人群,所有人的目光都投向主教。马丁几乎弄不明白刚才发生了什么,出于羞怯,此刻身体往后退缩,单独留下哥哥站在主圣坛台阶的顶端,背对着主圣坛。主教身上的长袍破旧不堪,打着补丁,虽面容憔悴消瘦,但身材高大挺拔,让人心生敬畏。不过,神奇之处在于,他沐浴在光芒之中,不是头顶上方带有光环,而是全身从头到脚似乎都被光芒包裹。

"圣人,圣人,"人们叫道,紧盯着这一不可思议、激动人心的景象。"怀你胎的和乳养你的有福了,"他们叫道,"主啊,现在可以照你的话,让你的奴仆平平安安地离去。① 啊,幸福,多么幸福的一天啊!"

他们不知道自己说了些什么。快乐、爱慕和害怕的情绪都快让

---

① 这两句话出自《圣经·路加福音》第 11 章第 27 节和第 2 章第 29 节。

他们发狂了。只有多明戈发现，教堂的彩色玻璃破了一块，巧的是，阳光正好穿过破洞，撞在主教身上，将灿烂荣光洒满他的全身。

主教抬起手，示意安静——立刻，嘈杂的声音消失了。他站了一会儿，俯视着前面人的海洋，他的脸色悲伤而严肃。接着，他抬起头，哀伤的双眼出神地看着上方，仿佛他的眼睛变成了神灵的眼睛，可以看到天使。他开始缓慢而庄严地吟诵《尼西亚信经》①。经文对所有听众来说都是熟悉的，因为他们每个礼拜日参加弥撒都会听到这个经文。接着，响起低低的嗡嗡声，好似远处脚步挪动发出的声响，这是他们跟随主教吟诵的声音。主教吟诵完毕，转身走向主圣坛。照在他身上的阳光已然消失，而多明戈又看了看窗玻璃，发现太阳一刻不停地穿过苍穹，此刻已经移开，再也没有阳光从玻璃缝隙中透进来。主教匍匐在圣坛前面，默默祈祷，感谢上帝。他饱受折磨的内心如释重负，因为他意识到，虽然放在女孩头上的是马丁的手，但那只不过是工具，是上帝乐意使用的工具而已，目的是为了让他自己——布拉斯科·德·巴莱罗，可以施展神迹，展示主的荣耀。这是毫无疑问的。另外，这是神迹，确定无疑的神迹，说明上帝宽恕了他犯下的重罪。当初他一时心软，竟准许希腊老人在烧死之前处以绞刑。上帝知道过去、现在和将来的所有事，知道信奉异端的人是铁石心肠的，因而判他一个永世不得超生。怜悯永受地狱之苦的人的痛苦，这是好事，但因此而怨天尤人就是质疑上帝的公义了。

主教爬起来，缓缓地走下圣坛，像是在梦游。两个修士，既是他的朋友也是他的秘书，发现了他的意图，跟上了他。这时，多明我会

---

① 由 325 年召开的尼西亚公会议制定，故名。此信经主要内容与《使徒信经》大致相同，但更详尽，强调了圣父、圣子、圣灵三位一体的意义，明确了三个位格之间的关系。接受并且信奉此信经的有新教、天主教、东正教等正统教会。

会长向修士们示意跟上，自己也跟在这几个人身后。当主教走到圣坛台阶的最上方时，他停住了脚步。

"愿主耶稣基督的恩惠、神的慈爱、圣灵的感动，常与你们众人同在。"①

主教走下台阶。众人往后退，让出一条通道，方便主教和跟随其后的修士们通过。修士们哼唱起《感恩颂》，强健低沉的嗓音在教堂里回荡。主教像是被催眠一样往前走，民众跪倒在地，他边走边祈神赐福，没有发现多明戈嘲讽的目光。

正在此时，钟楼的大钟敲响了，不一会儿，城里所有的大钟都轰然鸣响。但是，这倒不是因为神迹。原来，曼努埃尔是个训练有素的士兵，对最细微之处都加以关注，自信定能施展神迹，因此确保天主教大圣堂的钟声响起时，其他教堂的钟声也要响起，以庆祝他的成功。

教堂的大门被推开了，主教穿过大门，走到门外，迎着八月骄阳走去。人群跟在后面涌了出去，跟在修士队伍后面，一路来到多明我会修道院。主教正准备迈步进门，这时，人群发出巨大的呼喊声——他们想让主教讲话。修道院的外墙立着一个布道坛。当一个因为布道出色而远近闻名的外乡神父来到小城，而修道院又容纳不了想听他布道的众多信徒时，这个布道坛便会启用。会长走过来告诉主教人们的想法，恳请他满足大家的愿望。主教环顾四周，好像不明白自己身在何处。有人或许会认为他才刚刚清醒过来，发现竟有那么多虔诚而渴望的人们紧随其后，来到此地。主教缓了一会儿，整理思绪，一言不发地登上布道坛。

他嗓音深沉洪亮，声调抑扬顿挫，开始布道。

① 语出《圣经·腓立比书》第4章第23节。

"你们无法揣测人的内心深处,也无法理解人的所思所想;既然如此,你们怎么能找到造出了所有这些东西的上帝,知道他的思想,或者理解他的目的呢?"

主教的手势强而有力、意味深长。他的声音到达密集人群的最远端,当他放低声音,表达怜悯之情时,他说的每一个字依然清晰可闻,这就是他布道的魅力。谴责人类罪责时,他激昂慷慨,声音随即升高,壮丽辉煌,似是荒凉山脉响起的隆隆雷声。他会突然停下来,滔滔不绝的布道中间出现短暂的沉默,似是世界末日的霹雳。当他提醒人们记住人生短暂,亚当的后裔从出生到死亡都受到意外的困扰,欢乐易逝,悲伤让人痛苦时,人们会畏缩起来;当他描述地狱的恐怖,永受地狱之苦的人遭受无休无止的折磨时,人们会战栗起来;当他的嗓音因柔情而融化,欣喜若狂地描绘圣人的交融、天国的永恒快乐时,人们会哭泣起来。许多人悔罪,自此以后,洗心革面,重新做人。他在布道结束之时,长篇大论地赞美圣母马利亚,赞美主的荣耀。他的布道从未如此激昂慷慨,也从未如此哀婉心碎。

他们领着主教回到房间。此时,他已精疲力竭,允许两个忠诚的随从把他扶上硬板床。过度的情感宣泄和劳累疲惫让他浑身瘫软。

第二十章

那天晚上,小城陷入了狂欢。家家酒馆爆满,酒保都来不及斟满那么多的酒盏和角杯。喋喋不休的人群绕着广场边走边聊,谈论白天发生的奇事。施展神迹的正是圣人般的主教,这一点毋庸置疑;他那么谦逊,把当面包师的弟弟推到人前,却展示了自己的力量,这一点感人肺腑。由此,他教会了人们:的的确确,凡自高的,必降为卑,自卑的,必升为高。许多人发誓说,见过主教飘浮空中,有人说离地两英尺,有人说离地四英尺,然后主教就悬浮半空,享受荣光。

121

第二十一章

民众随着主教涌出教堂,马丁却待在教堂里面。他缩成一团,希望没人留意到他,到后来一个人都不见了,只剩下他一人。他等在那儿就是为了偷偷溜走,但心里焦急,因为他知道,兴奋激动之后会有大批民众光顾店铺,而他离开店铺时,让两个学徒看管门面,此刻,他担心他们应付不了川流不息的顾客。因为他不仅烤面包,而且也替没有烤炉的人家烤肉饼或馅饼。许多顾客会认为这样的日子应该好好大吃一顿。最后,他觉得安全了,就从藏身处溜了出来,发现了卡塔丽娜扔在大理石地面上的拐杖。由于他很爱整洁,不喜欢看到东西乱丢乱扔,于是就捡起拐杖,随身带走了。

大司祭回到房间,坐下来用餐,这是自己完全应得而且也非常想要的,但此时,他想起那根拐杖还落在教堂里呢,可不能把拐杖给弄丢了啊。于是,他立刻派用人去拿。用人回来告诉他找不见了,他十分恼火:拐杖太宝贵了,不应该搞丢了,所以他刚吃完饭就立刻又派人去找寻。但是,直到第二天,才有人回来报告说,那根拐杖就靠在面包店的角落。大司祭派人去要回来。面包师马丁交给对方,大司祭小心收好,留待以后再决定怎么处理。

现在,贝娅特斯院长也听说了那个轰动的消息。她马上派出两个修女到玛丽亚·佩雷斯家,要求玛丽亚把完整经过详详细细地讲一遍,再亲自见见女孩。如果发现女孩确如传闻所言腿已治愈,那么就送给她一条做工精细的金项链。贝院长亲手将这条项链交到修女手里,同时交代,让女孩把腿瘸期间用过的拐杖赠送给修道院,作为还愿之物,收藏在圣母堂。两个修女回来汇报说,卡塔丽娜、她妈妈、她舅舅都不知道拐杖丢哪儿啦，闻听此言，贝院长很不高兴。贝院长铁了心要得到那根拐杖，不过，她又不能嘱托修女们去做这件事，于是派管家出马，嘱咐他打探一下，究竟是谁拿到了那件宝物，并以她的名义讨要。过了几天，管家回来报告说，大司祭拿到了拐杖，而且不情愿放手。

　　贝院长勃然大怒，口无遮拦地骂管家是个蠢蛋，是个无赖。但她行事谨慎、考虑周全，于是坐下来，给大司祭写了一封礼貌而恭维的信函，加上些甜言蜜语，请求大司祭把拐杖交给自己，她好挂在教堂里，毕竟圣母马利亚对卡塔丽娜显灵的地方，正是在自家教堂的台阶之上。她指出，拐杖保存的地点显然应该是自家的教堂，也好教化后人。大司祭的回信同样充满礼貌客套，但却说，自己非常情愿看在基督的分上，答应帮她做些力所能及之事，只不过神迹是发生在天主教大圣堂的，因此觉得出于职责，应该把那根明显见证了主的荣耀的拐杖留在大圣堂，以彰显更大的荣光。他进一步指出，拐杖留在了圣坛，清楚表明，留在那儿是上帝的意愿。为此，双方信件往来不断。刚开始，双方还对彼此的美德和虔诚表现出礼貌和尊敬，但渐渐地，这些东西从信中消失不见。贝院长越来越蛮横无理，大祭司则日益执拗固执。许多人各自站队，一方刚说了些什么，另一方很快就知晓。贝院长说大司祭是个目中无人的蠢驴，满脑子淫秽下流；而大司祭说贝院长是个爱管闲事的老巫婆，她管辖的修道院简直是基督徒的耻辱。

　　最后，贝院长心意已决，反正按照基督徒的仁慈标准已经忍耐得够久了，现在完全可以放开手脚，合情合理地对大司祭粗鲁无礼的做法发泄正义的怒火。她又派管家出马，吩咐管家拜访大司祭，说念在对方是神职人员，要客客气气的，由管家向大司祭挑明，如果他不立即交出拐杖，那么就别指望她的公爵哥哥会在他此刻卷入的案件中提供保护，也别指望她会动用宫廷的关系，替他争取教会中的升迁，而且她会关注流传的丑闻谣言——说他跟某个妇人有染，并且会迫不得已将这件事讲给教区主教听。就这样，贝院长抓住了大司祭的弱点，利用了他的贪婪、野心和荒淫。之前，大司祭靠着罗德里格斯堡公爵的影响，被任命为塞维利亚大教堂的教士；后来，该教堂的全体教士起诉他，想让他辞去教士职位，因为他从未到任过。大司祭可不想丢了那份丰厚的薪水，不过，无论从正义的角度，还是从法律的角度，他都不占理，因此只能寄希望于公爵强有力的偏袒和维护，才有希望胜诉。另外，他也不是没有爬升到主教席位的想法，以更好地为教会服务。出于这些原因，他不能与贝院长为敌。而且，他的主教是个道德卫士，提倡禁欲，他自己却因为管不住身体欲望而犯下罪责，贝院长威胁要曝光他的小过失，这让他坐立难安。

没过多久，他就明白过来，自己被打败了。既然要认输，他很明智地采取了体面的方式。他将拐杖和一封信交给贝院长的送信人。在信中，他郑重声明，十分敬重贝院长的德行，并表示，经过深思熟虑，不得不赞同贝院长的提议：那个宝物恰当的归宿，显然应当是加尔默罗会的教堂。

贝院长让人将拐杖用白银包裹，挂在圣母堂，教化虔诚的信徒。

第二十二章

　　人群涌出教堂,追随主教,引发了混乱。趁此机会,多明戈推着妹妹和侄女,从教堂的侧门出去,经过人迹罕至的小巷,把她们安全带回了家。玛丽亚·佩雷斯完全赞同让女儿上床睡觉,吃点泻药通便,请来理发师给她放点血。不过,卡塔丽娜因为腿治好了,正满心欢喜呢,妈妈说的全都不想要。她在楼梯上跑上跑下,全是为了好玩儿。若不是礼数禁止,她早就在客厅翻起跟头了。邻居们前来祝贺,对早上的神迹大为惊叹。女孩不得不一遍又一遍地讲述圣母马利亚显灵时的模样、穿着和言谈。他们也告诉她主教怎么口若悬河,刚才的布道怎么精彩纷呈,而他们又是怎么没能憋住尿,结果,狂喜之中夹杂难堪。下午时分,小城的贵妇人家派人来叫卡塔丽娜过去,叫她在她们面前走一走,女孩从命,引发几声低低的惊呼,仿佛她们从来没有见过人走路一样。她们送她礼物、手帕、丝巾和袜子,甚至送她只有一点点旧的衣服;送她一个金发夹、一个手镯和一对镶嵌宝石的耳环。卡塔丽娜一辈子也没有见过那么多又好看又昂贵的东西。最后,她们提醒她不要因为主的恩赐而骄傲自满,要记住自己是个女工,最好不要忘了卑微的身份,接着就打发她走了。

　　夜幕降临。玛丽亚·佩雷斯、多明戈和卡塔丽娜吃过晚饭。白天经历了那么些冒险奇遇,他们都很累,但还没有睡意。妈妈和女儿就一直聊,聊个不停,聊到无话可聊。多明戈催她们赶快睡觉,但卡塔丽娜却说太兴奋,睡不着。因此,为了让她俩放松身心,同时也为了用艺术魅力让她俩思考理想美,多明戈开始朗读最近创作完成的剧本。卡塔丽娜听得不够专心,好似只用一只耳朵在听。不过,

多明戈却没有发觉,全神贯注于剧本中的戏剧场景,如痴如醉于诗
句的甜美流畅和风格的丰富雅致。突然,卡塔丽娜一下子蹦了
起来。

"他来了。"女孩叫道。

多明戈停止朗读,和蔼温柔的脸庞皱着眉,带着火。他们听到
街上传来吉他的拨弦声。

"谁来了?"舅舅气呼呼地问,因为在朗读自己作品的时候,没
有哪个作家愿意被人打断。

"是迭戈。妈妈,我可以去窗边,是不是?"

"我还以为你有点儿骨气呢。"

女孩说的就是安装了铁栅栏的窗边。装栅栏倒不是为了防盗,
更多是为了防胆大包天的年轻求爱者。卡塔丽娜乖巧听话,知道男
人都好色,女孩的童贞最为珍贵,她从来没有想过把追求者让进房
间。但当地的习俗是,女孩晚上坐在窗边,隔着栅栏,跟喜欢的人交
谈,谈些情侣之间习惯谈的神秘话题,以此自娱自乐。

"你腿瘸的时候,他就抛弃了你,"玛丽亚·佩雷斯接着说,"现
在你出名了,全城人都在谈论你,他倒夹着尾巴跑过来了。"

"哦,妈妈,你还不如我懂男人呢,"卡塔丽娜说,"男人都软弱,
容易受人引诱。要是我们不原谅他们干的蠢事,这个世界还怎么能
存活下去呢?那时我是个瘸子,他当然不想娶我啦。他爸妈替他物
色了一个好对象。他都对我说过一百遍,他爱我,胜过爱他自己。"

"你这个傻孩子。那个小子真不要脸,你要自重点。"

"让她去吧,"多明戈说,"她爱那个小子,这就够了。我敢说,
在当今这个堕落的年代,他也不比其他年轻人更不中用。"

玛丽亚·佩雷斯耸耸肩,站起身,拿起蜡烛——刚才多明戈朗
读时就借着这烛光。她对多明戈说道:

"到厨房来吧,读你的剧本给我听。"

"我才不干呢,"多明戈答道,"思绪已断,我没心情了。你是个
好女人,玛丽亚,但你分不清什么是五音步诗,什么是牛尾巴——要
是观众欣赏不了我的剧本,我就觉得对不起自个儿。"

卡塔丽娜独自一人留下了。她走到窗边,茫茫夜色中,看到了
一个身影,她的心怦怦地跳。

"迭戈。"

"卡塔丽娜。"

因此,姗姗来迟的这位就是本故事的男主人公啦。

迭戈的父亲是裁缝,生意兴隆,给城里最有名望的人家做衣服。
迭戈从小就学会了穿针引线,裁剪裤子,缝制夹克。他高大健壮、肩
宽腰细、腿脚粗壮;一头秀发,油光闪闪,涂抹了大量头油;皮肤呈橄
榄色,眼睛黑亮,眼神自信,嘴唇性感,鼻梁高挺。总的来说,这个小
伙儿帅气迷人,卡塔丽娜觉得他是世上最帅的男子。他有些豪侠气
概,父亲整日里用挑剔的目光盯着他,看他盘着腿坐在那儿缝制布
料、丝绸、丝绒和锦缎,一坐就是几个小时,而穿这些衣服的人都比
他幸运,这让他心生恼怒。他觉得自己生来就是干大事的,凭着天
马行空的遐想,他在人生的舞台上扮演了许许多多气壮山河的
角色。

他恋爱了。他告诉父母,如果不让他娶卡塔丽娜·佩雷斯,他
就去低地国家当兵,或者去当船员,坐着船去美洲探险,这让父母很
震惊。卡塔丽娜唯一的财产就是将要继承的房子,那还要等母亲过
世之后才行。她唯一发财的机会,就是等将来某一天,她父亲从西
边未知的国度满载黄金归来,但这不大可能实现。不过,迭戈的父
母可是老谋深算啊。迭戈才十八岁呢,他们认为,假以时日,年轻人
迷恋的对象就会轻易地转向更合适的人选。于是他们敷衍了事,一

本正经地答复道,学徒期还没结束,就谈婚论嫁,未免太荒唐;不过,等学徒期满,如果他不改初衷,他们愿意商谈此事。他们不反对他每晚都跑去卡塔丽娜窗下,用吉他弹奏些小曲,说些情话,逗引女孩。但是,后来女孩在公牛踩踏事故中受伤,落下瘸腿毛病,他们不由得把那次意外看作是天意。听闻事故,迭戈大惊失色、心乱如麻,但他不得不同意慈爱双亲的看法:绝对不能娶一个瘸子。不久之后,他妈妈告诉他,得到了可靠消息,某个富有的缝纫用品店老板的独生女喜欢上他,想知晓他的住址,听到这些,他受宠若惊,开始热切关注那个女孩。年轻男女双方的父亲聚到一块儿,基本定下了这门亲事,认为对彼此都有益处。唯一待解决的就是结婚的相关条件。两人都是精明的商人,所以双方谈了很久都未达成共识。

大体情况就是这些。此刻,迭戈又来到卡塔丽娜的窗下了。这段时间,他学会了量尺寸、裁剪和缝纫,此外,虽然年岁尚小,也学到了男人绝不应该为自己的错误开脱。而卡塔丽娜的年龄也不大,却也知道责怪男人没什么意义。不管他犯的错误多么可恨可厌,要因此劈头盖脸地责骂他,只会让他火冒三丈。通情达理的女人愿意让这件事成为他良心上的负担,如果他有良心的话;当然,如果他没有良心,责骂也是无济于事的。因此,他们没有在责备或者道歉上浪费一分一秒,而是直奔主题。

"我的心肝儿,"迭戈说,"我好爱你啊。"

"我的爱人,我最最爱的人,"卡塔丽娜回答。

不过,没有必要把他们说的情话傻话复述一遍。他们说的无非就是你爱我我爱你之类的话。迭戈很有语言天赋,各类情话从他嘴边自然而然地流淌出来,让卡塔丽娜心迷神醉,觉得忍受长达数周的痛苦折磨几乎是值得的,这样她才能在此时此刻如此陶醉、如此幸福。她身后完全漆黑一片,将她完全隐藏起来,迭戈几乎看不见她的模样，但她的声音如此细微温柔，她轻轻的笑声荡起层层涟漪，让迭戈心潮澎湃、热血沸腾。

"可恶的栅栏，把你我分隔。噢，我好想拥你入怀，亲吻你的脸颊，让你感受到我狂跳的心，可以吗？"

卡塔丽娜非常清楚接下来会发生什么，这个想法让她非常开心。她知道男人激情放荡，这让她又兴奋又骄傲。同时，迭戈对她的渴望如此强烈，又让她有点头疼。她有些呼吸急促：

"哦，我的爱人，只要你想要的，我又有哪一样舍不得给你呢？但是，如果你爱我，你就不应该叫我犯下不可饶恕的罪行，而且，反正有了这些铁栅栏，你想要做什么都行不通。"

"那么，把你的手给我吧。"

卡塔丽娜家的窗户离街面有一定高度，因此要把手递给迭戈，只得跪在窗台上。她将手从栅栏穿过，迭戈把手贴到贪婪的嘴边。她的手小巧玲珑，手指细长，像是上流社会女士的手，她对此很骄傲，为了让手掌柔软白嫩，每晚都用自己的小便清洗。她轻轻抚摸迭戈的脸庞，迭戈将她小巧的拇指放进口中，她不禁红了脸，笑了起来。

"不知羞耻啊，"她说，"你还要做什么呀？"说着她抽回手臂。"正经些，好好说话。"

"你都让我神魂颠倒了，我怎么能好好说话呢？女人，让我好好说话，就跟让河流爬上山坡一般。"

"那你还是走吧。天色渐晚，我也困了。缝纫店老板的女儿一定在等着你呢，你没有理由得罪她啊。"

她说出这番言不由衷的话，听来也是甜蜜动人，得到的回应也正是她想要的。

"那个克拉拉？她跟我有什么关系啊？她驼背，眼睛斜视，头发跟癞皮狗似的。"

"瞎说呢,"她欢快地答道,"她的脸上确实长了些麻子,牙齿有些发黄,还缺了一颗牙,但除了这些,她还是长得不错的,而且脾气好。你父亲想让你娶她,我都不会怪他老人家呢。"

"我父亲可以去他……"

迭戈说他父亲可以去他个什么,这话太粗俗了,懂礼数的作家只能留给读者自己想象啦。卡塔丽娜听惯了当时的粗言秽语,因此连眼睛都不眨一下。她的心上人的这番言辞确实让她获得了一定的满足感。

"今早我也在教堂,"迭戈继续说,"当我看到亭亭玉立、美丽动人的你,我就感觉一把利剑刺穿了我的心脏;当时我就明白了,全天下的父亲加起来,也无法将你我分离。"

"我当时恍恍惚惚,搞不懂我在哪里,也不明白身上发生了什么。只觉得头晕目眩,接着感觉有成千上万根针在扎我的腿,那种疼痛让人多一秒钟都忍不了,其他的就什么也不知道了,后来就发现我在妈妈怀里,她又哭又笑,我也放声大哭。"

"你跑起来了,你一跑,大伙儿都欢呼,又高兴又惊叹。你跑起来就像躲避猎人的小鹿,你跑起来就像山林里的仙女,因为她听到了男人的声音,你跑起来就像……"说到这儿,迭戈的创意就耗尽了,只能用平淡乏味的比喻接着说,"你跑起来就像天堂里的天使,你比晨曦还迷人。"

卡塔丽娜心满意足地倾听,也愿意听更多内容差不多的情话,但母亲的声音闯了进来。

"上床了,孩子,"母亲叫道,"你不想让邻居说闲话吧,你也应该好好睡一觉了。"

"晚安,心爱的。"

"你是我眼里的光,晚安。"

现在,说一说迭戈的父亲跟缝纫店老板的事情:他们为了一块地商谈了一些日子,迭戈的裁缝父亲渴望得到那块地,作为女方的嫁妆,但缝纫店老板却舍不得。如果双方各让一步,这件事很可能就谈妥了,但裁缝突然就不讲理了,而且在缝纫店老板看来,甚至有些粗暴无礼、任性固执了。双方说了些气话,结果婚事就泡汤了。其实,裁缝改变初衷不是没有道理的:那次神迹让卡塔丽娜有了名气,裁缝意识到这对他的生意有用处;她不仅是个诚实的好女孩,而且也是个心灵手巧的女裁缝,何况还有人说,小城有许多贵妇人都喜欢她的端庄和教养,愿意凑份子给她置办可观的嫁妆。之前,他不赞同两人的婚事;现在,如果他答应的话,他觉得既可以让儿子幸福快乐,又做了一笔不错的交易。因此,这对恋人幸福之路上的最后一个障碍也扫清了。

第二十三章

　　隔着铁栅栏,这对恋人继续每晚的绵绵情话,说的都是前一章提到的那些傻话,虽然没什么新花样,但两人都乐在其中。与此同时,仅仅一箭之遥的修道院里,有位贵妇人正在自己的祈祷室密谋筹划,这个阴谋跟两人息息相关,但两人对此毫不知情。

　　贝娅特斯院长很虔诚,对工作细致认真。在她管理下,这座修道院成为当地的模范,拜访此地的巡视官从来找不出理由挑她的毛病。她维持了严明的纪律,举行的宗教仪式得体而适宜,堪称典范。从品行和虔诚来看,她都无可指摘。但是,她对阿维拉的某个修女怀恨在心,这个修女名叫特雷萨·德·塞佩达。无论是宗教的清规戒律,还是告解神父的一再申斥,都无法舒缓贝娅特斯对这个修女的恨意。这个修女的教名是特雷萨修女,但贝院长只叫她塞佩达,是阿维拉化身修道院的修女。贝院长也曾在这家修道院学习,后来又在那儿见习。塞佩达引发了滔滔怒火,因为她声称承蒙天恩,获得提送升天,还目睹神示,发现神的面容散发出荣光;何况,她还声称用圣水把坐在祈祷经文上的魔鬼赶跑。但是,最过分的是,她对加尔默罗会的宽松教规很不满,于是离开修道院,创办了新的修道院,实行更为严厉的教规。留下没走的修女们认为她的做法就是对她们的诽谤,是对修会的侮辱,因此想尽办法压制这家新修道院。特雷萨·德·塞佩达修女有干劲、有决心、有勇气,面对持续不断的抵制反对,她都一一克服,创办了一家又一家被称为"赤足加尔默罗会"的修道院。"赤足"源于她们穿的鞋子都是麻绳编的,而其他修道院的成员穿的是结实耐用的鞋子。特雷萨修女在去世之前,也就是在本故事发生的几年前,已经看到了"赤足"改革运动的胜利。

说到顽强抵抗"赤足"改革,谁也比不过贝院长。她对塞佩达的修女们所声称的过度苦行、神的显灵和提送升天从来都没有任何耐心。两个意志坚强的女人之间有着天然的敌意。这个将自己凌驾于他人之上,傲慢专横、爱管闲事的邪恶女人以为自己是谁啊?有一次,她甚至请求主教准许她在罗德里格斯堡建立一家修道院,那时她已经结识了许多有权有势的宫廷官员和神职人员。而贝院长下定决心,绝不能让这个女人在自己的家乡站稳脚跟,毕竟她将家乡视为自己的地盘,于是不得已动用了所有的权势加以阻拦。接下来就是殊死搏斗,情况一度难以明朗,而这时,特雷萨修女去世了。

虽然贝院长也为塞佩达误入歧途的灵魂祈祷过,但塞佩达的去世也着实让她松了一口气。她确信,既然塞佩达忙碌不停、支配一切的精神已不复活跃,那么"赤足"改革将很快被遗忘,过些日子,修女们就会回归旧日的修道院。她一点也不明白,塞佩达给身边的修女们和神父们烙下了多么深的印记。不久之后,有人开始讲述特雷萨修女的故事,讲她生前施展过的诸多神迹,谈她死后出现的种种奇事:她咽气之后,遗体散发出浓浓的香味,房间窗户只得打开,不然在场的人都会熏晕过去;去世后第九个月,人们把她的遗体搬出来,发现依然保存完好,没有任何腐坏,整个修道院再一次弥漫着同样的香味;更有病人因为触摸了她的遗体而身体痊愈。已经有许多有权有势的人敦促赐予她宣福。贝院长最终意识到,塞佩达迟早会被封为圣女。

念及此,贝娅特斯心神不宁了一段日子。说得通俗些,封圣这件事将是赤足修会的骄人成就。诚然,实行较松教规的加尔默罗会也有圣人,两位创始人确实都封圣了。但是,那是很久以前的事情了。比起几个世纪以前的圣人，人们更愿意敬拜最近才获得如此崇高地位的圣人，这就是人们的轻浮之处吧。眼见着这个新近冒出来的教会将获得如此荣耀，虽然她觉得名不正言不顺，但却无力回天。不过，如果她可以给自己的教会提供一位圣女的人选，岂不是可以与之抗衡吗？上天指给她一条道，如果不走一走，岂不是罪过。她认为，拉撒路①能成为圣人，不正是因为他成就了我主的一个神迹嘛。卡塔丽娜虔诚而有德，见证她恢复健康的神迹的有那么多人，而非仅有两三个感情用事的修女或者自私自利的神父。她蒙受了如此重大的天恩，那么她奉献余生，侍奉上帝，似乎也是唯一恰当的做法。贝院长听说女孩爱上了小城的某个年轻人，但她把这个传闻置之脑后。女孩若加入她当院长的化身修道院，将享有宗教和尘世的好处，她不太相信像女孩这般聪慧的人，会去考虑嫁给一个裁缝。

134
如果女孩确如认识她的修女所言，那么她定能为修道院增光，而她承蒙的天恩将给修道院带来更大的荣耀。女孩还年轻，培训指导可以起到效果，贝院长自信能让女孩成为一名受人尊敬的修女。圣母马利亚仍有可能对女孩感兴趣，因此女孩将来也有可能继续承蒙天恩。届时，她将声名远播；再往后，她从受难的生活中得以解脱之时，定会跟阿维拉那位难以掌控的修女一样，成为宣福的合适人选。

　　贝院长为这个计划苦思冥想了好几日，越是思索，越是觉得有趣。不过，她向来谨言慎行，觉得稳妥的做法，还是先征得告解神父的赞同。她派人把神父请来。神父受人尊敬、为人淳朴，她敬重神父的虔诚，却对神父的智慧评价不高。神父很赞同她要给主寻找一位新娘的愿望，这位新娘蒙受了圣母如此巨大的恩惠，因此将给教区增光。贝院长思虑良久，觉得女孩因承蒙天恩而治好了腿疾，定

---

① 《圣经·约翰福音》中记载的人物，他病危时没等到耶稣的救治就死了，但耶稣一口断定他将复活，四天后，拉撒路果然从山洞里走出来，证明了耶稣的神迹。

会感激涕零，而且女孩一定有着善良的品性，自然应该将余生奉献于侍奉上帝的事业；因此，她认为没有必要把自己隐藏的动机透露给这么善良的神父，须知这隐藏的动机才是她渴望推动这件事的主要动力。但是，神父提出了反对意见。

"这座修道院创建之初就定下了规矩，只有出身高贵的女士才有资格进入。卡塔丽娜·佩雷斯虽然血统纯正，但家世卑微。"

贝院长对此早有准备。

"我将圣母对她的恩赐当作是出身高贵的特征。在我看来，这种恩赐让她足以媲美我国最尊贵的贵族。"

这样的回答出自如此高贵的夫人之口，让神父满是敬仰，也增强了他对贝院长的敬重。此事办妥，只剩下思谋各种手段了。她的计划是，派人把女孩带来见她，当面告诉女孩，在这家修道院静思一段时间会对她的心灵有莫大好处，静思期间女孩可以感谢主赐予她的祝福。料想到女孩可能会因为结下的孽缘反对静思，她恳请神父将自己的计划透露给女孩的告解神父，让他说服女孩；如有必要，就命令女孩接受这个建议。对此，贝院长的告解神父痛痛快快地就应承下来了。

于是，第二天，贝院长叫人把卡塔丽娜带过来了。她以前见过女孩一面，那时几乎没有认真瞧瞧。现在，她被女孩的美貌震惊了，于是面带微笑，笑容中没了往日的阴冷，和蔼地对女孩说，她长得真美。贝院长不喜欢长相平庸的修女。奉献给天主的新娘如果不能才貌双全，她就总觉得不合适。卡塔丽娜举止谦逊，嗓音甜美，仪态出众，把贝院长迷住了。女孩的行为举止没有任何粗野之处，在多明戈的教导下，她的发音吐字不仅准确，而且优雅。如此卑微的家世竟然养育出这么芬芳的花朵，贝院长惊讶不已。之前，她对自己的计划是否明智还有些疑虑；现在，任何疑虑都烟消云散了：这个女孩显然注定要获得荣耀,又有什么比得上侍奉上帝的荣耀呢?

　　卡塔丽娜对这位尊贵的夫人十分敬畏,她早就熟知这位夫人的品德和严苛。但贝院长特意让女孩感到放松自在,脸上带着修女们难得一见的慈祥。于是,卡塔丽娜就纳闷,为什么修女们全都怕她呢。女孩很健谈,又受到亲切的鼓励,马上就把短短一生的所有故事都讲给这位和蔼的院长听。她说到贫穷困苦,说到苦日子,也说到好日子;她根本没有察觉到贝院长在用何种娴熟的技法引导她诉说,透露她的性情开朗、本性诚恳和人格魅力。贝院长不动声色、满怀善意地听着女孩描述迭戈的美德和帅气,温柔和善良,讲述迭戈的父母以前对她如何不好,现在又发了善心,因此两人的幸福结合就没了阻碍。贝院长很想听她亲口说说圣母马利亚是怎么显灵的,说了什么话,怎么眨眼间就从她眼前消失了。到这时,贝院长才表情严肃,却又温和地建议道,通常为了表达对所蒙之恩的感激,卡塔丽娜应该在修道院静思,定定心神,把心思沉浸在对天国的冥想之中。卡塔丽娜大吃一惊。不过,她习惯了直言直语,而现在她已经不怕贝院长了,于是毫不犹豫地坦诚相告。

　　"哦,院长嬷嬷,"她叫道,"我不能留下来。我俩分开那么久了,要是现在跟我分别,一定会伤了迭戈的心。他说他活着的唯一念想,就是每天到我窗边跟我聊一个小时。要是见不到他,我也会憔悴不堪。"

　　"我不会强迫你,孩子,做你不想做的事情。静思只会让你受益,只要你这样做是出于对主的爱,真诚地悔过。要是你对圣母马利亚的仁慈都不知感激,不愿意付出哪怕一点时间来感谢她,我承认我会对你失望的。要是这个年轻人真如你所说的那样爱你,而且人品好,我认为他不会反对你拿出一点时间,大概就是两三周的时间,专心地祷告,既为了你的灵魂得救,也为了他的灵魂得救,以此回报圣母,感谢圣母的赐福让你们得以和好如初。不过,我们不再谈这个啦,我只想让你问问你的告解神父,听听他对这件事的看法。或许他认为我的建议一文不值,那样的话,你也不用感到内疚。"

　　说完,贝院长打发她走了,临走时送了她一串琥珀念珠当作礼物。

第二十四章

　　两三天过后,有人回报说,卡塔丽娜在客厅等候,恳求在修道院
静思。对此,贝院长一点儿也不觉得意外。贝院长叫人把女孩带过
来,说了些欢迎的话,亲吻她,然后让见习修女的主管负责安排。卡
塔丽娜分到一个房间,可以俯瞰修女们悉心养护的花园。房间虽然
装饰简陋,却宽敞、整洁、清凉。

　　贝院长甚至都不用要求——而她的要求就相当于命令——大
家对卡塔丽娜迁就些、友善些,因为凭着美貌、谦逊、魅力,女孩立刻
俘获了所有人的心。每一个人,包括修女、见习修女、庶务修女和寄
宿的夫人,都加入了宠爱她的行列。她们喜欢她的欢声笑语,把她
当成宠儿来溺爱。女孩睡的床是按照教会规定铺设的,但跟她习惯
睡的床比起来,依然奢华舒适;她在这儿吃的食物,按照规定也是粗
茶淡饭,不加香料,而因为贫穷,她在家里可从来没有吃过如此的珍
馐。贝院长的庄园出产的鸡鱼野味都运来修道院,寄宿的夫人还邀
请女孩上她们屋里品尝糖果等美味。

　　贝院长对计划闭口不提。她就想让女孩亲眼看看,修会生活多
么快乐:这里平静安全,休闲愉快,不受外界纷争动乱的影响。这
里的单调生活也能得到调剂,因为在消遣时光,小城尊贵的夫人们
和受人尊敬的绅士们,大多是贝院长和修女们的亲戚,会来拜访修
道院,他们聊天的内容不完全局限于宗教话题。大家对自己的关注
让卡塔丽娜受宠若惊。她起初来静思,是告解神父的命令和母亲的
劝说,所以有些不情愿,但现在发现静思生活很快乐。要是她不去
比较这里和家里的生活,反倒是奇怪了。一经比较她就发现,还是

这里的生活好，这里的修女们过着开心快乐、井井有条的生活；而在家里要不停地干活，时常有贫苦之忧，如阴影相伴相随。有些日子，她和妈妈都没有活计干，仅仅靠着舅舅不稳定的收入，才让一家人不至于饿肚子。她喜欢在修道院旁边小巧而漂亮的教堂里，和教区所有的成员一起参加宗教仪式。贝院长对音乐很有欣赏能力，确保唱诗班的演唱精彩，确保宗教仪式要虔诚对待也要遵照礼仪。卡塔丽娜感官敏锐，发现这些仪式不仅让人觉得快乐，而且也让精神得到升华。非常意外的是，她发觉修道院生活并不是她所担忧的囚笼束缚，而是自由自在。她喜欢取悦别人，而别人得到了快乐；她希望被宠爱，她也得到了宠爱。虽然她思念迭戈，常常想起他，但她不得不承认，将来回忆起这段静思生活，一定会觉得这是人生当中最快乐的时光。

每天傍晚时分，贝院长都会把卡塔丽娜叫过来，待上一个小时。她从来不说想让卡塔丽娜加入教会。但不久之后，她就有了这番打算，不仅是因为前面提及的动机，也因为她洞悉人品，很快发现卡塔丽娜除了美德、聪慧和敏学外，也很有气质，将为教会增光添彩。贝院长跟她聊天的时候，不是以尊贵夫人和修道院院长的身份，而是以知心朋友的角色。她尽力影响女孩，但也清楚必须慎之又慎。她给女孩讲圣人的故事，去启迪女孩；讲宫廷故事，让女孩了解即便是宗教人士，也可以参与国家事务。她讲述修道院的各种事务，以及如何打理自己的产业，十分清楚这有可能给卡塔丽娜留下好的印象，让女孩知道，罗德里格斯堡加尔默罗会修道院院长一职是多么的职责重大。想到有可能执掌这一职位，或许会让女裁缝玛丽亚·佩雷斯之女目眩神迷吧。

不过，修道院很难藏得住什么秘密。虽然贝院长从来没有把自己的计划告知他人，但不久之后，修女们和寄宿的夫人们都知道了她想达到何种目的：为什么卡塔丽娜会享有如此的特殊待遇，为什么令人敬畏的贝院长会如此关注这个女孩，一切不都是明摆着的嘛。一天，一个满脸堆笑的修女告诉女孩，她们所有人都很爱她，都希望她能永远留在她们身边。一个因丈夫征战在外而寄宿修道院的夫人告诉女孩，她只希望自己可以有自由加入教会。

"如果我是你，孩子，"她说，"明天我就会去求院长嬷嬷，让她接受我，当一个见习修女。"

"哦，可是我就要结婚啦。"

"那你就会后悔不已哦，男人生性粗暴、马虎、不可靠。"

这个夫人脸色苍白、无精打采、肥胖臃肿。卡塔丽娜不禁思忖，要是她的丈夫真的像她说的那样坏，恐怕也情有可原吧。

"天主都向你伸出手臂，要接纳你了，你怎么能犹豫呢？"夫人边说边把糖果塞到女孩嘴里。

还有一次，消遣时间到了，一个城里来的夫人捏了捏卡塔丽娜的小脸蛋，逗她说：

"啊，我听说，这家修道院很快就会拥有一位漂亮的小圣女了。你祷告的时候，一定记得我啊，因为我可是个大罪人，我还指望你把我送进天堂呢。"

卡塔丽娜惊慌失措。她才没有打算成为修女呢，更不用说成为圣女啦。她想起来有好几次，闲聊的时候有人提过此事，只是她没在意。突然间，她明白了，她们都想让她加入教会。那天晚上，她像往常一样走进贝院长的祈祷室，但却心烦意乱。贝院长注意到情况有些不对劲，于是就单刀直入。

"怎么了，孩子？"她问道，突然打断了卡塔丽娜的话。

女孩吃了一惊，小脸发红。

"没什么，院长嬷嬷。"

"你害怕告诉我吗？你不知道我把你当成亲生女儿看待吗？我
希望你起码对我有那么一点敬爱之心啊。"

卡塔丽娜大哭起来。贝院长亲昵地伸出双手。

"来,坐这儿,孩子,告诉我你的烦心事。"

"我想回家。"女孩抽噎道。

贝院长一惊,但很快就恢复常态。

"在这儿过得不开心吗,亲爱的？我们尽心尽力,就是为了让你
开心。大家都很爱你啊。"

"她们的爱囚禁了我,我就像被关起来的兔子。修女们、夫人
们,她们都理所当然地觉得,我应该加入修道院。可我不想啊。"

贝院长的心中腾地燃起一股无名之火,因为那些愚蠢的女人太
过热情,坏了她的谋划,但她严肃的脸庞没有透露一丝内心活动。
她温和地回答:

"这本来就是在主的启示下个人的自愿行为,没有人能强迫你
的。你不能责备夫人们啊,她们对你疼爱有加,不想失去你罢了。
我自己呢,不可否认,也希望圣母能让你产生意愿,成为我们的一分
子,感恩你承蒙的天恩。你将成为我们修道院的荣耀和荣光。我知
道,你又谦虚又虔诚,而且头脑聪明。唉,我们有好多修女都不能善
心和聪慧兼得。我老了,肩上的担子一天天变得难以承受了,或许
胡思乱想是罪过,但只要有你在身边,有你的机敏,你天然流露的善
心,你的敏锐判断力,有你分担我的职责,等我生命圆满,天父召唤
我回到他身边的时候,有你接替我的职位,我一定会感到莫大的
幸福。"

说到这儿,贝院长停了下来,等待答复。她轻轻地抚摸女孩的
脸庞。

"您对我太好了,院长嬷嬷。对您的善意,我非常感激。要是您

认为我不识好歹，我会心碎的。我觉得配不上您为我设想的如此伟大的荣耀。"

面对这个令人目眩的提议，女孩的话表面上虽没有直接回绝，但贝院长目光敏锐，早看穿这番话的真实含义。她有种直觉：女孩心里既有些担忧，同时也有些执拗；她感觉到了进一步的劝说只会让女孩愈加顽固。她还没有失败，但谨慎的心理告诉她，暂时的退让方为明智。

"这件事，还需你凭着良心做出决定，我不想左右你。"

"这么说，我可以回家了，院长嬷嬷？"

"你随时都可以自由离开啊。请你遵照你的告解神父所安排的，待够一定时间。只剩几天了，你那么美丽，那么优雅，我们哪里舍得让你走呢，我确信你也不会那么不近人情吧。"

142　　　卡塔丽娜只能说，自己很开心，愿意多待几天。贝院长慈爱地亲吻了她，然后让她离开。贝院长独自一人待在祈祷室，陷入沉思。她不会接受失败，头脑中突然生出对卡塔丽娜的不耐烦，但心知此种情绪没有益处，立刻将念头压下。她意志坚强、足智多谋，若干计划不断冒出来，她认真地斟酌权衡，找出各个计划的优劣。她觉得只要手段本身不违反戒律，就可以不择手段，确保女孩在今生的福祉，在来世灵魂得救，同时达到给修会增光添彩的目标。显然，首先要尝试更为有效的劝说方法，看能不能让卡塔丽娜回心转意。她认为没有比塞哥维亚的主教布拉斯科·德·巴莱罗更适合的人选了；是他施展神迹治好了女孩，他的高级职位令人敬仰，他的圣洁令人敬畏。于是，贝院长坐了下来，开始写信，在信中她恳请主教来当面商谈一件事，想听听他的建议。

第二十五章

主教回信说,他第二天来,然后在约定的时间准时出现,而守时在西班牙确实罕见。贝院长开门见山:

"我很想见见主教大人,和您谈谈女孩卡塔丽娜·佩雷斯。"

主教在贝院长提供的凳子上坐了下来,但坐在凳子边缘,仿佛不愿意沉溺于一丁点儿的舒适。他静静候着,眼睛低垂,等贝院长继续往下说。

"遵照告解神父的建议,女孩最近在我们修道院静思。我有机会跟她聊天,仔细观察她的人品气质,发现她接受的教育,比许多出身高贵的夫人都还要好。她的举止风度很出色,行为可为榜样。她对圣母的虔诚真心实意。她在各个方面都非常适合修会生活,而在上帝借您之手,如此仁慈地向她彰显了非凡的神恩之后,她似乎理应出于感恩之心,将自己的一生奉献给服侍上帝的事业。她将会为我们修会增光,我也会毫不犹疑地批准她加入修道院,尽管她出身低微。"

主教一语不发。他没有抬头,只微微点了点头,不过这点头是表示赞同,还是表示自己听到了,就不太清楚啦。贝院长扬了扬眉毛,说:

"女孩还年幼,不知道自己想要什么,她被尘世没有意义的乐趣所吸引也是很自然的。我愚昧无知、罪孽深重,觉得自己跟她谈这件事没有益处。我想到,您可以见见她,因为没有人比您更合适了;请您向她指出,她的责任在何处,同时告诉她,她的幸福在何处,这对您来说也是意义重大的啊。"

这时，主教说话了：

"我不愿意跟女人打交道。我的规矩就是不倾听女人的告解，这个规矩从未打破过。"

"我十分清楚，您不情愿跟我们这种性别的人有任何瓜葛，但这件事比较特殊。您拯救了女孩，不能因为舍不得规劝一句，而危及她的灵魂。那就像是您拯救了溺水的人，却把他留在岸边，让他死于饥寒交迫。"

"如果她没有受到教会生活的感召，那我也就没有责任劝说她加入。"

"主教大人一定清楚，许多女人因为各种原因加入教会，或是因为亲朋好友去世，或是出于某种原因找不到合适的婆家，或是因为对爱情失望。无论何种原因，她们都成为了出色的修女。"

144

"我对此毫不怀疑，我也相信，我主有时会让凡俗之人不能如愿，感召他们侍奉自己；但说到这个女孩，你刚才提到的理由都不存在。我冒昧地提醒院长一句，在修道院可以获得拯救，在俗世同样可以。"

"但更困难，更不安全。为什么圣母要赐予您力量，施展神迹，显示圣母的荣光，难道不是为了让了女孩的光芒照耀世人，引导他们悔罪吗？"

"我们这些有罪之人，岂敢揣度全能的主的意图呢？"

"但我们至少可以确信，这些意图是好的。"

"我们可以。"

主教简练的回答让贝院长很不满意。平时，她劳神与人交谈，习惯了对方讲话热情洋溢、滔滔不绝。此时，她说话带刺儿：

"我们家族一向给您的教会提供支持和保护，我请求您稍稍报答一下，见见这个女孩，察看她的品性；如果您和我一样，对她评价甚高,可否告诉女孩她真正的幸福在何处,这个小小要求,您会拒绝吗?"

主教最终抬起双眼,不过不是看向贝院长,而是凝视窗外;目光飘向花园,但思绪飘得更远,他既没有看到花园里种植的高大柏树,也没有看到鲜花盛开的夹竹桃。

贝院长如此坚持,倒让他迷惑不解。他不相信这个冷酷傲慢的女人竟十分在意小女孩的幸福。他现在住宿的那家修道院的会长是怎么说贝院长的呢?说她竭尽全力阻拦特雷萨修女在罗德里格斯堡创办修道院。加尔默罗会的老派修会对新修会怀恨在心,这已经是人尽皆知的了。主教的内心渐渐产生疑问:贝院长努力要把卡塔丽娜拉入教会,会不会跟特雷萨修女有些关联?她想请自己帮忙,正是因为女孩不情愿啊。主教第一次将目光投向贝院长,他黑色而哀伤的双眼似乎要刺破贝院长的内心,探知她的想法。她镇定而傲慢地迎着主教的目光。

"假如我答应见见这个年轻人,结果发现,我有责任在主的帮助下,说服她加入教会,那么我觉得,为了让她更加感到无拘无束,她应该加入赤足修会,而不是这家高贵夫人的修会。"

他发现一丝怒火在贝院长的眼中一闪而过,这说明他已经接近真相了。

"要让她妈妈跟自己的独生女儿完全分隔两地,恐怕很难接受吧,"贝院长漠然说道,"赤足修会在本市没有分会。"

"那还不是因为尊敬的院长说服了本市主教,拒绝让特雷萨修女在此建立分会,要是我得到的消息确切无误的话。"

"本市的修道院已经够多的了。塞佩达不愿接受捐助来建修道院,那么就要由本市来承担这个重负,这座城市承担不起啊。"

"尊敬的院长谈到那位虔诚的修女,似乎没有什么敬意啊。"

"她的出身很卑贱。"

"你搞错了,夫人。她可是出身高贵啊。"

"胡说,"贝院长说话刻薄起来,"她父亲在本世纪初才获得贵族身份。请您原谅,我同受人敬仰的先王一样,对那种人没有很好的耐心——他们毫无道理地夺取了他们本来就没有资格受用的高官厚禄。这个国家充斥着这种贫贱贵族。"

主教就是出身于这种贫贱贵族,他微微一笑:

"不管出身如何,无可否认的是,特雷萨修女很虔诚,蒙受诸多天恩,她为宗教事业做出了贡献,配得上至高赞誉。"

贝院长气愤至极,没有留意到主教一直在观察自己面部的每一个表情变化,纤纤细手的每一个不耐烦动作。

"请主教大人原谅,您的话我不敢苟同。我认识她,还交谈过。她是个焦急烦躁、心神不定的家伙,打着宗教的幌子,搞些疯狂的恶作剧,乐此不疲。她竟然离开修道院,自立门户,引起其他教会成员公愤——她凭什么那么做?化身修道院有的是虔诚圣洁的修女,教规也很严厉。"

这里提及的教规,指的是由圣阿尔伯特①创立、由教皇犹金四世加以改良的规定。教规指出,从九月份的圣十字架荣归节②到圣诞节,每周实行四天斋戒,而在基督降临节③和大斋节④期间,禁吃肉食。逢每周一三五,每个修女都要受鞭刑,从晚祷到晨祷期间,还要保持静默。她们要穿黑色长袍和破旧的鞋子。床铺不能用亚麻

① 又称大阿尔伯特(1200—1280),出生于德国的巴伐利亚地区,是中世纪德意志地区最伟大的哲学家与神学家,也是第一批将亚里士多德思想引入基督教神学的学者之一。
② 即9月14日,罗马天主教和东正教的节日,用以纪念从波斯人手中取回耶稣受难十字架并于7世纪送回耶路撒冷。
③ 基督教教历年第一个节期,直到圣诞,包括前四个星期日。
④ 指复活节前为期40天的斋戒及忏悔,以纪念耶稣在荒野禁食。

布床单。

"我一定是不够聪慧吧,"贝院长继续说道,"我就弄不明白,不穿皮革鞋子,而穿麻绳鞋子,难道就更有助于灵性?不穿羊毛长袍,而穿粗布长袍,难道就更能弘扬主的荣耀?塞佩达声称,她跟我们古老的教派断绝关系,是为了有更多机会进行精神祈祷和冥想,然而她终其一生都在满世界游荡。她规定修女们要保持安静,但她却是我这辈子见过的最爱喋喋不休的人。"

"如果院长大人读过她写的自传①,一定会有所感触,会更加宽容地看待这位圣女般的修女。"主教冷冷地说。

"我看过了。埃博利公主派人送给我的。女人不应该写书,写书是男人的事情,他们学识更渊博,理解能力更强。"

"特雷萨修女写书是遵照告解神父的命令。"

贝院长冷笑起来:

"她的告解神父没有命令她做别的事情,却偏偏下令,要她做自己决意要做的事,岂不是太神奇了?"

"这个女人赢得了修女们,以及每一个有幸接触到她的人的爱慕和尊敬,而院长大人对她的评价却如此苛刻,我深表遗憾啊。"

"她提出的改革分裂了我们古老的修会,她甚至威胁要将其毁于一旦;我不得不认为,她这么做是出于野心和恶意。"

"院长大人必然知晓,由于她生前施展了若干已经得到证实的神迹,去世之后我主也经由她施展了神迹,许多有权有势和备受尊敬的人已经敦促教皇陛下为她宣福。"

"我知道啊。"

"你想让女孩卡塔丽娜·佩雷斯加入贵修会的原因,在于你有

① 指特雷萨修女(或称圣女大德兰)的自传《圣女大德兰自传》(原名《生命之书》)。

这种愚蠢的想法：如果赤足加尔默罗会的创始人被赐予宣福，该教会将声名大振，而女孩现在拥有的名声或许可以与之抗衡。不知我猜得对不对？”

即便贝院长对主教的敏锐洞察力感到震惊，她的脸上也没有透露一丝迹象。

"就算教皇陛下受到有关人员和迷信的修女们的误导，竟将如此重要的荣耀赐予那个爱捣蛋的叛逆，那又如何，我们教会有的是圣人，足以与之抗衡。"

"您没有回答我的问题，夫人。"

贝院长太傲慢，不屑于撒谎。

"如果我能诚恳地帮助一个有志气的孩子，让她变得完美，有资格加入圣人之列，那么，我会觉得自己的一生没有虚度。如果她能消除特雷萨·德·塞佩达造成的伤害，我只会认为这是件好事。我确信，帮助这个生活不稳定的可怜女孩，是一件功德无量的事情；如果你不愿意帮我，我会自己来。"

主教久久注视着她，表情严峻。

"出于职责，我要提醒院长大人，强迫一个不情愿的人加入修会是一项罪过，会招致特别严厉的谴责，甚至被开除教籍。"

贝院长脸色惨白如死灰，倒不是害怕这个可怕的威胁，而是生气，气的是主教竟敢威胁她。然而，她确实感到脊背一阵阵发冷。这辈子她第一次感觉到男性占着支配地位。她依然保持沉默，似是受到了冒犯。主教站起身，按惯例说了些道别的客套话，然后就离开了。贝院长高傲地点了点头，表示知道了，但依旧坐在椅子上，没有起身。

第二十六章

贝院长端庄稳重地处理白天的事务,但可以猜得到,她的心已经乱了。她没有打算放弃计划;如果主教拒绝劝说女孩,也不愿动用职权帮助她,那么她已想好了对策。卡塔丽娜若是加入她父亲创办的修道院,虽然会给她的教派带来好处和荣耀,但她真心相信,这也将给女孩带来幸福,给虔诚信徒带来教化。贝院长非常清楚,唯一真正的阻碍是,这个傻女孩爱上了一个名叫迭戈的年轻裁缝。一想到卡塔丽娜会为了那么微不足道的爱情,放弃修会生活给她今生和来世带来的巨大好处,贝院长就心烦意躁。但是,接受现状,了解情况,尽心尽力,取得想要的结果,方为明智之举。

那么,贝院长首先要做的,就是派人叫来自己的见习修女主管。这个修女名叫安娜·德·圣何塞,谨慎可靠、机敏过人,十分看重修道院的利益。她对贝院长很忠诚、很顺从,即便贝院长让她跳河,她也会二话不说一头扎进河里。贝院长一开口,就问她对卡塔丽娜的看法。安娜修女对卡塔丽娜赞赏有加:她虔诚顺从、友善体贴、乐于助人,适应了隐修生活,就像天生便适合这里的生活一般。

"可惜的是,她出身卑微,没法加入我们修会。"

"主对众生一视同仁,"贝院长严肃地说,"在主看来,没有出身高贵、低贱之别。如果女孩性情合适,那么她的出身问题是可以解决的。只要情况特殊,我哥哥没有理由不去改变我父亲定下的规矩。"

"您的修女们一定会很欢迎她。"

"按照主的意愿,我将引导这个女孩成为优秀的女性,这会让我感到十分满足。"

　　贝院长停顿了一下，思索着下面的话语。接着，她建议安娜把自己的想法告诉修女们、寄宿的夫人们和访客们：自己愿意接纳卡塔丽娜为见习修女。自那次神迹之后，女孩有了名声，随着时间推移，她的名声将传遍整个西班牙。女孩自然应该加入修会；如果她生活在小城，将给小城居民带来荣耀，通过她的祷告，还将带来神的特别眷顾。这么淳朴的女孩不可能拥有那般意志力来对抗，公众舆论的压力，拒绝人们的赞许，甚或是仰慕——这一切都近在眼前，只要她决意抛弃俗世的瞬息之乐。但是，贝院长很务实，知道现实的好处也有分量。于是，她吩咐这个听话的安娜修女去见玛丽亚·佩雷斯，转告玛丽亚，贝院长对她女儿的德行和天资印象深刻，因此打算为她女儿做点事情。她知道自己可以信任安娜修女，安娜有能力让玛丽亚·佩雷斯明白，她女儿获得的荣耀是多么巨大，而这种荣耀会让人们颂扬她，她女儿将在物质上和精神上享受多么好的生活。不过，要是她女儿嫁给穷人家的儿子，女婿将来很可能变成懒汉、酒鬼、赌徒。最后，贝院长告诉安娜修女，自己愿意帮女孩缴纳加入修会的费用；另外，玛丽亚·佩雷斯也日益年迈，如果没有女儿帮衬，她可能穷困潦倒，因此自己也愿意赠予她养老金，足以让她安享余生，而不必辛勤劳作。

　　贝院长给出的条件十分丰厚，安娜修女对上司的仁慈慷慨充满了敬佩。这个善良的修女把所有东西都记了下来。于是，贝院长让她离开前，又嘱咐说，选一个恰当的时机，把消息捎过去，而且要让玛丽亚·佩雷斯牢记，必须保守秘密，因为她隐约感觉，如果玛丽亚把此事透露给她哥哥，那个放荡不羁的多明戈可能使坏，说服玛丽亚不接受自己的提议。

　　见习修女主管迅速而利落地完成了委派的任务，不到二十四小时就回来复命,告诉贝院长,玛丽亚·佩雷斯接受了院长开出的慷慨条件,她深感谦卑且深表谢意。玛丽亚是西班牙女人,又到了虔诚敬神的年纪,深信任何人能够过的最受尊敬的生活就是加入教会,侍奉上帝。有一个当修女的女儿,或是一个当修士的儿子,那是家族荣耀,而且加入教会其实也是祈求上帝的宽恕。但是,对玛丽亚而言,自己的女儿能够加入贵妇人的修道院,这样的荣耀是她连做梦都没有想过的。安娜修女告诉她,修女们已经把卡塔丽娜视为小圣女,还有些半开玩笑地说——她就是这么个快乐和善的人儿——如果她女儿继续保持纯真,圣母继续赐予恩典,那么说不定哪一天她就会被教皇册封为圣女。听到这些,玛丽亚的心脏不禁怦怦乱跳,自豪之情油然而生。等她女儿成了圣女,人们将绘制卡塔丽娜的画像,挂在圣坛上方;人们将从四面八方赶来,触摸她的遗骨,治愈自己的疾病。如此令人目眩神迷的前景,足以点燃任何女人的野心。玛丽亚也没忘记将提供给她的养老金,她为养家糊口而做的活计十分辛苦,而且很费手指,如果从早到晚什么也不干,就做做礼拜,坐在窗边看看路人,岂不是很棒。

"她有没有说到那个小伙子? 我好像听说,小伙子正在追求卡塔丽娜。"贝院长很满意地听完汇报之后问道。

"她不喜欢那个小伙子。她说啊,可怜的女儿遭遇不幸的时候,小伙子表现很差劲;她说,小伙子很自私,太自以为是了。"

"要想找到一个没有这两样缺陷的男人,真难啊,"贝院长不动声色地说,"他们本性就是又自私又自大。"

"而且她不喜欢小伙子的母亲。好像是当年玛丽亚的丈夫跑到美洲去了,小伙子的母亲逢人便说,她活该,因为她让他过得像条狗。"

"我敢说她的确如此,大多数女人都让她们的丈夫过得像条狗。

对玛丽亚来说,明智之举就是让卡塔丽娜知道,并且装作这是她自己的想法,她多么支持女儿加入教会。你跟她说过了吗?"

"说过,我觉得这样说无伤大雅吧。"

"没错,你做得很好,安娜修女,这件事你做得很聪明,我很满意。"

安娜修女高兴得涨红了脸,因为贝院长平时更爱骂人而非夸人。

第二十七章

贝院长等待了几天,等着消息传开:如果卡塔丽娜受到圣灵的感召,想当修女,那么加尔默罗会修道院欢迎她加入。这则消息让人们欢欣鼓舞,大家都赞同,女孩加入教会将给小城带来荣耀,女孩应该接受修会的邀请,这是非常合适的。女孩承蒙如此天恩,竟要嫁给一个裁缝,也太不像话啦。见习修女主管的任务圆满完成,事后又见了玛丽亚·佩雷斯一面,提醒她对女儿要灵活变通,不能催促逼迫,不过呢,在恰当的时机,可以指出教会生活和婚姻生活的区别:教会生活既安宁又安全,而婚姻生活充满危险和艰辛。

贝院长的天赋是能赢得属下的热爱和忠心,而对她最热爱最忠心的莫过于替她打理修道院产业和庄园的管家。管家是富绅出身,叫米格尔·德·贝塞达斯,是贝院长的远亲。他清楚贝院长的慷慨之举,因为他帮着打理几家慈善机构,而且他敬佩贝院长的才能。贝院长有经商之才,砍价的狠劲跟男人一样。她愿意讲道理,可一旦铁了心,就从不更改。要是她下定了决心,就只能顺从她,而米格尔愿意盲目顺从。贝院长把他叫来,吩咐他在本市和马德里展开调查,搞清楚当兵的曼努埃尔·德·巴莱罗的过往和现状,同时查清楚小伙子迭戈·马丁内斯和他父亲的所有情况。

米格尔调查完毕,回来复命,此时贝院长已经打发卡塔丽娜回家了,分别时,送上了丰厚的礼物,且承诺会永远爱她。卡塔丽娜眼泪汪汪地挥手告别。

"你要记住,孩子,要是遇到困难,或是遇到任何烦心事,都可以来找我,我会尽全力帮你的。"

贝院长专心听着管家的汇报,很满意调查结果。接着,她让管家找个机会见见曼努埃尔,闲聊时告诉对方,她久闻大名,想见见他。

经历了天主教大圣堂的惨败之后,曼努埃尔把自己关在屋里,三天都不出门,也不见任何人。他爱慕虚荣,因此很敏感他人的嘲笑奚落。他太了解自己的同胞了,他们就喜欢嘲讽别人;他也非常清楚,他们都在拿他寻开心呢。他认为,没人敢当面提他的丑事,因为他剑术了得,只有吃了熊心豹子胆的人才敢当面挖苦他,因为要冒着被利剑刺穿的危险,但他没办法阻止别人背地里嚼舌根。最后,他大着胆子,出现在人们面前,带着咄咄逼人的气势,对旁人来说警告意味十足。此外,他怒火中烧,不仅因为自己出了丑,也因为危及了前程。或许读者还记得,他来罗德里格斯堡的目的就是要娶亲的,找个出身高贵却家世贫寒的女子为妻——他有大笔财产,底气很足,一定会让别人接受他的求婚。但他在公众面前受了耻辱,极大降低了求婚成功的几率。本市的贵族们都高傲自满;身处艰苦岁月,傲气是他们唯一的傍身之物,他们定会拒绝把女儿嫁给一个沦为公众笑柄的人。曼努埃尔觉得,似乎唯一的出路就是去马德里,希望有关他的悲惨事迹还没有传到那里,去碰碰运气,看看能否讨到一个合适的新娘。

因此,米格尔给他带来贝院长的礼貌邀请时,曼努埃尔有些受宠若惊了,他从来没想到贝院长竟会屈尊接见他。贝院长的身份地位比他要高出许多,可以说她像是另一个星球的人。曼努埃尔回答说自己很荣幸,愿意在贝院长方便之时前去拜见。管家说道,贝院长几乎不见家庭成员以外的人,会在处理繁杂事务之余腾出一个小时来接见他。

“先生,我明天再来请您,如果您方便的话,然后亲自带您去修道院。"管家说。

曼努埃尔当然是十分方便的啦。

他被领进祈祷室，单独会见这位尊贵的夫人。她正伏案书写，没有起身相迎。曼努埃尔四处看了看，想找张椅子坐下来，但贝院长没有发出邀请，因此只能有些尴尬地站着。虽然他胆大而粗鲁，但见到这么尊贵的夫人，不由得心生敬畏。贝院长亲切地与他交谈：

"我听闻了先生的许多事迹，你为国王陛下服役多年，英勇作战，忠贞不贰、才能出众，于是我很好奇，想见见这位凭着自身努力，获得如此荣誉的同胞。我就想啊，你是否有闲暇时刻来见见我，让我当面向你的丰功伟绩表示祝贺。"

"我做梦都没有想过闯入您的私人空间，您别见怪，夫人。"他结结巴巴地回答。

不过，说完之后，他感觉轻松多了。如果连伟大的罗德里格斯堡公爵的女儿都向他表示祝贺，这么说他的情况还不至于太糟糕。但是，贝院长接下来的话，虽然说的时候带着笑，却也让他有些难堪。

"你取得了不小的成就啊，曼努埃尔——想当年，你还是个小孩儿的时候，就光着脚在村子里到处跑，照看你父亲养的猪。"

他脸红了，但又不知道说什么，只好闭上嘴巴。贝院长上上下下仔细打量他，好像要雇用他当跟班似的。如果说贝院长发现了他的难堪之处，她也没放在心上。她眼中的曼努埃尔身材魁梧而挺拔，相貌还算迷人，有阳刚之气。她知道他的年纪，四十五岁了，但看起来还算年轻。他比当主教的哥哥要高，要知道主教已经够高的了；虽然他肌肉壮实，但说不上肥胖。他的眼睛俊美，脸上带些野蛮之气，倒也合情合理，毕竟常年征战，不过这并没有让贝院长觉得很受冒犯，因为她可忍受不了弱不禁风的男人。毫无疑问，曼努埃尔傲慢、自大、好色，不过贝院长的亲戚们也常有这些缺陷。作为教会成员，她谴责这些缺陷，但作为女人，她又接受这些缺陷，认为这些都是男性特征，就像卡斯蒂利亚①寒冷刺骨的冬天一样，你只能无可奈何地接受。总的来说，曼努埃尔给贝院长的印象还算不错。

她好像刚刚留意到曼努埃尔还站着呢。

"为什么站着啊，先生?"她问道，"请坐吧。"

"您太客气了，夫人。"

他坐了下来。

"我过的是隐居生活，宗教事务和日常工作让我忙个不停，不过，我偶尔也听到了院墙之外的世界传来的零星消息。比如，我听闻，这次你回归故里，不仅是为了尽孝，也打算迎娶本市贵族家庭的某位小姐为妻。"

"我为国王为国家服务了那么多年，一直未曾有过天伦之乐，我确实渴望成家，享受家庭生活的乐趣。"

"你的渴望值得赞许，先生;你声名在外，我对你十分敬重，这件事更让我对你刮目相看。"

"我身体壮、精力足、钱财多。在战场上，我证明了自己;在宫廷里，我确信我也同样可以胜任。"

"如果我没有理解错的话，你认为一个既聪慧又有重要人脉的妻子将助你一臂之力。"

"您说得对，夫人。"

"我有一个孀居的侄女，是卡蓝内拉侯爵夫人，她丈夫不幸去世，扔下她一个人孤苦伶仃。她现在住在这个修道院。我原先希望

---

① 西班牙中部地区，位于伊比利亚半岛的中央高原，旧时为独立的西班牙王国。

她能受到感召,加入教会,这样,等我放下繁重的工作,她就可以接替我——毕竟,她是这家修道院创始人的孙侄女嘛,有这个资格。不过,她不适合教会生活,所以我想,应该给她安排合适的婚姻了。"

曼努埃尔突然警觉起来。但他是个精明世故的人,跟罗德里格斯堡公爵这样尊贵的家族联姻,实在是超出了他的期望,他不得不疑心,这里面是否有阴谋诡计。他小心翼翼地搭话:

"我没想过娶一个寡妇,只想找一个合我心意的年轻女孩。"

"侯爵夫人才二十四岁,对你这个年纪的男人来说非常合适嘛,"贝院长有些尖酸刻薄地答道,"她不缺美貌,也生过一个儿子,不过儿子却跟父亲一样患上瘟热病死了,所以她肯定能生养啦。我原本打算在去世之后让她接替院长一职,这证明我很看好她的才能。一个叫曼努埃尔·德·巴莱罗的人绝对想不到能娶罗德里格斯堡公爵的侄女,不需要我提醒你吧。其实,我要竭尽全力,才能说服我的公爵哥哥答应这门婚事。"

曼努埃尔的脑子转得飞快。要是有了这么强大的家族撑腰,谁知道他可以爬到多么高的位置啊。有了这次联姻,那些嘲笑他的傻瓜们就见鬼去吧。

"卡蓝内拉侯爵死后没有留下子嗣,所以无人承袭他的爵位。我认为国王有可能被说服,将这个爵位赐予你。这可比你现在拥有的可怜巴巴的意大利爵位要更合适吧。"

这话说到心坎里啦。虽然侯爵夫人老了,比曼努埃尔预想的新娘要老上十岁,或许还长得一般,但娶她所带来的好处太巨大了,由不得他犹豫。

"院长大人如此器重我,赐予我这般荣耀,我都不知道怎么表示感激之情。"

"我会告诉你怎么做的,"贝院长冷冷地说,"其实呢,只有当你有能力表示感谢之后,我才会跟你谈下去。"

曼努埃尔如释重负,却强忍住没有表现出来。他太精明,心里明白,这个突如其来的建议肯定别有原因,不会是因为他的财富和从军名声。他是个粗人,脑海中闪过一个念头:难道说侯爵夫人怀孕了,他这是要抚养私生子。如果真是那样,他都不懂该接受呢还是回绝,于是焦急地等着贝院长说下去。

"我想代表本市的某位年轻人,寻求你的帮助,希望你动用跟阿尔伯特大公的关系。我本不想请你帮忙,但不幸的是,我哥哥跟这个年轻人发生过激烈争吵,所以哥哥不会帮我了。据我所知,你深得大公欢心。"

"他很受人尊敬,挺看重我的才能。"

应该解释一下,阿尔伯特大公是当时西班牙驻低地国家军队的最高统帅。

"如果这个年轻人能加入大公的军队,对他个人而言大有好处。他强壮而勇敢,一定会成为一名好士兵。"

曼努埃尔松了一大口气。大公欠了他很多人情,当然会乐意招募任何他感兴趣的士兵,以此表示对他的感谢。

"我认为,要满足您的愿望不难。这个年轻人想必家世显赫吧。"

"他来自血统纯正的老派基督徒家庭。"

这句话的意思,只是说他的血统没有受到犹太人或摩尔人的玷污。曼努埃尔注意到这句话没有回答他的问题。

"夫人,嗯,这个年轻人叫什么名字?"

"迭戈·马丁内斯。"

"裁缝的儿子?那么,夫人,您的要求不可能满足。在大公军中服役的士兵可都是士绅出身,我可不敢为了满足您的要求,去冒犯大公殿下啊。"

"我早料到其中的难处。离城几英里的地方,有一个小庄园,我打算赠送给这个年轻人,我哥哥会替我拿到贵族证明。你向大公推荐的时候,不用提裁缝的儿子,而说他是堂迭戈・德・昆塔米拉绅士。"

"我办不到,院长大人。"

"既然如此,那就不用谈下去了,多说无益,我之前提到的事情也免谈了。"

曼努埃尔心急如焚。贝院长提到的联姻可以让他得到渴求的地位,助他实现心中的抱负;同时他也隐约感觉到,如果不答应贝院长的请求,她将成为一个非常危险的敌人。另一方面,他参与的这个谋划,很可能让大公觉得是对他个人的羞辱;如果这件事被人发现,后果将不堪设想啊。贝院长察觉到了他的忧虑。

"你真蠢啊,曼努埃尔。迭戈将成为一个有产业的人,相信我,他的庄园比你父亲堂胡安那几亩薄田还要好呢。"

曼努埃尔有点儿欺软怕硬。贝院长利口如刀,让他心惊胆战:她有能力毁掉他,而且不会有丝毫犹豫。

"我能否问一下,为什么院长大人对这个年轻人这么上心?"他犹犹豫豫地问道。

"帮助本市值得帮助的人,让他享受荣华富贵,我的家族一贯视之为荣幸和责任。"

这个有所保留的回答,让曼努埃尔恢复了自信。他笑了笑,目光中透着精明。

"他是女孩卡塔丽娜・佩雷斯的情人吧?"

他问的问题、脸上的笑容和目光中的精明都冒犯了贝院长。她有点难以控制蹿上脸庞的怒火。

"他一直大献殷勤,缠着那个不幸的女孩不放。"

"这就是您要把他送到低地国家去的原因吧?"

贝院长想了想。他或许知情,但显然是个缺心眼的家伙。世上有许多事情都是只可意会不可言传的。不过,她依然保持令人敬畏的尊严,回答他的问题:

"女孩还小,不懂自己想要什么。她的品行令人敬佩,适合教会生活,出于多种原因,人们非常渴望她加入教会。我敢肯定,要是没有这个年轻人,女孩很快就会做出理智选择,迈出这一步,不仅让我,也让本市最有名望的人,同时也让她母亲,感到莫大的欣慰。"

"不过,夫人,立刻把这个年轻人做掉,岂不是更有效、更省钱?月黑风高夜,割断他的喉咙,很简单的嘛。"

"那是重罪啊,先生,你竟敢提出来,我太震惊了。那会成为轰动小城的丑闻,引发流言蜚语,而且难以保证取得预期的结果。"

"那您想让我做什么,夫人?"

她若有所思地看着曼努埃尔。为了自己的计划,至少目前她不能让别人知道自己或与自己相关的人跟这个计划有任何牵连,因此不得不托付他人来执行计划,而她不太确定曼努埃尔这个人是否足够机智、足够精明。她只能冒险,于是毫不拖泥带水地回答:

"定做一套衣服。"

曼努埃尔深感意外,心想她是不是在说笑,看了看对方,想在她坚定的嘴唇边找到一丝笑容。她一脸严肃,接着解释:

"派人把裁缝找来,给你量尺寸,让他带些布料样品。他会受宠若惊的。你要找个机会跟他谈谈他儿子的情况,告诉他小城有个大人物听闻他儿子为人不错,想提携他儿子。然后,你要先让他保守秘密,再告诉他为他儿子幸福着想的计划。让他找个借口把儿子送过来,你就把计划和盘托出。我确信,那个年轻人自视甚高,不会甘心当个裁缝,肯定会爽快地接受。"

"他要不接受,那就是个大傻瓜啦。"

"有了进展再来见我。我相信你会行事谨慎,处事灵活的。"

"别担心,夫人。最多两天,您会听到事情圆满解决的消息。"

"若是如此,你尽管放心,我这边也会说到做到,包你满意。"

第二十八章

曼努埃尔把裁缝叫过来了。如果他愿意，他也可以非常温和可亲；等尺寸量完，各种布料也察看完毕，他就露出温和的一面。两人都是土生土长的本地人，有些共同的兴趣爱好，曼努埃尔和蔼地跟裁缝聊了起来，说他离开家乡那么多年，小城发生了好多变化。裁缝是个干瘦的小老头，尖鼻子，脸上流露出满腹牢骚的神情。不过，他爱絮叨，发现曼努埃尔是个诉苦的好对象，就把生活的艰难困苦一五一十地讲了出来。当时，战争不断，赋税极重，大家都一贫如洗，就连地位最高的士绅也愿意把衣服穿到破旧为止。过去，西班牙的小快船经常从美洲运回一船又一船的黄金，但那是三十年前的事情了，现在要想过上好日子可不太容易。细心引导之下，几番问答就让裁缝吐露心声：他很担心儿子的前程，唯一正确的选择是子承父业，但男孩满脑子奇思怪想，只是迫于父亲的威权，才被迫进入这个行当。

"到现在，您瞧，他才满十八岁，就想结婚了。"

"或许可以让他定下心来。"

"正是想到这一点，我才答应了他。"

"我敢肯定，女方的嫁妆会派上用场，"曼努埃尔狡猾地说。

"女孩没钱。有人说，某几位夫人愿意送她嫁妆，不过我怎么知道别人说的靠不靠谱呢？"

裁缝接着告诉曼努埃尔那个女孩是谁，他最后如何在儿子的一再坚持下答应了——所有这些事，曼努埃尔当然已经知情了。

"先前，我替儿子物色了一个人家，但那个女孩的父亲不接受我提出的合理条件,所以呢,我同意让儿子娶卡塔丽娜。发生了那些事后,大家都关注卡塔丽娜,我认为,这会给我带来许多主顾。我老婆还骂我呢,说尽给士绅做衣服,他们又给不起钱,有什么用啊。"

"说得很有道理嘛。不过,要是生意难做,为什么不让你儿子当兵呢?"

"当兵苦啊,钱又少。当个裁缝,挣的钱够养活自己了。"

"听我说,朋友,"曼努埃尔说道,他的直率迷住了裁缝,"你清楚吗,我离开小城那会儿,穷得跟教堂的老鼠一样。现在呢,我是卡拉特拉瓦骑士,是个有钱人啦。"

"对,不过阁下是士绅,而且有朋友帮衬啊。"

"我是士绅,对,但是唯一帮衬的朋友,就是那还会儿我自己的青春、力量、勇气和智慧。"

裁缝耸耸肩,神情沮丧。曼努埃尔身形高大,低头温和地看着裁缝。

"据我所知,你儿子为人不错,如果传闻不假,我认为,他适合干大事,比你为他设想的还要好。我也穷过,我们都是老乡嘛,我乐意提携你儿子,要是你不反对的话。"

"我听不懂您的话,先生。"

"阿尔伯特大公是我的朋友,会替我做任何事。如果我向他举荐一个年轻人,他会把这个年轻人招入麾下,会专门提拔他。"

裁缝注视着曼努埃尔,张口结舌。

"当然,我们要先给小伙子一些好处。离这儿不远,有个小庄园,我会把契约赠送给他,凭着我在马德里的影响,确保他拿到贵族证明。接着你儿子以堂迭戈·德·昆塔米拉的身份,在大公麾下效力。"

既然贝院长告诉他,不希望提到她的名字,那么曼努埃尔觉得这么慷慨的举动,完全可以由自己独占功劳。裁缝不知所措,脸颊抽搐,哭了起来。曼努埃尔亲切地拍拍他的肩膀。

"好了,好了,没必要大惊小怪的。回家去吧,不要跟别人说起这件事。让你儿子来见我。你可以对他说,你忘了给我拿某种你认为我会喜欢的样式。"

不一会儿,男孩来了。曼努埃尔发现他青春帅气,不觉松了口气。如果穿着得体,男孩完全可以冒充士绅。他既不冒失也不羞怯,举止有自信,表明他在任何场合都能应对自如。曼努埃尔先入为主,对男孩有了好感,几句开场白之后,提出了那个话题,这也是让迭戈来的原因。他们谈了一个小时,随后就分开,曼努埃尔前去拜见贝院长。

"遵照您的指示,我没有浪费一分一秒,"他说道,"我见了男孩和他父亲。"

"你动作确实很快嘛,先生。"

"我是军人,夫人。男孩的父亲完全赞同我们的计划。有人愿意行善,给他儿子一个机会,他确实惊呆啦。"

"他不那样才怪呢。"

曼努埃尔不自在地挪了挪脚。

"我最好跟院长大人一五一十地说说,我和男孩之间的谈话。"

贝院长迅速看了他一眼,有些疑惑,略微皱了皱眉。

"说吧。"

"男孩很体面,给我的第一印象不错。"

"你有什么印象,我不感兴趣。"

"我很快发现他不喜欢,甚至看不起他父亲让他从事的行当。但他不得不接受,因为没有办法嘛。"

"我早就知道了。"

"我告诉他,我就搞不懂像他那么有勇有谋的年轻人,又具备干大事的所有品质,为什么要从事那么下贱的行当,浪费自己的生命。他回答说,他常想着跑出去历险,但无奈兜里没钱。我于是告诉他,国王需要士兵,当兵这份职业让有勇有谋的人很容易就获得地位和财富。之后,我一点一滴地向他透露计划的详细内容,如何帮助他实现令人称赞的天生志向。"

"很好。"

"他对这番前景的态度比我预想的要镇定得多,但显然动心了。"

"那是自然。他接受了吗?"

曼努埃尔犹豫了片刻,因为他清楚接下来的话不会让贝院长满意。

"有附加条件。"他回答。

"你究竟什么意思?"

"他说,要先迎娶他的恋人;不过,一年后,等妻子生了小孩,他倒不是不愿意去低地国家。"

贝院长勃然大怒。一个抱着哭哭啼啼小屁孩的已婚妇女,对她来说还有什么用呢?卡塔丽娜的贞洁,永远的贞洁,对达到她的目的至关重要。

"整件事被你搞砸了,你这个蠢蛋。"她大喊。

曼努埃尔气得满脸通红。

"这个小白痴深深爱上了那个女孩,难道是我的错吗?"

"难道你头脑发昏,没告诉他拒绝这样的机会就是愚蠢至极吗?"

"说了,夫人,我说了。我跟他说,人的一生如果碰到扭转命运的机会,必须抓住,马上抓住,因为一旦让机会溜走,就再也找不到

了。我跟他说，像他这个年纪，就让妻子绊住自己，太荒唐了。要是
当了军官，成了士绅，总会找到好人家，难道还比不上一个身无分文
的缝纫女工的女儿。要是想找女孩寻欢作乐，低地国家可是一抓一
大把，那里的女孩很乐意帮助一个帅气小伙儿，也有很多女孩愿意
用实际行动来表达她们的感激之情。"

"那他怎么说？"

"他说很爱他的心上人。"

"难怪这个世界混乱不堪，这个国家走向衰亡，因为掌权的都是
男人，而男人连基本的常识都没有。"

对此，曼努埃尔不知该如何回应，因此一言不发。贝院长冷冷
地看着他，眼中满是鄙视。

"你失败了，曼努埃尔，我们再谈下去也没什么用了。"

曼努埃尔很精明，明白这句话的意思：她是在暗示，自己不要
抱有迎娶守寡的侯爵夫人的希望了。他不愿意就这样放弃如此有
利可图的联姻，总要搏一把。

"院长大人太容易气馁了。男孩的父亲还站在我们这头呢，他
不想让迭戈娶卡塔丽娜。毫无疑问，我可以让他反对这门婚事。您
大可放心，他一定会竭尽全力说服男孩接受我们的提议。"

贝院长不耐烦地摆了摆手。

"你对人性了解太少了，先生。父母越是反对，情侣爱得越深。
我不想让女孩带着这样的情绪加入修会。要是男孩同意了我的提
议，女孩就会明白，跟上帝之爱相比，男人的爱一文不值。女孩会伤
心，但我不会感到后悔，因为这教会了她，唯一的真正幸福在哪里。"

"要除掉这个刺儿头，方法不止一种吧。我有信得过的手下。
找个晚上，抓住男孩，送到海边，扔到船上。年轻人善变嘛。到了低
地国家，看到新奇景象，经历冒险奇遇，有了士绅身份，得到大公垂

青,享有大好前程,男孩就会忘了旧爱。不久之后,他会感谢命运,将他从不幸的情网中拯救出来。"

贝院长没有马上回应。她的是非观很坚定,曼努埃尔的计划并没有激怒她。任性妄为的儿子常常被送去美洲;同样,不听从父母婚姻安排的女儿也会被送进修道院,直到子女愿意讲道理为止。她深信,把迭戈和卡塔丽娜分开,对两人都有好处。

"院长大人或许知道,男孩会把这个提议说给卡塔丽娜听。"

"为什么?"

"男孩会说为了她,愿意放弃那么多的好处,这样女孩就会更爱男孩啦。"

"你比我想的要精明啊,先生。"

"要是他在某个早上消失了,女孩自然会认为他没有抵抗住诱惑。"

"有这种可能。还要考虑他父亲的反应。要是他闹到市政当局,就不好办了。"

"为了避免这一点,我会把秘密透露给他。他对儿子的期望可高了,会毫不犹豫赞同这个计划,也会保守秘密。等大家发现男孩不见的时候,男孩已经安全登船了。"

贝院长叹息一声:

"我不喜欢这个计划;不过,很显然,年轻人太蠢了,他们的命运最好由老人和智者来安排。我要求你保证不对男孩使用不必要的暴力。"

"我可以向院长大人保证不会伤害他。我会派心腹陪同男孩,保证不伤他分毫。"

"这么做,对你也是有好处的。"贝院长严厉地说道。

"我完全明白,夫人。您大可放心,一切交给我来办。"

"你打算什么时候行动?"

"必要的准备完成后就行动。"

贝院长沉默了一会儿。显然,迭戈消失后,会引发流言蜚语,有可能传到主教的耳朵里。她见识过主教的敏锐洞察力。主教或许根据所见所闻,就能推断出她跟这件事有牵连。想到这里,她很后悔:为什么当初他们见面时,自己一时怒火冲昏头脑,口无遮拦了呢。她不太清楚主教会做什么,但主教行事果断坚决,而且手握威权。她倒不是怕主教,但明智地觉得,最好避免公开决裂,因为那不仅会让自己难堪,也可能让谋划破产。

"你哥哥什么时候离开小城,曼努埃尔?"她问。

这个问题让曼努埃尔感到意外。

"我不知道,院长大人,如果您想知道,我可以去问一下。"

"你哥哥离开之前,一切按兵不动。"

"为什么?"

"因为我乐意。你只需知道这是我的想法。"

"听您吩咐,夫人。我哥哥离开小城当晚,男孩就会被捉走。"

"那就好,曼努埃尔。"她和蔼地说。

贝院长将手伸给曼努埃尔让他亲吻,随后他就离开了。

第二十九章

　　贝院长的理智告诉自己,她的出发点是好的,而且理由充足,但她还是无法排解内心的不安,真是奇怪。忧虑愈发强烈,有那么一两次,她都忍不住在内心告诉曼努埃尔放弃计划。但是,她又为自己的软弱而自责。成败在此一举。可她依然焦躁不安,修女们发现她无缘无故地发火。一天早上,副院长告诉她,主教走了。为了不引起注意,破晓时分,主教就带着秘书和仆役们悄悄溜走了。一个小时后,曼努埃尔派人送来消息:一切安排妥当,当晚执行计划。事情就这么定了。她扪心自问,明白自己这么做无可指责。

　　傍晚,有修女报告,卡塔丽娜求见。女孩被领进祈祷室。贝院长诧异地发现,女孩十分躁动。她猜想,一定出了什么事。

　　"怎么了,孩子?"她问道。

　　"院长嬷嬷跟我说过,要是碰到麻烦,可以来找您。"

　　说完,女孩放声大哭。贝院长安慰她,问她发生了什么事情。女孩一边抽泣,一边告诉贝院长:小城有个地位尊贵的士绅提议,让迭戈去从军,承诺给他一个庄园,替他拿到"堂"的贵族身份。因为爱她,迭戈拒绝了提议,并因此跟父亲大吵了一通。他父亲最后说,如果他不讲道理,不接受那么诱人的条件,不愿主动从军,那么就要强迫他去了;他父亲还说,不同意他娶卡塔丽娜。听到这个威胁,贝院长皱起了眉头。那个男人太蠢了,竟然提出威胁。现在呢,要是迭戈失踪了,女孩就会知道,他不是自愿走的。贝院长原先还指望,女孩会误以为是男孩抵抗不了诱惑而抛弃她的;那样的话,女孩就会改变想法啦。

"他从来没有想过会那么走运吧,"贝院长说,"面对那样的机会,没有哪个年轻人会犹豫。男人们都自视甚高,却又胆小怯懦;他们虽然表现糟糕,却费尽心思,就想得到他人的夸赞。你怎么知道他没在骗你,说什么被强迫,就是为了误导你,让你以为他抛弃你并非他的错。"

"我怎么知道?我知道啊,因为他爱我。啊,夫人,您是圣人般的女人,您又不懂什么是爱。如果没了迭戈,我情愿死掉。"

"还没有谁会为了爱而死掉。"贝院长非常刻薄地说。

卡塔丽娜一下子跪了下来,双手合十,激动地祈求:

"啊,嬷嬷,尊敬的嬷嬷,可怜可怜我们吧。救救他。别让他们把他夺走。没有他,我还怎么活啊。哦,夫人,您知道吗,我一想到会永远失去他,就心如刀割,整夜整夜地哭泣,眼睛都快哭瞎了!为什么圣母马利亚要治好我的疾病,难道不是为了让我适合当我恋人的妻子吗?圣母怜悯我,难道夫人您就无动于衷,不帮帮我吗?"

贝院长双手紧紧抓住椅子的扶手,一言不发。

"一直以来,我都渴望他。我的心都要碎了。我只是个又穷又傻的女孩。人世间除了爱,我一无所有。我全心全意地爱着他。"

"他无足轻重,他跟其他男孩有什么区别呢。"贝院长嗓音嘶哑地说道,听起来像是乌鸦哑哑的叫声。

"哦,夫人,您这么说,因为您从来没有经历过爱情的苦痛和快乐。我想让他抱着我,我想感受他嘴唇的温暖,我想感受他双手的抚摸,我想让他占有我,就像男人占有他所爱的女人一样。我想让他把种子播撒到我肚子里,为他生儿育女。我想用我的乳房喂养他的孩子。"

女孩边说边用手抚摸胸部,两眼射出情欲之火,火光冲天,炙烤得贝院长缩成一团。这欲火仿佛火炉中的烈焰一般,贝院长举起双手,似乎想挡住滔天热浪。她看着女孩的脸庞,不禁战栗。那张脸发生了奇怪的变化,面色惨白,让人以为五官都泡涨了,那是一张情欲的面具。女孩气喘吁吁,充满了对男性的欲望,着了魔似的。女孩被某种非人类的东西附体,某种甚至有些恐怖的东西,但却如此强大,令人胆战心惊。是性爱,就是性爱,那么凶猛剧烈,那么无法遏制,赤裸裸的性爱,令人恐慌。突然,贝院长的脸发生扭曲,难以忍受的剧痛扭曲了她的脸庞,眼泪奔涌而出,顺着脸颊流淌。卡塔丽娜惊慌失色,大叫起来:

"哦,嬷嬷,我都说了些什么呀?原谅我吧,宽恕我吧。"

女孩紧紧抱住贝院长的大腿。她受到惊吓,从没想到贝院长也会流露这样的情感——要知道,贝院长平时可都是坦然、严肃、庄重的。女孩迷惑不解,不知道该做些什么,捧起了贝院长枯瘦的双手,亲吻起来。

"夫人,您为什么哭啊?我做了什么呀?"

贝院长抽回两手,攥紧双拳,努力控制情绪。

"我是个坏人,我很不开心。"她哀伤地说。

她靠着椅子,两手捂脸。多年前的往事一齐涌上心头,她咬紧牙关,忍住啜泣声,不让它撕破喉咙而出。这个小傻瓜,这个可笑的小傻瓜,竟然说自己从来不懂爱。那么多年来,往日的伤口依然鲜血淋漓,太残忍了吧!面对可怕的往事,她苦笑起来,因为想到其中的滑稽:她曾经为了一个男孩而悲伤憔悴,现在那个男孩变成了一个枯瘦憔悴的神父。眼泪模糊了双眼,她擦掉泪水,捧起卡塔丽娜的脸庞,凝视着,仿佛第一次见到一般。这张脸已经找寻不到一丝情欲的痕迹,而就在刚才,这么秀美的五官,一瞬间就被情欲扭曲得面目可憎。女孩那么温柔、那么疼人、那么纯洁。那么可爱的脸庞,贝院长看得入了迷。这么年轻、这么美丽、这么为爱痴狂。她自己的心已经破碎不堪,她怎么能忍心打破女孩这颗可怜的心呢!她自认为战胜了人类所有的弱点,现在却感到软弱,软弱得令人怜悯,但这种感觉很奇怪,让人开心振奋,让她内心暖洋洋的,同时又是如此令人欣慰,削弱了她的刚强意志;仿佛是在她那一个从未感受过婴儿柔软的嘴唇吮吸的胸膛深处,心结已然解开。她欢欣雀跃,积压心里的苦痛得到了缓解。她弯下腰,亲吻了女孩的红唇。

"不用担心,亲爱的,"她说,"你会跟你的恋人结婚的。"

卡塔丽娜快乐得叫出声,感谢的话语滔滔不绝,但贝院长严厉地打断她,让她别说话。局势微妙,贝院长要好好琢磨。再过几小时,他们就要偷偷地把迭戈抓走;当然,她可以把曼努埃尔叫过来,告诉他自己改变了主意;他会一再劝说,不过贝院长可以让他住嘴;但这样解决不了自己深陷的困境啊。她播下的种子已经生根发芽。

现在,小城居民普遍认为,卡塔丽娜加入教会是义不容辞的责任。贝院长非常了解人们对宗教的虔诚和狂热,要是女孩没有按照他们的期望去做,承蒙了天恩之后竟然嫁给一个裁缝,那么,他们不仅会失望,而且会认为这做法不得体,甚或是冒犯了宗教信仰。世俗中人会嘲笑,讲些下流的笑话,而虔诚信徒会义愤填膺。现在,人们敬仰甚至敬畏卡塔丽娜,但他们也会一下子变了脸,憎恨甚至鄙视卡塔丽娜。贝院长清楚同胞们的虎狼本性,他们敢放火烧掉女孩的家,他们敢用石块砸死女孩,把她当成行为不检点的荡妇,他们也敢往迭戈背后捅刀子。只有唯一的一条道可走了,而且必须赶快行动。

"你们必须离开小城,你和这个男孩,你们今晚必须走。去找多明戈,找你舅舅,带他过来。"

女孩好奇心大起,想知道贝院长有什么打算,但贝院长蛮不讲理地叫她别问,照她说的去做。

几分钟后，卡塔丽娜带着舅舅回来了，贝院长叫她去小房间等着，自己要跟舅舅单独说话。贝院长觉得有必要让多明戈知道一些当前的情况，于是说了相关实情，提了一些建议，给了一张小纸条，是写给管家的。接着，她告诉多明戈，想办法找到迭戈，告诉男孩他们的决定，保证男孩按照要求去做。打发多明戈走后，贝院长把卡塔丽娜叫了过来。

"今晚你待在我这儿，孩子。半夜三更，我送你出城，你会发现多明戈骑着马在城外等你，那匹马是我吩咐管家送给他的。他骑马带你去预先安排好的地方，迭戈会在那儿等你。然后，迭戈跟多明戈交换位置，你们一起骑马往南走，去到塞维利亚。我会让你带一封信给我在当地的朋友，他们会替你们寻找合适的工作。"

"哦，夫人，"卡塔丽娜兴奋地叫起来，"您替我做了这么多，我怎么样才能报答您呢？"

"我会告诉你的，"贝院长有些严肃地说，"骑马飞奔，一路上千万不准逗留。你们面对的人穷凶极恶，他们可能在追赶你们。贞洁是女人最宝贵的东西，在教堂结为夫妻之前，你一定要保护好自己。未婚而发生关系是大罪过。因此，天亮之后，在你们停留的第一个村庄，找一个神父，让他主持你和迭戈神圣的婚礼。你看看这是什么？"

卡塔丽娜看了看，发现是一枚普通的金戒指。

"原打算在你就任圣职的时候给你，现在送给你当结婚戒指吧。"

说完，她把戒指放在卡塔丽娜的手心，这让女孩的心怦怦乱跳。接着，贝院长告诉女孩，婚后女人要承担何等义务和责任。女孩庄重而得体地倾听，但有些心不在焉，因为内心紧张兴奋，而脑海中想的大多是婚姻生活的趣事。她们一起祷告。时间缓缓流逝。最后，修道院敲响了午夜十二点的钟声。

"到时间了，"贝院长边说边拉开书桌的抽屉，从中取出一个小袋子，"这里面有些金币。把它放好，不要弄丢了，也不要让迭戈拿到。男人不懂得珍惜钱财，他们手头要是有了钱，尽干些蠢事。"

卡塔丽娜接过袋子，害羞地转过身，提起裙摆，把袋子塞进长袜，将袋口的细绳绑在大腿上。

贝院长点上灯笼，让女孩跟自己走。她们轻手轻脚地穿过走廊，来到花园。为了不让还没睡着的修女看到亮光，引起猜疑，贝院长吹熄灯笼，牵着卡塔丽娜，继续前行。两人来到城墙边，找到一扇小门。这扇门是贝院长让人开凿的，若有需要，她可以神不知鬼不觉地离开小城，去见一些人，而这些人的行踪出于某种原因必须保密。只有她才有钥匙，于是她开了门。只见多明戈坐在马背上，躲在城墙的阴影处等候，月光如银，照亮了夜空。

"走吧，"贝院长说，"愿主保佑你，孩子，记得为我祈祷，我是个有罪之人，需要你为我祈祷。"

卡塔丽娜从小门溜了出去，贝院长关上门，上了锁。她侧耳倾听，只听见马蹄声声。万籁俱寂的夜晚，马蹄声格外响亮。贝院长脚步缓慢，走回修道院，几乎看不清道路，因为泪水模糊了双眼。她回到祈祷室，残夜孤月，祷告不止。

第三十章

多明戈伸手帮卡塔丽娜爬上马背,坐在身后的马鞍上。夜晚寂静而暖和,高空之中,微风阵阵,朵朵云块,飞快飘过,夜空如漆,银轮般的月亮镶嵌其上。野外荒无人烟,两人策马奔腾,仿佛整个世界只剩下他们俩。

"多明戈舅舅。"

"嗯?"

"我要结婚啦。"

"一定要想清楚哦,孩子。婚配是通往救赎的圣事,但男人通常都不大情愿接受。"

他们路过一个熟睡的小村落,前方是树丛。走进树丛时,一个人影从树荫下走了出来。卡塔丽娜从马鞍上滑了下去,一下子扑到迭戈怀中。多明戈也下了马。

"行了,行了,"多明戈说,"往后你们有的是时间。你们俩上马,出发。褡裢里面有吃的和一壶酒。"

多明戈亲吻卡塔丽娜和迭戈,目送他俩离开,然后,由于城门没开,要到早上才能进城,他便找了棵树,在树下舒舒服服地坐好。他早有准备,随身带了一瓶酒,此刻将酒瓶放到嘴边。这里正是赋诗的好地方啊,他打算等到破晓时分,与缪斯对话。不过,他还没有打定主意,是写讴歌明月的商籁体①,还是写赞美爱情胜利的抒情诗,结果就陷入酣睡,一觉睡到太阳升起。

这对恋人骑马赶路有一个小时了,卡塔丽娜一直说个不停。她好像有成百上千件事情要说,有好多话要跟迭戈讲,有若干计划要透露;又因为她说话很动听,这些事经她一说,听起来便格外的令人愉快且妙趣横生。迭戈心情愉悦,不管她说什么,都开怀大笑。于是,她欣喜若狂,觉得双手搂抱着心上人,两人骑着马,走在开阔的野外,简直就像到了天堂。当然,他们必须那样,两人骑马唯一的方式就是搂抱着,不过那感觉很舒服。

"我愿意就这样走下去,直到地老天荒。"她说。

"我饿了,"迭戈回应,"我们在这里停一下吧,看看褡裢里有什么吃的。"

他们正路过一片树林,迭戈拉紧缰绳,勒住马。卡塔丽娜心里很清楚,迭戈渴望的不是食物和美酒,一股欲望引发的颤抖油然而生,传遍全身;不过,即便没有贝院长和多明戈舅舅的告诫,她也明白,教堂正式宣布两人结婚之前,让男人如愿以偿未免太轻率了。她知道,男人天生就不愿意结婚,而她也知道,有些女孩屈从了她们的恋人,事后恋人拒绝兑现承诺,结果这些女孩只得沦落风尘。

"我们继续赶路吧,亲爱的,"她说,"贝院长说可能会有人追赶我们。"

"我才不怕呢。"他说。

迭戈抬腿绕过马头,滑到地面上,然后把卡塔丽娜从马背上抱了下来。迭戈抱着卡塔丽娜,亲吻她的双眼,亲吻她的嘴唇,一只手拉着笼头,一只手依然搂着卡塔丽娜的小蛮腰,迈步朝树林走去。但是,就在此时,一阵暴雨劈头盖脸地向他俩袭来。两人吃了一惊,因为夜空似乎晴好,头顶不见一片乌云。迭戈虽然勇猛如雄狮,敢于无所畏惧地面对手持刀枪的人,但他很害怕下雨。另外,他出发前穿上了最漂亮的衣服,受不了衣服被打湿。

① 又译十四行诗,是欧洲一种格律严谨的抒情诗体。最初流行于意大利,彼特拉克的创作使其臻于完美,又称"彼特拉克体",后传到欧洲各国。

"那边没有下雨，"他边说边指向道路的另一头，"我们跑过去。"

但是，他们刚跑到迭戈刚才指的地方，那里也下起了雨，而且雨势更猛。迭戈气得大叫。

"只是局部阵雨罢了，"他说，"我们骑快点，应该能躲开。"

他上了马，帮助卡塔丽娜上马，接着，两腿一夹，马刺撞向马腹，马儿疾驰而去。但是，他们刚跑出树林，大雨立刻停歇，来也突然，去也突然。迭戈抬头看天。身后有些乌云，但前方的夜空蓝幽幽、静悄悄。他们一路无话继续骑行。不一会儿，大概过了半个小时，他们来到了一片矮树林。

"这也行吧。"迭戈边说边勒紧缰绳。

话未出口，一颗大雨点砸到他鼻尖上。

"没什么的，"他说，抬腿绕过马头，但他刚抬完腿，脚还未沾地，雨就越下越密，越下越大，"真是见鬼了。"

他只得把脚放回马镫，继续骑行。雨又停了。卡塔丽娜细细琢磨。

"不是见鬼了。"她说。

"那是见什么啦？"

"是圣母马利亚。"

"你胡说什么，女人，待会儿我证明给你看。"

迭戈机警地张望。有好一会儿，路边连一棵树都看不到，所以没法拴马。

"早知道，我就随身带条绳索，把马的两条腿绑起来，让它跑不掉。"迭戈说。

"不可能事事都想得周全的。"女孩回应道。

"马儿应该休息一下啦。我们就在路边睡个小觉，没什么大不了的吧。"

"我一点儿都睡不着。"

"我敢说你也不想睡。"他咧着嘴笑。

"看啊,"她说,"又要下雨啦。"的确,几滴雨从天而降。"我们只会湿透的。"

"几滴雨又不能怎么样啊。"

话刚出口,大雨突然就倾盆而至。他咒骂了一句,策马前行。

"这是我一生中遇到过的最怪异的事。"他说。

"几乎是神迹啊。"她喃喃自语。

迭戈觉得费力不讨好,只得放弃。虽然雨停了,但他们都湿透了,迭戈的情欲也明显消退,因为他担忧自己的衣服。他那么担忧,情有可原,毕竟这身衣服不仅是他最好的也是唯一的衣服,之前多明戈就告诉他,不穿这身衣服出门不太好。他们趁着夜色继续赶路,没有碰见一个人,但偶尔在月光之下,他们瞥见一个农庄或几家村舍。最后,太阳出来了。他们来到一座小山的坡顶,往下眺望,透过清晨灰蒙蒙的光线,发现了一个小村落。那里一定有客店,他们可以在客店吃点东西;到这个时候,两人真的是又饥又渴。他们骑着马走过去,一路上碰到农夫三三两两地下田劳作。他们进了村子,突然,马儿一动不动了。

"怎么回事,你这畜生? 走啊。"迭戈边叫边用马刺扎马。

马儿一动不动。迭戈用缰绳鞭打马头,又用马刺猛扎,仍然不起作用。马儿一动不动,仿佛变成了石雕一般。

"走啊,你这畜生。"

迭戈现在生气了,用力鞭打马脖子。这匹马前蹄腾空,卡塔丽娜惊叫起来。迭戈挥拳猛砸马头,马儿的前腿又落回地面,但不管迭戈用什么方法,马儿就是一步也不走。马儿站在原地,像是生了根一般。迭戈满脸通红、大汗淋漓。

"我就闹不明白了,难道这匹马也见鬼啦?"这番话惹得卡塔丽娜开怀大笑,迭戈愤怒地转过身盯着她,"有什么好笑的?"

"别生气嘛,亲爱的。你没看见我们到哪儿了吗?教堂啊。"

迭戈皱起眉头,转头看了看,第一次发现马儿正停在教堂前面,教堂正位于村口。

"怎么回事?"

"贝院长让我答应她,在我们路过的第一座教堂结婚。就是这儿啦。"

"今后有的是时间考虑这事。"他说。

迭戈又一次用马刺猛扎马腹,结果马儿弓起背,后蹄飞扬,两人还没回过神来,就已经飞在半空了。幸运的是,他们掉落的地方有一堆干草,所以没有受伤。他们躺了一会儿,有些颤抖哆嗦,内心更是惊慌失措。这匹马做出如此怪异的举动之后,又像刚才那样一动不动了。而此时,刚才还在做弥撒的一个神父从教堂里走了出来,正好看到了两人的遭遇,赶紧跑过来帮忙。两人站起身,拍拍身体,发现没有受伤,于是把粘在衣服上的干草扫掉。

"你们真幸运,那堆草正好在那里,"满脸通红的矮胖神父说道,"你们再晚来一会儿,我就已经把草抱到谷仓去了。"

"这一切都发生在教堂门口,真是天意啊,"卡塔丽娜说,"因为我们正要找神父主持我们的婚礼呢。"

迭戈惊讶地看了她一眼,但什么也没说。

"主持婚礼?"神父叫道,"你们又不是本教区的居民。我以前没有见过你们。我肯定不会为你们主持婚礼的。昨天吃完晚饭到现在,我还什么东西都没吃呢,我要回家,找点东西吃。"

"求您啦,神父。"卡塔丽娜说道。

说着，她转过身，提起裙摆，从贝院长送给她的小袋子里迅速取出一枚金币。接着，她绽放出迷人的微笑，把金币放在手心给对方看。牧师看着金币，脸涨得更红了。

"不过，你们是谁啊？"他迟疑地问道，"为什么你们想在这个陌生的地方结婚呢，而且还那么着急？"

说话的时候，他的眼睛一刻不离那枚闪闪发光的金币。

"可怜可怜我们两个年轻的恋人吧，神父。我们是从罗德里格斯堡逃出来的，我父亲为了钱财逼我嫁给一个有钱的老头儿，而这个年轻人，是我的未婚夫，他被贪得无厌的父母逼婚，要娶一个牙齿掉光的独眼女人。"

为了让自己的故事更有说服力，卡塔丽娜把金币放到神父手上，让他紧紧攥住。

"你的话很有道理，小姑娘，"神父说，"你们的经历太感人了，我都要掉眼泪啦。"

"您要做的不仅会赢得大家交口称赞，神父，"卡塔丽娜继续说，"而且您还将拯救两个品行端正的年轻人，不让他们犯下大罪。"

"跟我来，"神父说着返身走回教堂，"佩佩，"他一边大声叫喊，一边往主圣坛走去。

"怎么啦？"一个声音传来。

"过来，你这个偷懒的浑蛋。"

一个男人手拿扫帚，从教堂旁的分堂走了出来。

"你就不能让我先把地扫完吗？"他声音粗哑地说，"有哪个管教堂的工资这么少，你还老烦我。要是你总打扰我工作，我哪有空下地干活啊？"

"别放肆，闭嘴吧，婊子养的。我要给这两位年轻人主持婚礼。

啊,但是婚礼必须要有两个证婚人啊。"牧师转身面对卡塔丽娜,胖乎乎的脸蛋挂着幸灾乐祸的笑容,"你们要等一等啦,我让这个酗酒的浑蛋去村里找个人来,我也好先找点东西吃。"

"我来当第二个证婚人。"

说话的是一个女人。他们都转过身,看着她走过来。她身披蓝色长袍,头戴白丝巾,丝巾的一头很长,披散在肩上。牧师惊讶地看着这个女人,因为他做弥撒的时候,没发现教堂有别人啊,不过他还是不耐烦地耸了耸肩。

"很好。让我们开始吧,早完早了。我还想着吃早饭呢。"

这个陌生女人走过来的时候,卡塔丽娜吓了一跳,颤抖地牵着迭戈的手。陌生女人眼含微笑,将手指放到嘴边,示意卡塔丽娜别说话。婚礼很快进行,卡塔丽娜·佩雷斯和迭戈·马丁内斯结为夫妻。两人走进圣器室登记结婚信息。神父记下新婚夫妇的姓名,以及双方父母的姓名。接着,看管教堂的人费劲地写下了自己的名字。

"他只会写自己的名字,"神父说,"这还花了我半年时间,才教会这个榆木脑袋。好了,夫人,到你写了。"

神父拿鹅毛笔蘸了蘸墨,递给那位陌生女子。

"我不会写字啊。"她说。

"那画个十字吧,我替你写。"

她接过笔,画了个十字。卡塔丽娜的心怦怦直跳,注视着她。

"哎呀,你不告诉我名字,我怎么替你写啊。"神父尖刻地说。

"马利亚,牧羊人约雅敬之女①。"她答道。

神父记了下来。

---

① 基督教传说,圣约雅敬是圣安娜之夫,圣母马利亚之父。

"一切搞定，"他说，"现在我要去吃东西啦。"

他们跟着神父出了教堂，只有保管员留在里面，他拿起扫帚，嘟嘟囔囔地发了一通火，又扫起地来。不过，西班牙人生性礼貌待人，牧师把金币藏得妥妥当当之后，也表现出礼貌客气的一面：

"先生女士们，诸位若能赏光，光临隔壁陋室，我将喜不自胜，奉上粗茶淡饭。"

卡塔丽娜很有教养，知道此时应该礼貌地回绝，但迭戈饥肠辘辘，没给她说话的机会。

"先生，"迭戈说，"我和我妻子自打昨天起到现在，什么东西都没吃，不管什么粗茶淡饭，对我们来说都是珍馐美味。"

神父有些惊讶，但出于礼貌，也不好说别的，只得说他们愿意赏光，是看得起自己。他们走了几步路，到了神父的家门口，神父领着他们走进一个朴素的小房间，这里既是餐厅，也是客厅，同时也是书房。牧师在他们面前摆好面包、果酒、山羊奶酪和一碟黑橄榄。他切了四大块面包，用平底角制酒杯倒了四杯果酒。然后，神父大快朵颐起来，迭戈和卡塔丽娜也跟着吃起来。神父抬头，要拿一颗橄榄，发现那位陌生女人什么都没吃。

"吃吧，夫人，"他说，"东西是简单了些，但味道不错，这是我家最好的食物了。"

女士微笑地看了看面包和果酒，眼神带着哀伤，奇怪异常，摇了摇头。

"我吃个橄榄吧。"她说。

她拿起一个橄榄，细嚼慢咽，露出雪白的牙齿。卡塔丽娜看了她一眼，两人目光接触，女士的目光流露出无限仁慈。正在此时，保管员闯了进来。

"先生，先生，"他大喊，激动欲狂，"他们偷走了圣母。"

"我耳朵没聋,你个老混球,"神父大叫,"到底怎么回事儿?"

"我跟你说,他们偷走了圣母。我到里面打扫,发现圣母像的基座是空的。"

"你不是疯了,就是喝醉了,佩佩,"神父对他大吼,跳了起来,"谁会干那种事啊?"

神父夺门而出,跑向教堂,身后跟着保管员、迭戈和卡塔丽娜。

"不是我偷的,不是我偷的,"保管员一边喊,一边心烦意乱地挥舞双手,"他们会说是我偷的,然后把我关进监牢。"

他们手脚并用爬上教堂的台阶,跑向圣母堂。保管员大声惊呼。原来,圣母马利亚的圣像就站在原先的基座上。

"你什么意思?"神父气得大叫。

"刚才还不见的啊,我以所有圣人的名义起誓,基座刚才是空的。"

"你这只喝醉酒的猪,你这个酒囊饭袋。"

神父一把抓住保管员的脖颈,踢打这个可怜人的屁股,最后累得要死才停歇,接着,神父用尽最后一点力气,左右开弓,打了保管员的耳光。

"要是我有棍子,我一定把你全身的骨头都敲碎。"

三人回到神父家,准备继续吃简单的早餐,结果他们惊奇地发现,那位陌生女子不见了。

"她能去哪儿啊?"神父喊道,接着他拍了一下额头,"我真蠢啊!现在全都明白了。她一定是摩里斯科人,佩佩过来说圣母像被偷了,她认为最好还是跑掉。他们都是小偷,她以为是他们那些该死的异教徒偷走了圣像。你们发现没有,她都不愿意喝酒?他们受过洗礼,但依然遵守异教习俗。她说名字的时候,我就怀疑过,那个名字哪里是正派基督徒的名字啊。"

"罗德里格斯堡很早以前就赶跑了摩里斯科人。"迭戈说。

"做得很对嘛。我每天晚上都祈祷,希望我们伟大的国王能明白自己对宗教信仰应尽的义务,将所有那些令人作呕的异端分子赶出王国。"

"要是国王那样做,将是西班牙的大好日子啊。"

也许值得插一句,这位可敬牧师的祷告应验了,一六〇九年,所有摩里斯科人都被赶出了西班牙。

迭戈和他的新娘要继续赶路了,前往塞维利亚;他们感谢神父的好客,然后就离开了。那匹马呢,正在摔下两人的地方,美美地吃着干草。迭戈给它喂了水,随后两人骑上马;这次呢,马儿不用催促,就迈开蹄子,舒舒服服地往前走。天光秀美,晴空万里。神父先前告诉他们,沿路走上大约十五英里,可以看到一家客店,住店的是些赶车人和赶骡人,他们可以在那里住宿,于是两人打算在客店过夜。他们骑马走了三四英里,一路无话。

"你开心吗,亲爱的?"卡塔丽娜终于开口问。

"当然啦。"

"我会是个好妻子。为了爱你,我愿意拼命干活。"

"你不必那么辛苦。我这么聪明,到了塞维利亚,会有大钱赚的。还没有人把我当傻子看呢。"

"我认为确实没有人会那么想。"

他们又沉默了良久,之后,又是卡塔丽娜打破了沉默。

"听我说,亲爱的,给我们证婚的可不是摩尔人。"

"你在说什么呀? 看看她的样子,就知道她不是老派基督徒。"

"但我见过她。"

"你见过? 在哪儿?"

"就在加尔默罗会修道院的台阶上。正是她告诉我,谁可以治好我的瘸腿。"

迭戈勒住马,转过身来。

"我可怜的孩子,你是疯了吧。太阳把你的脑袋晒迷糊啦。"

"我跟你一样,都没有疯,亲爱的。我说啊,那就是圣母马利亚,她拒绝吃面包喝葡萄酒①的时候,我就知道为什么。我知道她想起了很痛、很痛的伤心事。"

迭戈困惑地凝视着她,眉头紧锁。

"院长嬷嬷跟我说过上百次,我肯定受到了圣母的特殊照顾,这也是她老催我加入修会的原因。昨晚突然下起的阵雨,马儿停在教堂门口不走,然后把我们两个都甩下马背。你应该明白,那一切都不是偶然的啊。"

迭戈多看了她一会儿,卡塔丽娜忧心地发现,他的眼神流露出些许不满。他一言不发地扭转身,"驾"的一声,驱马前行。卡塔丽娜小心翼翼,时不时地拉闲话,而迭戈要么不理,要么"嗯嗯啊啊"。

"你怎么了,亲爱的?"卡塔丽娜边说边忍住哭声。

"没什么。"

"看着我,亲爱的。我希望你看看我。"

"我要怎么看你啊?路上坑坑洼洼的,要是马儿绊了腿,我们都会摔断脖子。"

"你不生我的气吧?圣母马利亚觉得应该保护我的名节,而且她那么仁慈,竟然当我们的结婚证人。"

"我从来不敢奢求那样的荣幸啊。"他冷冷地说。

"那你为什么生我的气啊?"

---

① 根据《圣经·路加福音》,在最后的晚餐中,耶稣用葡萄酒来招待他的门徒们,并对他们说道:"你们吃的面包是我的肉,喝的葡萄酒是我的血!"因此,卡塔丽娜才会认为自己知道耶稣的母亲圣母马利亚拒绝吃面包,也不喝葡萄酒的原因。

他想了一会儿才回答：

"这对我们将来的幸福可不是什么好兆头啊，因为每次我们有了分歧，就会发生神迹，让你为所欲为。男人应该是一家之主嘛，妻子要服从丈夫的意愿，而且乐意服从。"

卡塔丽娜双手抱着迭戈，迭戈感觉到她的手在抖动。

"你哭也改变不了什么。"他说。

"我没哭。"

"那你在干什么？"

"笑啊。"

"笑？有什么好笑的，女人。这是严肃的事儿，我有权感到担忧。"

"你心地善良，亲爱的，我全心全意爱着你，但有时你没什么脑子。"

"说清楚。"他冷冰冰地说。

"贝院长告诉我，圣母马利亚垂青于我，是因为我的贞洁。似乎天国十分看重贞洁。或许等我没了贞洁，我也就得不到垂青了。"

闻听此言，迭戈尽力转过身来，帅气的脸庞浮现狡黠的笑容。

"祝福你的母亲，"他叫道，"我们马上就去验证一下。"

"日头越来越猛烈。最好在树荫下休息片刻，等暑气散去。"

"我也正有此意。"

"除非我的眼睛骗我，似乎一英里外的地方有片树林，很合适嘛。"

"要是你的眼睛骗你，那我的眼睛也在骗我啦。"

迭戈双腿一夹，骑着马发疯一般飞奔，来到了那片树林。他跳下马，把卡塔丽娜抱了下来。迭戈拴马，卡塔丽娜拿出不知是贝院长还是舅舅多明戈提前准备的食物。有面包和奶酪，有香肠和凉拌鸡肉,还有胀鼓鼓的一皮囊酒。这么丰盛的婚礼早餐,夫复何求?树荫下凉风嗖嗖、树影婆娑,近旁一湾溪水,清清澈澈,潺潺汩汩。此地上佳。

第三十一章

等他们从树林里钻出来的时候，迭戈牵着马，阳光已经不那么
强烈了。

"来了个双保险，这样比较好。"他说。

"三保险呢。"她低低说道，有些自鸣得意。

"这有什么，小屁孩，"他沾沾自喜道，得意之情也情有可原嘛，
"你还没见识过我的实力呢。"

"你啊，又不要脸又惹人疼爱。"她说。

"我生来就这样。"他谦虚地说。

他们骑马缓行，翻山越岭，虽然没怎么聊天，但反复回味刚才的
话，似乎很幸福啦。两人骑行了六七英里，借着柔和的夕阳，发现路
边有一幢摇摇欲坠的建筑，那显然是神父提到过的客店了。

"我们马上就到啦。你累了吗，亲爱的？"

"累？"她答道，"哪里会累啊？我精力充沛，就跟早上的百灵鸟
一样。"

他们骑马走了四十多英里了，从昨天起，她睡觉的时间还不够
一个小时。她才十六岁呢。

他们走到了平原地区，道路两旁的田野向远方延伸。庄稼已经
收获了，土地焦干，一片灰褐色。随处可见几株虬曲的橡树，四处都
有古老的橄榄园。他们距离客店不到一英里，发现漫天灰尘滚滚，
尘土当中一人骑马疾驰而来，装束古怪，两人不禁目瞪口呆：那人
竟然披挂着全副的甲胄。骑士来到切近时，突然勒住马匹，伫立道
路中央，平端长枪，端坐马鞍之上，神气活现地对迭戈说道：

"站住,来者何人,报上名来,何方人士,去往何处,座鞍上的漂
亮公主是谁。我有充足理由,认为你强掳了她去你的城堡,因此我
有必要获悉实情,你干了坏事就要受到惩罚,我要将公主送还给她
悲伤的父母亲。"

迭戈大吃一惊,有好一会儿都不知该说什么。骑士一张瘦长
脸,面色惨白,络腮胡粗短杂乱,小胡子浓密蓬松,身穿的盔甲锈迹
斑斑、陈旧过时,头上戴的更像是理发师用的小盆儿,而非骑士头
盔。他座下一匹可怜的老马,只适合送去屠宰场。老马很瘦,肋骨
清晰可见,耷拉着脑袋,十分虚弱,好像随时会跌倒。

"先生,"迭戈说道,强作勇敢,要在卡塔丽娜心里留下英勇的
形象,"我们正赶往前方的客店,您的问题太粗鲁无礼,我没有理由
回答。"

说完,他踢踢马刺,催马向前,但骑士一把抓住辔头,拦下了他。

"注意礼貌啊,傲慢无礼的骑士,赶快报上家门,否则我要与你
生死决斗。"

恰在此时,一个矮胖子挺着大肚子,骑着一头花斑驴子跑上前
来,意味深长地拍拍额头,向两人暗示,这个穿着怪异的骑士脑子不
太正常。但是,迭戈听到骑士的威胁之后,已经拔出剑,似乎准备捍
卫尊严。矮胖子挤上前来。

"别发火,主人,"他对骑士说,"两个旅人并无恶意嘛,那个小
伙子处处表现得大有来头,真要动起武来,怕是讨不到便宜啊。"

"安静,卑贱的侍从,"骑士大叫,"若是历险之途危机四伏,我
才更有机会展现力量,证明勇气。"

闻听此言,卡塔丽娜从马上滑了下来,走向这位陌生骑士。

"先生,我来回答您的问题吧,"她说,"这个年轻人并非骑士,
而是罗德里格斯堡诚实的居民,是个裁缝。他没有强掳我去城堡,

而且他也没有城堡，我是自愿跟他去塞维利亚的，希望在那儿找份体面的工作。我们从家乡逃出来，因为有歹人要阻止我们结婚，我们在距此地几英里的村庄已经结为夫妻。我们行色匆匆，就是担心被人追上，被迫返回家乡。"

骑士看看卡塔丽娜，又看看迭戈，然后把长枪交给骑驴的小矮胖子，小矮胖子有些不情愿，嘴里嘟嘟囔囔，但还是接了过去。

"收起你的宝剑，年轻人，"那个怪人大手一挥，说道，"你用不着害怕，尽管我很清楚，高贵的你不懂什么叫害怕，此种情绪配不上你的身份。或许为了行事方便，你冒充卑贱的裁缝，但你的行为举止已经暴露了你的显赫家世。幸运的是，你我萍水相逢了。我是游侠骑士，工作就是游历世界各地，寻求冒险经历，平反昭雪、搭救无辜、惩处暴虐。我来保护你吧，要是有成千上万的敌人追上来，想抓走你，我单枪匹马就能把他们打个落花流水。我亲自护送你们去客店，巧的是，我也在那里住宿。这位，我的侍从，将陪同你们前往。他不太懂规矩，好唠叨，但心眼好，你的命令就如同我的命令，他会听从的。我殿后，要是发现有追兵靠近，我会攻击他们，你就可以带着这位美丽的少女逃到安全之所。"

卡塔丽娜跳上马背，坐在丈夫身后，侍从陪着他们一起出发。侍从告诉他俩，他主人疯疯癫癫的，这一点他俩已经从他方才的言语中看出来了。但紧接着他又补充道，尽管如此，他主人心地善良、受人尊敬。

"不发疯的时候，那可怜的先生，他一个小时讲的道理，比正常人一个月讲的都还要多，还要好。"

他们到了客店，只见一群人坐在店门旁的长凳上，好奇地打量了一下两人，然后就对他俩失去了兴趣。他们好像陷入了愁苦烦闷，个个无精打采。小矮胖子从驴背上滚落下来，大叫店主，店主出来了,迭戈说想要一间房,但店主粗暴无礼地告诉他,一间空房都没有了。前天有个戏班来这里,要给附近城堡的主人表演节目,城堡主人是一个西班牙大公爵,准备为儿子,也就是爵位继承人,举行结婚庆典。显然,坐在长凳上的众人就是店主所说的演员了,他们冷漠地盯着这对年轻夫妻看,神情不够友善。

"但是,你必须给我们找个地方啊,老板,"迭戈说道,"我们赶了好远的路啊,没力气再走了。"

"跟你说了,没房间啦,先生。厨房有人住了,马棚也有人住了。"

此时,骑士驱马赶到。

"你说什么呢?"他叫喊,"你不给这两位贵客安排住宿?无礼的家伙。我命令你,给他们安排体面的住宿,否则我就生气了。"

"本店客满啦。"店主大吼。

"那么,就让他们住我的房间。"

"他们可以住,要是您愿意的话,骑士先生,但是,您睡哪儿呢?"

"我不睡觉,"他豪气地说,"我要站岗。今天是他们结婚的好日子,是少女一生中最庄重的时刻。耶稣的门徒曾说过,与其欲火攻心,倒不如嫁娶为妙①。婚姻的目的不是为了满足情欲,而是为了繁衍生息,因此,害羞的新娘要放弃天生的羞涩,投入合法丈夫的怀抱,献出自己宝贵的贞洁。我的职责就是,保卫洞房,不让追赶他们的坏人得逞,恶意搞破坏,同时,阻止婚礼场合发生喧闹,不让粗俗之人乱开玩笑。"

这番话让卡塔丽娜手足无措,不过,是出于害羞还是出于矜持,

①　语出《圣经·哥林多前书》第7章第9节。

就不太清楚啦。

当时在西班牙，店主只提供住宿，旅客要自带饮食。但是，此时情形略有不同，原来是刚才提到的大公爵派管家给演员们送来了一头小山羊和一大块猪肉，而骑士的侍从自己想办法，搞来两对山鹑。因此，这群人可以盼着吃上比往日丰盛的饭菜，平常他们的晚餐不过是蒜蓉面包，有时添一块干酪。店主大声宣布，晚饭半个小时就能做好。骑士殷勤邀请这对新婚夫妇赏光，和他一起共进晚餐。骑士让侍从把自己的行李搬出来，然后领着新郎新娘去房间，在那里他们将完成神圣的婚礼。客房都在楼上，要爬上一段楼梯，一扇扇房门开向环绕着下方庭院的一圈楼台。两人风尘仆仆，尽力梳洗打扮一番，然后下楼，呼吸一下傍晚的清凉空气。他们上楼时，演员们坐在长凳上，现在他们依然坐在那里。这群人闷闷不乐、躁动不安，他们相互交谈时，也是言语尖刻。这时，骑士走了过来；他换下了盔甲，穿着马裤和麂皮紧身短上衣，上面印着护胸甲的锈迹，绑着腿，穿着鞋，忠心耿耿的宝剑挂在狼皮腰带上。

店主叫大家进去，他们都坐了下来，准备用餐。骑士让卡塔丽娜和迭戈坐在他的左右手，自己坐了主位。

"阿隆索大师在哪儿呢?"他问，朝四周看了看，"难道没人告诉他晚餐好了吗?"

"他不下来，"一个中年妇女说道——她是戏班的演员，扮演少女的奶娘、邪恶的继母和守寡的王后，也是保管戏服的箱倌，"他说没心情吃饭。"

"空着肚子，厄运加倍难熬啊。去叫他来，告诉他，要是剥夺我的乐趣，不来陪伴我，我会当成是对我的尊贵客人的大不敬。他不来，我们不吃。"

"去叫他，马特奥。"中年妇女说。

一个长鼻子、大嘴巴、嘴角耷拉的小瘦子站起来，走了出去。中年妇女叹了口气。

"生意不景气啊，"她说，"不过，正如您刚才说的至理名言，骑士先生，不吃晚饭也是于事无补的。"

"请恕我无礼啦，"卡塔丽娜说，"我想问一下你们碰到了什么麻烦。"

他们很乐意告诉她，因为他们满门心思想的都是那件事。这个戏班的班主叫阿隆索·富恩特斯，自己也创作了多部剧本，由演员们上演，他的妻子路易莎是女主角。这天早上，他妻子跟戏班的男主角私奔了，她把能抓到手的钱都卷走了。简直是灾难。他妻子路易莎·富恩特斯魅力十足，他们都很清楚，戏班的收入全靠她。阿隆索简直绝望了。他不仅失去了妻子，失去了女主角，也失去了收入来源。任何人碰到这种事都会难过沮丧。此时，他们放开了，口无遮拦起来。男人们唾骂女人的背信弃义，他们搞不明白，为什么那么一个美人儿会自暴自弃，投入那个平庸男主角的怀抱。而女人们则反问，要是一个女人有机会跟华尼托·亚泽利亚这样的帅哥在一起，她怎么可能会待在阿隆索这个又肥胖又秃顶的男人身边。聊天戛然而止，原来被妻子抛弃的丈夫登场了。阿隆索个子矮小、身材肥胖、青春已逝，长着一张多面手演员的脸，面部表情说变就能变。他闷闷不乐地坐下，一大盘什锦炖菜端上了饭桌。

"我为了敬重您才来的，骑士先生，"他说，"这是我最后的晚餐，吃完饭，我就去上吊。"

"我坚决要求你推迟到明天吧，"骑士严肃地答道，"你看到坐在我身旁的这位绅士和他夫人了吧，他们今早刚结婚，我不允许他们的新婚之夜被叨扰，你刚才的提议太不合时宜了。"

"这个绅士和他夫人要做什么，我才不在乎呢。我就要上吊。"

骑士一下子蹦了起来，拔出宝剑。

"要是你不指着所有圣人起誓，今晚不上吊，我就把你大卸千块。"

所幸，那个壮实的矮胖子侍从，正站在骑士身后伺候他。

"别担心，先生，"侍从说道，"阿隆索今晚不会上吊的，明天还有一场演出呢，一朝从艺，永为艺人。他不会让观众失望的。要是他好好想想，他会想起有些古话：路必有弯，事必有变；事已无可救药，只能忍气吞声；守得云开见月明嘛。"

"尽胡扯些没用的古话，"骑士生气道，不过他把宝剑插回剑鞘，坐了下来，"许多比你阿隆索出色的人物都遭逢过厄运，如此大惊小怪，成何体统。稍加思索，《圣经》以及俗世历史都记载了许多伟人的事迹，他们的妻子还不一样有了外遇。不过，我暂时想起来的只有亚瑟王，他的妻子格温娜维尔出轨了兰斯洛特爵士；还有马克王，他的妻子伊索尔特跟来自里昂内斯的特里斯坦爵士①偷过情。"

"把我逼上绝路的不是名誉受损，骑士先生，"演员兼剧作家阿隆索说，"而是人财两空。明天我们就要演出了，事先答应给我的酬劳会在一定程度上补偿我的经济损失，不过，没有演员我要怎么演啊？"

"我完全可以扮演堂费迪南德啊，"刚才去叫阿隆索的小瘦子说道。

"你？"阿隆索鄙夷道，"你一张马脸，破锣嗓子，竟敢扮演勇敢无畏、桀骜不驯、情意绵绵的王子？不行，这个角色只有我才能演，

---

① 这里提到的亚瑟王、兰斯洛特、马克王（或译马尔克王）、特里斯坦（或译崔斯坦）等都是传说中的人物，跟亚瑟王时代的传说相关。据说，兰斯洛特和特里斯坦均为亚瑟王的圆桌骑士。

不过,谁来演可爱的多罗特娅呢?"

"我记得台词,"中年妇女说道,"的确我芳华已逝……"

"的确如此,"阿隆索打断她,"我要提醒你啊,多罗特娅是纯真少女,美艳无双。你呢,身体发福,好像随时会产下一窝小猪崽儿。"

"你们说的是不是剧本《真心实意感天动地》?"卡塔丽娜问道,原来她一直在专心听他们讲话。

"是啊,"阿隆索讶然道,"不过,你怎么知道的?"

"我舅舅特别喜欢这部剧,我们以前经常一起朗诵呢。他说,多罗特娅愤怒地拒绝堂费迪南德无耻的挑逗时所说的话,足以媲美伟大剧作家洛佩·德·维加的任何一句台词。"

"你记得台词?"

"烂熟于心。"

卡塔丽娜开始背诵;不过,发现众人好奇地盯着她,她一时羞怯,犹豫不决地打住了。

"继续啊,继续啊。"阿隆索叫道。

她红了脸,笑了笑,鼓足勇气,将这篇激愤的长篇演说词一气背完——她的演绎是如此优雅、凄美又真诚,大伙儿全都惊叹不已,有几位甚至感动得落泪了。

"得救了,"阿隆索喊道,"明天你就扮演多罗特娅,我来演堂费迪南德。"

"怎么行?"她惊慌道,"我会死的,我从来没演过,不行啊,我会说不出话的。"

"你年轻貌美,经验不足也没关系。我来帮你。听我说,美人儿,只有你可以拯救我们。要是你拒绝,我们就没法儿演出,也就没钱付住宿费,也没钱买吃的。最后,我们只能沿街乞讨啦。"

这时,骑士插嘴道:

第三十二章

　　第二天一大早，演员们又排练了一回。之后，有马车来接他们去大公爵的城堡。骑士和迭戈上了马，侍从骑上驴，出发前往。但在最后时刻，卡塔丽娜失了信心，叫喊着自己没有胆量，不敢在观众面前亮相，恳求阿隆索别让她去。阿隆索勃然大怒，告诉她现在打退堂鼓太迟了，一把将卡塔丽娜塞进马车，自己也坐在旁边。卡塔丽娜涕泗滂沱，不过有中年妇女在一旁相助，阿隆索想尽办法让她平复心情，等赶到城堡时，卡塔丽娜已恢复常态。城堡方隆重地欢迎了演员们，按照公爵的指示，也很得体地款待了他们。不过，消息传到公爵耳中，说骑士言行举止过度讲究，因而公爵认为与之交谈可供客人消遣，于是恳请骑士赏光，与公爵夫人和自己做伴，共进晚餐。庭院里早已搭起了戏台，贵族们吃饱喝足了，演员们被叫过来开始表演。阿隆索扮演一个快乐的爱情骗子，让尊贵的观众们哑然失笑，因为他的模样实在是与他的角色很不相称；不过卡塔丽娜倒是动作优雅、嗓音动听、台词典雅，让观众们神魂颠倒。演出结束后，观众对她大加赞赏。骑士又向观众讲述了自己想象出来的浪漫情节，说这对年轻夫妻怎么私奔的，如此这般，观众自然兴趣大增。公爵夫人派人把这对夫妻叫了过来，见他们长相俊美、举止谦逊、风度翩翩，大家都震惊不已。公爵夫人送给卡塔丽娜一根金项链，公爵不甘示弱，从手上取下一个戒指，送给了迭戈。阿隆索获得丰厚报酬，整个戏班的演员们虽然劳累却很高兴，一路回到了客店。之后不久，骑士和他的侍从也骑着马驴赶到。骑士有些拘谨地下了马，拉着卡塔丽娜的手。此前女孩已听到诸多褒扬之词，现在骑士又添上他的赞美之语。

"您来得正好,骑士先生,"阿隆索说,"我正要向这对年轻夫妻提建议呢。"他转身面对卡塔丽娜说道:"我邀请你加入戏班。"

"邀请我?"卡塔丽娜惊愕地说。

"虽然你什么都不懂,但你有天赋,浪费掉就是罪过啊。你不懂怎么表演,你说台词就像平时讲话一样,这行不通的。舞台不是为了真实,而是为了以假乱真,只有运用技巧,演员方能自然。你的动作缺乏幅度,没有舞台掌控力。好演员即便不发一言,也能镇住全场。要是你愿意让我手把手教你,我会让你成为西班牙最出色的演员。"

"您的建议太让我意外了,我都不敢相信您是认真的。我结婚了,正要和丈夫赶往塞维利亚,有人保证,在那里我们能找到体面的工作。"

阿隆索·富恩特斯发现她看迭戈的眼神,于是笑嘻嘻地转向迭戈,说:

"小伙子相貌英俊、气宇轩昂啊,只要积累些经验,你完全可以胜任合适的角色嘛。"

卡塔丽娜初次登台便赢得了掌声和赞美,这让她兴奋异常,而这个意料之外的邀请令她怦然心动。不过,阿隆索虽说要招揽她丈夫,但漫不经心的态度让他心里很不痛快,于是她赶紧说道:

"他的歌声就跟天使一样甜美啊。"

"那岂不是更好嘛。几乎每部戏都要有一两首歌,来活跃气氛。好啦,你觉得怎么样?比起去塞维利亚,找份体面而必定卑微的工作,我向你们提供的机会肯定更有吸引力吧。"

在此期间,骑士静静坐着,仔细倾听;不过,此时他开口说道:

"阿隆索大师给你们的提议,不要仓促回绝啊,好好想想:你们的父母一定十分震怒,急急追赶你们,他们会不遗余力将你们分开。但是,时间会平息怒火,总有一天,你们的父母会痛惜失去了你们,会懊悔当初出于野心或是贪婪,竟希望你们各自订下令人厌恶的婚约。到那时,你们不仅将重获父母之爱,也将拿回你们高贵出身赋予的地位和身份。不过,在此之前,隐藏起来方为明智之举,难道还有比戏班更好的藏身之处吗?你们也不要觉得登台表演有失身份。剧作家和演员们值得我们热爱和崇敬,因为他们服务于全体国民。他们在我们眼前呈现一出活灵活现的人生大戏,告诉我们,我们是谁,我们应当成为谁。他们嘲讽当下的邪恶和怪癖,歌颂值得歌颂的,如正义、美德和美人。剧作家凭着机智与智慧,提高了我们的思想认识;演员们凭着优雅的举止和端庄的仪态,改善了我们的文明礼仪。”

骑士顺着这样的思路又说了一会儿,大家都震惊了:平时那么疯狂的人,让大家都搞不懂他的某些举动,现在说起话来却如此在理。

“我们也别忘了,”骑士总结道,“在剧场舞台上演的喜剧,也在世界大舞台上演,我们都是戏里的演员。有人分到国王或者主教的角色,有人分到商人、士兵或者农夫的角色,每个人都要保证演好自己的角色,只有上苍才能挑选角色。”

“你觉得怎么样,亲爱的?”卡塔丽娜问道,脸上绽放出最迷人的微笑,“骑士先生说得很对,这个邀请太珍贵,不能轻率回绝喔。”

其实,卡塔丽娜早已打定主意,要接受邀请;不过,她非常清楚,男人愿意觉得自己能做出决定。

“你们不仅是帮助身处困境的我,”阿隆索说,“而且也能从中获益,因为你们将跟随我,访问西班牙最有名气的几座都市。”

迭戈的眼睛发亮。他不禁发现,比起当裁缝,每天要工作十二个小时，当演员环游全国岂不是更好玩。

"我一直都想看看世界。"他笑道。

"你会的，亲爱的，"卡塔丽娜说，"阿隆索大师，我们很乐意加入您的戏班。"

"你定会成为伟大的演员。"

"欧嘞，好耶!"戏班其他成员大叫。

阿隆索点了酒，他们为新成员的健康开怀畅饮。

第三十三章

　　第二天,戏班的演员们客气地同骑士告别,出发前往邻近的曼
萨纳雷斯市,小城正逢集市,他们确信可以找到懂戏的观众。阿隆
索雇了几头骡子,既给演员骑,也用来驮行李箱和戏服箱。卡塔丽
娜和迭戈骑着贝院长赠送给他们的马。加上阿隆索和迭戈,戏班共
有七位男性成员,而除了中年妇女和卡塔丽娜,还有个男孩扮演女
配角,也负责招揽观众。他们每到一个想演出的城镇,阿隆索就先
去会见市长,获取演出许可,男孩则穿街走巷,一边敲鼓,一边大声
宣告,让所有人都知晓著名的阿隆索·富恩特斯戏班即将表演,演
出的是某个壮美、诙谐的不朽剧目。

　　当时的西班牙还没有剧院,于是庭院当作剧院,四周房舍的窗
户后边和阳台可用作达官贵族的包厢,蓝色天空即是天花板。盛夏
时节例外——到了夏天,在屋顶拉起幕布,遮挡烈日。舞台前方有
几条长凳,庭院周围也有,摆成阶梯的形状,供体面的中产阶层使
用。平民百姓则站在露天,男人在前,女人在后,挤在用木板隔开的
位置。既为了防火,也为了道德规范,演出在下午进行。布景只有
一块黑布,因此转场要由演员口头表述。

　　阿隆索的妻子跟男主角私奔这件事,让阿隆索改变了巡回表演
的路线。他们在曼萨纳雷斯结束演出后,即启程前往塞维利亚——
阿隆索清楚,在塞维利亚可以雇到一名演员,演出他自己由于年龄
和长相没法演的角色。一行人先赶到一座富庶的城市雷阿尔城,接
着又前往巴尔德佩纳斯[①]市,然后攀过莫雷纳山[②],途经山间小路
德斯佩纳佩罗斯,进入安达卢西亚地区。他们渡过瓜达尔基维尔

河,终于抵达科尔多瓦市,在那里演了一个星期;接着又沿着那条大河③走了一段时间,来到卡莫纳市,在当地表演了一场,最后到达塞维利亚。阿隆索大师在塞维利亚雇到了想要的演员,在城里休整了一个月。之后,他们又出发了。演出生活真艰辛啊。住宿的客店一点儿也不舒适,床铺既不舒服也不卫生,虽然他们演出劳累,要么夏日的高温令人精疲力竭,要么冬日的严寒冰冷刺骨,但他们多半喜欢睡地板。跳蚤、蚊子、臭虫和虱子轮番上阵,又叮又咬,烦不胜烦。有了演出,他们清早就起床,琢磨自己的角色。大家从九点开始排练,持续到十二点,然后吃饭,饭后赶往剧场。傍晚七点,他们离开剧场,这时,无论多么疲惫,只要重要人物,如市长、法官、贵族,在举行派对的时候需要他们演出,他们就会去,再加演一场。

阿隆索·富恩特斯就是个奴隶监工。他发现卡塔丽娜擅长针线,迭戈长于裁缝,立刻在他们空闲的时候让他们制作或者改制戏服,为十八出轮演剧目做准备。很快,阿隆索发现,迭戈虽然长相俊朗、信心十足,却永远成为不了名角,因此只让迭戈唱些歌曲,因为他嗓音悦耳,给演出增色,也让迭戈出演些小角色。不过,另一方面,他却下了很大功夫,要把卡塔丽娜培养成演员。他业务水平熟练,对戏剧效果有着浓厚兴趣;卡塔丽娜则天赋好、悟性高,加上阿隆索那强力的,有时甚至是严苛的指导,最后她不再是机灵的业余演员,而是成长为出色的职业演员。阿隆索付出了努力,终获回报,卡塔丽娜获得了公众的垂青,戏班也因此蒸蒸日上。阿隆索扩大了戏班,增添了轮演剧目。此外,他还雇请了一名年轻女演员,名叫罗

① 位于西班牙中部偏东南的地区。
② 位于西班牙中部。从阿尔卡拉斯山延伸至葡萄牙边界,长约320公里,并形成中央高地的南缘和瓜地亚纳、瓜达尔基维尔河的分水岭。
③ 指的是瓜达尔基维尔河(西班牙语:Guadalquivir),是西班牙的第五长河,也是安达卢西亚境内第一长河。它的名字源于阿拉伯语阿尔-瓦德-阿尔-卡比尔,意为"大河"。

第三十四章

　　多明戈总爱短途旅行，一接到卡塔丽娜的来信，立刻雇了一匹
马，在褡裢袋里装了些吃的和几件衬衣，然后就启程了。到了塞哥
维亚，他满意地发现卡塔丽娜和丈夫孩子们住的房间很体面，高兴
地看到侄女比先前出落得更加美丽了。那时，卡塔丽娜十九岁，事
业成功、婚姻幸福以及初为人母都让她自信十足、端庄稳重，同时柔
软而丰满的身姿让她魅力大增。她的脸庞早已褪去少女的魅力，不
过愈发圆润。她的身材依然苗条纤细，走起路来如风摆杨柳，优雅
而妩媚。她已然是成熟女性了——当然，她还是个少妇，不过却是
个性格坚毅的少妇，沉着自信，对自己的美貌心如明镜。

　　"你看起来事业有成啦，亲爱的，"多明戈说道，"你做什么营
生呢？"

　　"哦，待会我们再谈这个，"卡塔丽娜说，"先告诉我，我妈妈怎
么样了，罗德里格斯堡人怎么样了，我们逃走后发生了什么，贝院长
还好吗？"

　　"一件一件地问，孩子，"他笑道，"难道你忘了，我可是赶了好
远的路喔，又饥又渴的。"

　　"跑去罗德里戈店铺，买瓶酒回来，亲爱的。"卡塔丽娜吩咐
道——多明戈看到侄女迅速将手伸进衬裙的隐秘处，掏出一个钱
包，取了几枚钱币递给迭戈，不禁莞尔一笑。

　　"我马上就回来。"迭戈边说边出门。

　　"我觉得你很谨慎嘛，亲爱的。"多明戈咧嘴一笑。

　　"我很快就发现，不能让男人管钱，要是男人没有钱，就不会胡

来啦，"卡塔丽娜笑着说，"不过，还是回答我的问题吧。"

"你母亲身体健康，让我转达她对你的爱。她的虔诚堪称模范，正因为这一点，贝院长赐予她养老金，因此她再也不用劳作啦。"

多明戈说的时候，两眼闪闪发亮。卡塔丽娜又笑了起来，笑声如此真诚，又如此悦耳，多明戈诗兴大发，将她的笑声比作山间泉水叮咚。

"你们消失后，罗德里格斯堡爆发了不小的骚动，"多明戈继续说道，"我可怜的孩子，没人再为你说好话了，你可怜的母亲都绝望了。后来，安娜修女告诉她，贝院长提出在经济上援助她，如此一来你母亲才能在你抛弃她之后得到慰藉，因为整整十天，人们谈的说的都是你们私奔之事。修女们惊恐万分，想不到贝院长对你那么友善，打算给予你那么多好处，你竟然如此冒犯她。小城的重要人物都赶去修道院，向贝院长表达同情之心，但贝院长显然太烦恼了，拒绝会见他们。不过呢，她倒同意接见曼努埃尔，但他们之间的谈话仍是秘密；服侍贝院长的庶务修女听到他们愤怒吵嚷，用尽全力侧耳倾听，仍然听不清他们交谈的任何内容，之后不久，曼努埃尔离开了小城。我本来老早就该写信告诉你这些，要是你给我留个地址的话。"

"不可能留地址的。您知道吗，我们老是四处奔波，出发之前，我都不知道下一站要去哪里。"

"为什么要奔波呢？"

"您猜不到吗？曾经有多少次您告诉我，当年您踏遍西班牙的山山水水，冒着酷暑严冬，赤脚行走，倒不是为了节省，而是因为您唯一的一双鞋都磨破了，浑身只剩单衣一件？"

"老天爷啊，难不成你们是流浪演员？"

"我可怜的舅舅，我可是著名的阿隆索戏班的女主角啊，迭戈负不过，多明戈艰苦跋涉，从家乡罗德里格斯堡赶到塞哥维亚，可不仅仅为了看望侄女和侄女婿；他也想见见老朋友布拉斯科·德·巴莱罗。他很好奇，想知道身居高位的老朋友过得怎么样了。因此，接下来的几天，趁卡塔丽娜和迭戈忙着排练，多明戈四处闲逛，游览城市，凭着友善礼貌和社交天赋，结识了不少人。通过这些人，他了解到大多数人都崇敬主教。他们钦佩主教的虔诚和苦修生活。罗德里格斯堡发生的神迹传到了他们耳朵里，令他们惊叹不已，生出敬畏之心。但是，多明戈也了解到，主教引起了自己教会和该市神职人员的敌意。那些神职人员生活散漫放荡，其中许多人疏忽了宗教义务，让主教惊愕诧异。于是，他开展了狂热的改革运动，一腔热忱却鲁莽轻率。那些不愿改过自新的僧侣，主教决不宽恕；跟在巴伦西亚的情形一样，主教对他们一视同仁。神职人员几乎无一例外对主教的严苛无情深恶痛绝，想尽一切办法从中作梗，不让主教的改革顺利开展。市民敬仰主教品行高尚，赞同恪守教规，尽己所能地支持主教。结果，不幸之事发生了，当局不得不介入。主教给这座城市带来的不是风平浪静，而是刀光剑影。

多明戈到塞哥维亚的时节，正逢圣周①开始，他清楚，这段日子主教会忙于各种事务，没空会见他。于是，到了第二周的星期二，他才来到主教府邸。这是一座雄伟却朴实的建筑，正面是花岗岩的外墙。多明戈向门房报上姓名，等候了一会儿，接着被领进门，登上一段石头台阶，穿过几间阴冷宽敞的房间，房间里面装饰简朴，墙上挂着几幅图画，深色暗淡，跟宗教主题有关，最后来到一个同修道院内单人居室一般狭小的房间。屋内唯一的家具就是一张书桌和两把高背椅。墙上挂着多明我会的黑色十字架。主教见多明戈到来，起

---

① 复活节前一周，始自棕榈主日。

身相迎，张开双臂，热情地拥抱了他。

"我还以为再也见不到你了，兄弟，"主教深情而热诚地说，这让多明戈感到意外，"你来本市有何贵干啊？"

"我这个人闲不住，喜欢四处逛逛。"

主教仍然穿着那身教会长袍，已显老态，看起来形容憔悴，布满皱纹的脸庞显出疲态，两眼早已没了那股火焰。尽管有种种衰老的迹象，他却焕发出某种光彩，神情也发生了变化。多明戈虽然注意到了这些，却看不明白；不知怎么回事，他想到了落日余晖——夏季，太阳经历了漫长的一天，终于要落山了。主教请他坐下。

"你来这里多久啦，多明戈？"

"一个星期。"

"你来了那么长时间，才想起来看我？ 真不够朋友啊。"

"之前我不想打搅你啊，不过，我可见过你好几次呢。圣周的游行队伍里，受难日①的大教堂里，复活节那天，以及戏剧表演那次。"

"我厌恶在教堂举行戏剧表演。西班牙其他城市会因为宗教节日在广场举行表演，我并不反对那样做，因为戏剧教化民众；不过，阿拉贡地区②的传统习俗根深蒂固，尽管我一再反对，但教会人士坚称，戏剧表演应该在大教堂举行，因自古以来皆是如此。我出席呢，仅仅是因为职责所在嘛。"

"这部戏讲述的是虔诚信仰，亲爱的布拉斯科，没有什么内容冒犯到你吧。"

主教皱起了眉头，有些不快。

"我刚来这座城市的时候，发现本该履行职责、树立典范的那些

---

① 复活节前的星期五，是基督教堂纪念耶稣受难的日子，根据传统在这天需禁食和忏悔。
② 西班牙东北部，北至比利牛斯山，东至加泰罗尼亚和巴伦西亚，原为独立王国，1137年与加泰罗尼亚合并，1479年与卡斯蒂利亚合并，成为西班牙。

有幽默感呢？上帝说话像打哑谜，而人类误会了上帝的意思，以此自欺欺人，但有可能从中得到有益的教训。面对此情此景，上帝在内心里会轻轻发笑，难道这么猜想是对上帝的不敬吗？"

"你说话可真奇怪啊，多明戈，不过我觉得虔诚的基督徒应该不会反对你刚才所说的任何内容。"

"你变了，兄弟。难道说你年纪大了，学会了宽容？"

主教扫了多明戈一眼，流露出探询的目光，仿佛多明戈的话令他感到意外，想知道究竟是什么意思。接着他垂下目光，看着空无一物的石头地板，似乎陷入了沉思。不一会儿，他抬头看着多明戈，好像想说什么，却不知如何开口。

"我遇到了一件非常奇怪的事，"主教终于说道，"我也不敢告诉任何人。或许是天意让你今天来，我可以向你吐露，因为你啊，我可怜的多明戈，是世间唯一我可以称为朋友的人。"

主教又一次迟疑了。多明戈仔细看着他，等待着。

"作为教区主教，我必须参加大教堂举行的戏剧表演。有人告诉我，那部戏讲的是圣女玛丽·抹大拉的生平，不过我虽然在场，但可以不看不听。所以我放空心思，专心祷告，但我疲惫不堪，心神不定。自从来到这座城市，我就是这种状态。一直以来，我都心烦意乱、心力交瘁，觉得自己被剥夺了一切，既没有热爱也没有希望。我的思维处于黑暗之中，我的毅力枯竭干涸，上帝创造的万物都不能让我找到慰藉。我祷告啊，仿佛从来没有祷告过一般，祈求上帝，要是觉得合适的话，拯救我于苦难折磨之中。我完全忘记了周遭事物，独自被悲伤包围。突然，我被一声哭叫惊吓，才想起身在何处。是哭声，如此动人的哭声，蕴含深意，虽不情愿，我也不得不侧耳倾听。然后，我想起来了，他们在表演戏剧呢。我不知道之前的内容，不过，我听了听，就明白这出戏演到了什么地方。玛丽·抹大拉和詹姆斯的母亲玛丽带着香料来到墓室,之前亚利马太来的约瑟把耶稣的遗体安放在了那里。两个女人发现墓室的石头滚走了,于是走了进去,却没有发现耶稣的遗体。她们困惑不解,站在原地,这时,一个旅客,也是耶稣的追随者,来到她们身边,玛丽·抹大拉对他诉说了自己和另一个也叫玛丽的女人刚刚看到的情形。接着,由于这个旅客不知道之前发生了什么可怕的事情,玛丽·抹大拉就告诉了他上帝之子的被捕经过、审判情形以及充满羞辱的死亡。[①] 这番描述栩栩如生、用词精确、韵律动听,即便我不情愿,也不得不倾听。"

多明戈屏住呼吸,急切地俯身向前。

"啊,我们伟大的国王查理曾说过,西班牙语是与上帝沟通的唯一语言,他说得多么正确啊。玛丽·抹大拉的台词如连珠炮一般。扮演抹大拉的女演员讲述耶稣被出卖的时候,她的嗓音充满烈火般的愤慨,极度的愤怒攫住了教堂里的观众们,他们都对叛徒破口大骂;女演员接着讲述审判者如何鞭笞我们的主,她悲痛欲绝,嗓音时断时续,观众们被恐惧笼罩,吓得大气都不敢出;不过,当她讲到主在十字架上遭受的莫大痛楚时,观众们又都捶打胸膛,痛哭流涕。那副金嗓子发出的苦痛、那嗓音中所蕴含的令人心碎的哀伤是如此强烈,泪水沿着我的脸颊流淌。我心神俱乱,灵魂发颤,就像突然一阵风刮得满树叶子颤动不停。我感觉到自己快要发生奇怪的变化了,不免心惊胆战,抬眼观瞧,看着这些可爱、可憎的台词出自何人之口。她美得不可方物,世间罕见。那个攥紧双拳、两眼含泪站在那里的,可不是一个女人,也不是一名演员,而是下凡的天使啊。正在我看得如痴如醉的时候,忽然之间,一束光线刺穿让我长期备受煎熬的黑夜,照进我的心房,令我欣喜若狂。是疼痛,如此剧烈,我

---

① 这些情节来源于上一章和下一章提及的阿隆索创作的剧本,取材于《圣经》中的有关章节。

第三十五章

　　多明戈走回住处。他已经是个老头儿了，身体瘦削，眼袋颇大，鼻子微红，牙齿稀疏，是个被上帝摒弃而无望救赎的人；身上的长袍打着补丁，破旧而泛着绿光，沾满酒渍和食物残渣。但是，他走起路来飘飘欲仙。此时的他，就像曾经他对主教所说的那样，不愿意跟帝王或教皇交换位置。他大声自言自语，挥舞双臂，路人都觉得他喝醉了：他确实醉了，不过不是喝醉了。

　　"艺术的魔力，"他高兴地轻笑道，"艺术也能施展神迹啊。我已身在世外桃源①啦。"

　　因为正是他，这个被人瞧不起的剧作家，这个放荡的老顽童，创作了那些令主教深受感染的台词。事情的经过原来是这样的：

　　阿隆索为卡塔丽娜创作了那出戏，她对前两幕不是不满意。剧中，阿隆索把她刻画成庞修斯·彼拉多的情妇。第一幕，她盛装登场，虽然罪孽深重，却高傲自大、放肆挥霍、任性固执、骄奢淫逸、唯利是图。第二幕，她发生转变。有一场戏很不错：她了解到耶稣在一个法利赛人家里做客②，于是用雪花石膏制的盒子装上油膏，来到那里，替耶稣洗脚，然后涂抹油膏。最后一幕发生在耶稣受难之后的第三天。有一场戏的内容是彼拉多的妻子责备丈夫，因为丈夫竟让一个清白无辜之人被处死。另有一场戏是十二门徒追悼先师。还有一场戏是加略人犹大来到长老神殿，将三十枚银币扔在地上，他们就是用这三十枚银币收买了他，让他出卖了耶稣。但玛丽·抹大拉在第三幕只出现了一次，就是她和雅各的母亲玛丽来到墓室，发现里面是空的。整部戏的结尾是，两个门徒前往以马忤斯③，在路上碰到了一个陌生人，与他同行；后来，两个门徒发现那个陌生人就是复活的耶稣基督。

卡塔丽娜当了三年的女主角，可学到不少东西，她发现自己在最后一幕戏几乎消失，不禁怒火中烧。她言语尖刻，指责阿隆索。

"但我能怎么办啊？"阿隆索叫道，"前两幕戏，你几乎一直都在台上。第三幕除了那一场，就没有你出场的可能了。"

"但这怎么就不可能了呢。这出戏还是不是写我呢？观众们想看到我啊，要是看不到我，你的戏就真的毁了。"

"但是，亲爱的孩子啊，这出戏不容许我自己发挥想象力啊。我必须遵从实情嘛。"

"我承认要符合事实，但你是剧作家啊。要是你能力够强，你应该能想到办法，把我加进去。嗯，比如说，我完全可以出现在彼拉多和他妻子争吵的那一场戏中。你只需要动用点奇思妙想。"

阿隆索开始发火了：

"但是，我可怜的丽娜，你是彼拉多的情妇啊。他和妻子在府邸亲密交谈，有你上场的可能性吗？"

"我觉得未为不可。我可以先跟彼拉多的妻子来一场戏啊，正是由于我告诉了她，她才会去指责彼拉多啊。"

"我从没听过这么荒唐的说法。要是你想靠近彼拉多的妻子，她就会让人鞭打你。"

"要是我跪在地上，请求她宽恕我过往的罪行，她就不会让人鞭打我了。我会声情并茂，令她感动，让她最终答应我的请求。"

---

① 原文是拉丁语 *Et ego in Arcadia natus*，意思是：我已到了阿卡迪亚。阿卡迪亚（或译阿卡狄亚）是古希腊一个地方，后被喻为有田园牧歌式淳朴生活的地方，希腊神话中是牧神潘的家乡。

② 根据《圣经·路加福音》第 11 章第 37 节的情节，耶稣说话的时候，有一个法利赛人请耶稣到他家里吃饭，于是耶稣进去坐席。

③ 这是耶稣复活后而还未被世人尊为圣人之前，两名门徒藏匿他的地方。

"说什么话呢,请问?"他气愤地说。

"喔,我想啊,要是我讲述一遍我主耶稣被出卖、审判、受难以及死亡的经过,效果一定不错。只需要一百句台词哦。"

"你觉得,谁愿意听演员在舞台上背诵一百句台词呢?"

"要是我来朗诵,大家都愿意听啊,"卡塔丽娜答道,"我会让观众锤打胸膛,大声喊叫,哭泣不止。您作为剧作家一定明白,此时此刻,这样一场戏将多么引人注目啊。"

"不可能,"他不耐烦地叫道,"我们明天就表演了。这么丁点儿时间,我哪里写得出百句台词,加以排练啊?你又怎么记得住呢?"

卡塔丽娜笑得很甜美。

"嗯,巧了,我和我舅舅谈了谈;您的剧本写得太好了,他深受启发,写了些台词——他赞同我的看法,说这些台词正符合那场戏。而且我把台词都背熟了。"

"你?"阿隆索对多明戈叫嚷。

"你的剧本生动流畅,令我兴奋不已,"多明戈说道,"我着了魔似的,好像是你在替我创作一样。"

阿隆索看看这位,又看看那位。卡塔丽娜发现他犹豫不决,于是牵起他的手说:

"您想不想让我把台词说给您听呢?说完后,要是您不喜欢,我答应不再提这件事了。喔,阿隆索,帮帮我吧。我知道我亏欠您太多太多,不过,别忘了,我从来都是不遗余力地来讨好您的哦。"

"那就说说那些该死的台词吧,"他生气地叫着,"然后放我去吃饭。"

阿隆索坐了下来,面带怒容,准备倾听。卡塔丽娜开始了。三年来,她的嗓音愈发圆润洪亮、抑扬顿挫、运用自如。与道出口的台词相符合的各种情感,在她变幻不定的脸庞上竞相追逐。忧虑、惊愕、害怕、愤怒、恐惧、悲痛、剧痛、哀伤,这些情感毫不夸大地呈现,生动真实。阿隆索虽然生气,但毕竟是个称职的剧作家,很快就意识到,台词写得优美;而她朗诵的时候,手势丰富、嗓音动听,观众会被吸引住。阿隆索身子前倾,双手紧握在一起。此时,他听得入迷了。接着,她的台词哀婉动人,真情流露,动人心弦,阿隆索再也控制不住自己,抽泣起来,大颗泪滴顺着脸颊滚落。她说完了,阿隆索用袖子抹掉眼泪。他发现多明戈也在哭泣。

"如何?"卡塔丽娜露出胜利的微笑。

说完最后一句台词,她立刻走出角色,镇定自若,仿佛刚才朗诵的不过是字母表。阿隆索耸了耸肩,想让自己的语气生硬冷淡、公事公办:

"对业余作家来说,台词写得还能接受。下午我们就排练一下这场戏,我满意的话,明天你就演出吧。"

"我的大救星,我仰慕您。"卡塔丽娜说道。

"在罗萨莉娅那里,我要有麻烦啦。"他嘀咕道,心情郁闷。

那场戏排练之后便上演了,对主教的影响极大,之前已经向读者交代了。不过,那场戏的影响远不止于此。罗萨莉娅痛斥阿隆索,骂他对卡塔丽娜偏心,他为了安抚,只得许下很多承诺,心里明白,有些承诺是必须要兑现的,这让他很恼火。不过,还有一个原因让他高兴不起来:原来,许多观众认为那些台词自然都是他写的,单单挑出多明戈写的那百句台词来大加赞赏,同时告诉他,无论是用词还是韵律,那百句台词在整出戏中都是拔尖的。迭戈行事轻率,透露出那百句台词的真正作者是谁,对此阿隆索羞得无地自容。出于报复,他告诉朋友们,卡塔丽娜并非她自认为的那么出色,要是没有他的指导训练,她终将是个没有天赋的演员。这番话一传到卡塔丽娜耳朵里，她就最终下定了决心，要迈出考虑再三的那一步。正如她跟迭戈说的，女人是有自尊心的。于是，她跟那个忘恩负义的戏班班主一刀两断，带着丈夫孩子，出发前往马德里。

第三十六章

布拉斯科的辞呈得到批准，他来到教会一处偏远的修道院，过上了归隐生活，打算余生都用于冥想。亚里士多德宣称冥想是生活的目标，神秘主义者①认为冥想在上帝眼中非常珍贵。由于曾身居高位，归隐后他也能享受特殊照顾或待遇，但他拒不接受，坚决要求跟其他修士一个待遇，住跟他们一样的小房间。几年后，他逐渐衰弱，虽然看起来没有罹患某种疾病，但旁人都清楚，不久他就将从肉体的负担中解脱出来。陪伴他来到这个偏远修道院的安东尼奥神父和修道院院长都恳求他放弃过于严苛的苦修生活，但他拒绝了。他顽强地坚持，遵循最严厉的修会教规，只同意在刺骨寒冷的夜晚不参加晨祷，这是因为修道院院长发觉他日渐虚弱，动用职权，禁止他参加。渐渐地，他身子太虚弱了，不得不终日卧床，可他似乎也不会立刻就逝去。他的生命像是摇曳的烛火，微风拂过，就会熄灭；但是，如果挡住微风，便仍会继续闪烁微弱的光芒。结局很突然。

一天早上，安东尼奥神父履行完宗教义务后，来到布拉斯科主教的房间探望。时值冬日，积雪遍野，房间冰冷刺骨。他惊讶地发现，主教脸色潮红，眼睛闪着精光；他很欣喜，因为好几个星期以来，主教的身体终于有了起色。他的心里升起了希望：主教的病情有了好转，甚至有可能康复。他不禁在心头默念了一遍简短的感恩祷告。

"您今早气色不错啊，先生，"神父说道，因为布拉斯科很早以前就告诉神父，不要再把他当成主教来称呼，"我好些天没见您有这么好的气色啦。"

"我很好啊。刚才还看见希腊人季米特里奥斯呢。"

安东尼奥神父强压着惊讶,他当然知道季米特里奥斯多年前就在火刑柱上灰飞烟灭了,那也是再合适不过的惩罚。

"在梦里见到的,先生?"

"不,不是。他从那扇门走进来,站在床边,同我说话。他跟以往一模一样,穿着同样破旧的袍子,露出同样温和的神情,我立刻就认出了他。"

"那是魔鬼变的,大人,"安东尼奥神父叫道,忘了主教给他下的不能这样称呼他的命令,"您赶他走了吗?"

布拉斯科修士笑了。

"那就太失礼了,我的孩子。我认为那不是魔鬼变的,那就是季米特里奥斯本人。"

"可是,他发表了该遭天谴的异端邪说,正在地狱遭受公正的惩罚呢。"

"原先我也是这么看的,不过,事实并非如此。"

安东尼奥神父越听越惊愕。很有可能布拉斯科产生了幻觉,看到了地狱的景象。阿尔坎塔拉的佩德罗②以及特雷萨修女都曾经遭遇魔鬼,特雷萨修女随身带着圣水,就是为了洒向魔鬼,驱赶他们。但是,主教的看法实在太可怕了,他只希望主教是头脑糊涂了。

"我问他过得怎么样,他说过得很好。我告诉他,我痛苦万分,因为他下了地狱,他轻声笑了笑,告诉我,火苗还没吞没他的身体,他的灵魂就飞到了岔路口的草地,随后,因为他的一生都在圣洁和真相中度过,拉达曼堤斯③将他送往天国。到了天国,他看到了苏

---

① 指的是那些认为依靠默祷冥想及自我捐弃,寻求达到与神或绝对者为一,或出神与之结合的人,或者那些相信通过精神觉悟把握人类智力所不及的真理的人。
② 指的是第十二章提到的阿尔坎塔拉的彼得,而彼得的西班牙名字是佩德罗。
③ 宙斯和欧罗巴之子,冥府三判官之一,以公正著称。

格拉底,跟往常一样,苏格拉底的身边围着俊美的年轻人,他们互相问答;他也看到了柏拉图和亚里士多德,两人并肩而行,友好交谈,仿佛不再有分歧;不过,埃斯库罗斯①和索福克勒斯②在温柔地责备欧里庇得斯③,因为他的创新毁了戏剧。他还看到了许多其他人,不胜枚举啊。"

安东尼奥神父越听越恐慌。显然,他敬重的老朋友精神错乱了。老朋友潮红的脸颊和闪着精光的眼睛就是证明,他在胡言乱语啦,但让安东尼奥这个诚实的可怜人感到庆幸的是,只有他自己在倾听。要是其他修士听到主教近乎亵渎神明的话语,他们会作何感想呢? 念及此,他不禁颤抖起来——要知道,在其他修士眼里,主教可是圣人一般的人物。他绞尽脑汁,想说些什么,可太紧张了,什么也想不出来。

"我们谈了一会儿,气氛友好——多年前,我们在巴伦西亚就是这般交谈的;这时,公鸡打鸣了,他也说自己必须离开了。"

安东尼奥神父觉得最好迁就一下病人。

"他说了为什么来看你吗?"他犹豫着问道。

"我问了他,他说为了来道别,因为自此一别,我们永不再见,'因为明天,'他说,'日夜未明之际,伸手刚能看见五指之时,你的灵魂将从身体中解脱出来。'"

"那证明探访您的是一个恶魔啊,大人,"安东尼奥叫道,"医生说了,您没有不治之症,今早您的气色比起前些日子好多了。我喂

---

① 埃斯库罗斯(约公元前525—约前456),希腊戏剧家,以《奥瑞斯忒亚》三部曲最为著名(约作于公元前458年,包括悲剧《阿伽门农》《奠酒人》和《降福女神》),讲述了阿伽门农被妻子克莱登妮丝特拉亚谋杀及他们的儿子奥瑞斯忒斯的复仇。
② 索福克勒斯(约公元前496—前406),希腊戏剧家。详见第十五章的注释。
③ 欧里庇得斯(公元前480—约前406),希腊剧作家,其现存的19部戏剧表明他在处理传统神话中的重要创新,如引入现实主义、对女性心理的兴趣以及对变态心理的描写;代表作有:《美狄亚》《希波吕托斯》《厄勒克特拉》《特洛伊妇女》和《酒神的伴侣》。

您吃医生送来的药吧,再找理发师给您放血。"

"我不吃药了,也不放血。为什么你那么迫切地要挽留我呢?我的灵魂,多么渴望摆脱囚禁它多年的牢笼啊。去吧,告诉敬爱的院长,我想做告解,领受圣体圣事①。因为明天,我告诉你,伸手刚能看见五指之时,我就会离开人世。"

"那是梦啊,先生,"可怜的神父叫道,悲痛欲绝,"我恳求您,相信那只是梦吧。"

布拉斯科发出一个声音,要是由别人发出来,你会说那是窃笑。

"别胡说了,孩子,"他说,"那不是梦;我现在跟你说话,也不是梦啊。那不是梦;我这一生,有罪过,有悲伤,有苦恼的问题,也有神奇的秘密,那也不是梦啊。要说是梦的话,那么我们都将醒来,获得永生,那才是唯一的真实。去吧,照我说的做。"

安东尼奥神父叹了口气,转身离开。布拉斯科做了告解,领受了圣体圣事。教会的临终圣事举行完毕,他与生活了几年的修士们告别,为他们祈福祷告。此时,天色已晚。他想一个人待着,可安东尼奥神父情真意切,苦苦哀求,想要留下来陪他,他温和一笑,同意神父留下,前提是不能说话。布拉斯科躺在硬木床上,按照教会规矩,床上铺着薄垫子,尽管天寒地冻,身上盖的也不过是一条薄毯子。他时不时打起盹儿来。安东尼奥神父深感忧虑。布拉斯科前面言之凿凿,让他很受震动,这时他多半相信了圣人般的主教所言:死亡即将来临。时光流逝。小房间光线昏黄,只有一根细长蜡烛,神父偶尔剪剪烛花。钟声响起,到了晨祷时间。一个声音吓了他一跳,原来布拉斯科打破了漫长的沉默:

---

① 是天主教七件圣事之一,被称为圣事中的圣事,据称是耶稣在最后晚餐中亲自建立的,他使自己真正临现于饼和酒形态内成为信友的食粮;使凡领受这圣体圣事的人,彼此成为兄弟姐妹,在基督内彼此结合达到与主与人共融的至高境界。

"去吧,孩子。不要因为我,疏忽了宗教义务。"

"我现在不能离开您啊,大人。"神父答道。

"去吧,我还在这里呢,等你回来。"

长期以来,顺从听命已成为他的习惯;此时,习惯发挥作用,神父听从了主教的话。等他回来的时候,布拉斯科早已睡着了,一时之间,神父还以为他过世了。不过,他呼吸平缓,让神父的心里升起一丝希望:他或许会好转,进而康复呢。神父在床边跪下,开始祷告。蜡烛噼啪作声,蓦地熄灭了。黑夜如漆,时光流逝。最终,布拉斯科微微动弹了一下。漆黑一片,安东尼奥神父看不见,但他凭直觉感知到,他的亲密朋友在摸索挂在脖子上的十字架。他把十字架放到老人手里,正想抽回手,却感觉手被轻轻握住了。一声啜泣冲破喉咙。那么多年来,布拉斯科第一次对他表现出一丝亲情。他努力看向主教,想看看曾经闪烁着强烈光芒的双眼;虽然看不见,但他知道,那双眼睛睁着呢。他又低头看看被轻轻握着的手,中间隔着十字架,看的时候,他发现,漆黑的夜并非不可穿透。他继续看着;蓦然之间,他惊恐地意识到,自己隐约看见了一只干瘦的手。一声微弱的叹息,从布拉斯科的嘴边逃离;某种东西,不知是什么,让神父明白,敬爱的主教离去了。他放声痛哭,哭得撕心裂肺。

此时,曼努埃尔已经在马德里居住了好几年。当初,是贝院长提出让他娶她的侄女卡蓝内拉侯爵夫人的,后来却拒绝依计行事。既然不大可能给她找到合适的夫婿,那位孀居的夫人便皈依了宗教,现在成为了罗德里格斯堡加尔默罗会的副院长。曼努埃尔认为贝院长对自己太不够意思了,毕竟他俩的阴谋破产了,责任不在自己,不过木已成舟,后悔无益。于是,他前往马德里,透露了自己的婚姻计划和拥有的巨额财富,不久便找到了非常满意的对象。他主动巴结国王腓力三世的宠臣莱尔马公爵,靠着顺从、奉承、欺瞒、无耻和贪财,最终成功地跻身权贵之列。但是,他野心极大啊。布拉斯科身后留下圣人般的名声,曼努埃尔精于算计,觉得要是为大哥举行宣福礼,定会让自己的地位更加显赫;若是大哥最终封圣,他的家庭——上天保佑,他婚后有了两个健康的儿子——定会名声大噪。于是,他着手收集必需的证据。没有人会否认,塞哥维亚的前主教曾是虔诚的楷模;有许多人乐于作证,在脖子上围一块主教穿过的破旧长袍的布条,曾让他们免于感染天花和梅毒,而发生在罗德里格斯堡的诸多神迹也得到了充分证实。但是,罗马的审核机构要求,必须出具证据,证明候选人死后,遗体能施展两大神迹,而这方面的证据无论如何都很难提供。曼努埃尔雇请的律师都是实诚人——他自己虽是个无赖,倒也精明,知道请人不能请无赖。律师告诉他,为他大哥争取宣福是有可能的,但要让他大哥跻身圣人之列,机会渺茫。闻听此言,他勃然大怒,指责律师无能,不过细细思量,认为律师说的恐怕是对的。前期的调查花掉了不少钱,他觉得再拿钱打水漂没有意义。因此,他面无表情地思虑再三,下定决心,认为不值得花那些钱为大哥争取宣福,因而心满意足地将主教的遗体转移到罗德里格斯堡的天主教大圣堂,在那里立了一块奢华的纪念碑,即便不是为了让大哥永垂不朽,起码也是为了显摆自己的慷慨大方。

顺便提一提堂胡安的三儿子马丁·德·巴莱罗,或许也不失趣味。两个声名显赫的哥哥衣锦还乡,引发了轰动,也让他获得了短暂的关注;他们离开后,马丁回归默默无闻,接着烤面包,这就是他的全部情况啦。他从没想过——其实,他的同胞市民们也没想过——圣母马利亚曾经借他之手,施展了一次神迹。

贝院长活到高龄,依然耳聪目明,或许还会更长寿,要不是发生了一件意外之事。听闻她的宿敌特雷萨修女被赐予宣福,她卧床三日;但到了一六二二年,闻听特雷萨修女封圣,她突然怒火中烧,引发中风。后来,她恢复意识,但半边身子瘫痪了,显然大限将至。她不知道什么叫害怕,因而冷静沉着、镇定自若。她派人请来自己最中意的神父,要做告解,之后把修女们都叫了过来,对她们今后的言行给予谆谆教诲。几个小时后,她要求领受圣体圣事,又派人请来那位神父。她请求上帝宽恕自己的罪过,恳请哭泣的修女们为她祷告。然后,她静静躺着,躺了一会儿,突然大声说道:

"出身卑微的女人。"

闻听此言,修女们以为贝院长说的是自己,而她们都知道她的血管中流淌着卡斯蒂利亚皇室的血液,她母亲来自显赫的布拉干萨家族,因而被贝院长的谦逊深深感动。不过,副院长,也就是贝院长的侄女,却心知肚明。她知道,这番话说的是那位封圣的叛逆修女,即阿维拉的圣女特雷萨。这番话就是全名贝娅特斯·恩里克斯·布拉干萨、教名贝娅特斯·德·圣多明戈的贝院长遗言。涂抹圣油之后,没过多久,贝院长离开了人世。

第三十七章

　　卡塔丽娜一家抵达了马德里,她仍然随身携带贝院长赠送的金币。三年的流浪演出,她勤俭节约,攒下些钱,因此,尽管迭戈花钱有些大手大脚,她却没有感觉到远忧。到了马德里,他们拜访了一些主顾。那些人曾答应动用权势和金钱,帮他们立起门户。他们发现那些人愿意兑现承诺,于是有了能力,组建了戏班。他们获得了成功,甚至比原先预想的还要成功,卡塔丽娜成了马德里的红人。许多有身份的绅士想方设法,要获得她的垂青;不过,她虽然心存感激,接受了礼物,回报对方的却只有美目巧笑、甜言蜜语而已。如此,她让人由衷敬佩的便不仅是美貌和才学,还有美德。她派人请来舅舅多明戈,多明戈带来了十几出剧本。她排演了其中的两出。不曾想,演员们在嘘声中被轰下台。当时,观众表达不满的方式,就是发出尖厉的嘘声口哨声,口出污言秽语。多明戈又生气又蒙羞,返回了家乡,不久便过世了,至于说是酗酒致死,还是郁郁而终,就无从定论了。几年后,卡塔丽娜已是西班牙公认的最伟大的女演员,她对自己掌控公众的能力很自信,于是决定上演另一出多明戈的剧本来纪念舅舅,以尽孝心。不过,为了不重蹈前两出剧本的覆辙,她没有说作者是谁。那出戏成功了——的确,太成功了,有人认为那是伟大的洛佩·德·维加的作品,虽然他矢口否认,但没有人相信。其实,直到今天,那出剧本仍然收录在维加的作品集中出版。所以,可怜的多明戈啊,就连这镜花水月般的东西都被抢夺了,而正是这东西,让许多遭受同时代人冷落的作家心存慰藉——这东西就是身后名声。

　　虽然迭戈仪表堂堂,信心百倍,却从来没有取得大的成绩,不过是个平庸的演员。然而,幸运的是,他显露了经商的本领,管理也出色,因此,随着时间的流逝,他们变得富有了。他们很早以前就商定好了,为了谨慎起见,不要提起卡塔丽娜身上发生过的神迹,因而,当流浪演员的那些日子,以及之后的岁月,都没有人发现她与曾经热议的神迹有任何关联。虽然,正如她所猜测那样,后来再也没有发生神迹,来打搅他俩的婚姻生活,但是,迭戈从来都没有成为名正言顺的一家之主。不过,卡塔丽娜很聪慧,让迭戈以为自己就是一家之主,因此,他也就心满意足心花怒放了。迭戈对卡塔丽娜有些不忠,不过呢,她心里明白,男人不都是那样的嘛,只要偷情不长久,不花费太多钱,她也就泰然处之,接受了迭戈的不忠。的确,他们婚姻幸福,她为迭戈生养了六个孩子。作为一个有良知的演员,她不想让观众失望,往后岁月里,虽然接连怀孕,却仍继续扮演受欺负的少女和禁欲的贞洁公主,坚持到最后一刻。直到年事已高,她仍旧扮演着那些角色。一个荷兰游客曾到访西班牙,恰逢国王腓力四世①统治的后期,他记录下了旅行见闻,说她尽管身体发福,有了好几个孙辈,但优雅依旧,嗓音甜美动听,气度不凡魔力十足,上台不到五分钟,你就会忘记她的年龄和身材,毫无疑问地接受她,认为她就是她所扮演的那位热情浪漫的十六岁少女。

好吧,卡塔丽娜拉开了故事的帷幕,也为这个古怪离奇、不可思议,但仍能给世人以启迪的故事放下了帷幕。

一九四七年一月二十五日

---

① 腓力四世(1605—1665),西班牙哈布斯堡王朝第四位国王(1621—1665 年在位)及葡萄牙哈布斯堡王朝第三位国王(称腓力三世,1621—1640 年在位)。腓力四世出生于巴里亚多利德,是腓力三世的长子,同时是南尼德兰的领主,并兼任葡萄牙国王至 1640 年。在任期间,西班牙虽仍然有广大国土,但已经持续走向衰落。1648 年他承认了荷兰的独立。

W. Somerset Maugham
CATALINA
Simplified Chinese edition copyright：
2021 SHANGHAI TRANSLATION PUBLISHING HOUSE（STPH）
All rights reserved.

图书在版编目（CIP）数据

卡塔丽娜／（英）毛姆（W. Somerset Maugham）著；
赖桃译. 一上海：上海译文出版社,2021.11
（毛姆文集）
书名原文：Catalina
ISBN 978－7－5327－8867－5

Ⅰ.①卡⋯ Ⅱ.①毛⋯ ②赖⋯ Ⅲ.①长篇小说－英
国－现代 Ⅳ.①I561.45

中国版本图书馆 CIP 数据核字（2021）第 233713 号

卡塔丽娜
〔英〕毛 姆／著 赖 桃／译
责任编辑／宋 金 装帧设计／张志全工作室

上海译文出版社有限公司出版、发行
网址：www.yiwen.com.cn
201101 上海市闵行区号景路 159 弄 B 座
浙江新华数码印务有限公司印刷

开本 850×1168 1/32 印张 7.5 插页 6 字数 140,000
2022 年 1 月第 1 版 2022 年 1 月第 1 次印刷
印数：0,001—7,000 册

ISBN 978－7－5327－8867－5/I・5484
定价：58.00 元